JUSTE UN COIN DE CIEL BLEU

DU MÊME AUTEUR

Chez le même éditeur

L'ANGÉLUS DE MINUIT, 1989
LE ROI EN SON MOULIN, 1990
LA NUIT DES HULOTTES, 1991
Prix RTL-Grand Public 1992
Prix du printemps du livre 1992
Grand Prix littéraire de la Corne d'or limousine 1992
LE PORTEUR DE DESTINS, Seghers, 1992
Prix des Maisons de la Presse 1992
LES CHASSEURS DE PAPILLONS, 1993
Prix Charles-Exbrayat 1993
UN CHEVAL SOUS LA LUNE, 1994
CE SOIR, IL FERA JOUR, 1995
Prix Terre de France, *La Vie,* 1995
L'ANNÉE DES COQUELICOTS, 1996
L'HEURE DU BRACONNIER, 1997
LA NEIGE FOND TOUJOURS AU PRINTEMPS, 1998
LES FRÈRES DU DIABLE, 1999
LYDIA DE MALEMORT, 2000
LE SILENCE DE LA MULE, 2001
LE VOLEUR DE BONBONS, 2002
LUMIÈRE À CORNEMULE, 2002
DES ENFANTS TOMBÉS DU CIEL, 2003
LA COULEUR DU BON PAIN, 2004
LES COLÈRES DU CIEL ET DE LA TERRE, 2005
1. LA MONTAGNE BRISÉE
2. LE DERNIER ORAGE

Chez d'autres éditeurs

BEAUCHABROL, Jean-Claude Lattès, 1981 ; Souny, 1990
BARBE D'OR, Jean-Claude Lattès, 1983 ; Souny, 1992
LE CHAT DERRIÈRE LA VITRE (nouvelles), L'Archipel, 1994
DERNIÈRES NOUVELLES DE LA TERRE, Anne Carrière, 2001
UNE VIE D'EAU ET DE VENT, Anne Carrière, 2003

Gilbert Bordes

Juste un coin de ciel bleu

roman

ROBERT LAFFONT

ISBN 2-221-10407-2

Aurélien Lecomte marche dans la rue, comme tous les matins à cette heure. Dans son sac, il porte emballé dans des boîtes en plastique son repas de midi préparé par Francine Bretton, patronne du bistrot sur la place de Morsac. Sa baguette de pain sous le bras, il rentre chez lui, conduit par Nestor, son chien. Nestor, c'est la partie essentielle de sa personne, celle qui lui permet chaque matin d'aller au village, à l'épicerie, chez le marchand de vin, au bistrot.

À Morsac, petit bourg situé à quelques kilomètres de Châteaudun, tout le monde connaît Aurélien, l'aveugle, qui habite la grande et belle maison historique du bout du village, sur la route de Chartres. Ce mal embouché est en assez mauvais termes avec tout le monde, sauf Gaston Cellinie, le garagiste en retraite qui ne dit pas trois mots par jour. Les deux hommes se saluent brièvement sans rien ajouter ou s'ignorent, ce qui simplifie leurs relations. Marguerite Cellinie parle pour son mari, sa dispute quotidienne avec son voisin est devenue une habitude dont elle ne peut pas se passer.

— Aurélien, votre chien est entré par le trou dans le grillage et a mangé la pâtée de mes chats !

— Vos chats n'ont qu'à aller attraper les souris au lieu de se prélasser comme des fainéants ! Tenez, ce matin encore, ils m'ont volé les sardines dans la boîte que j'avais devant moi !

— Vous l'avez renversée, cette boîte, et vous accusez mes pauvres bêtes !

— Vos pauvres bêtes, c'est le bouillon d'onze heures que je vais leur donner !

— Alors que votre chien ne vienne plus dans ma cour, sinon lui aussi l'aura, le bouillon d'onze heures !

La grosse Marguerite accepte tout des autres ; on peut lui dire que son mari est un ours mal léché, que son gendre est un ivrogne, que sa petite-fille est très mal élevée, mais pas que ses deux chats, Minet et Minette, sont d'horribles animaux, voleurs, chasseurs d'oiseaux, et qu'ils font leurs besoins de préférence là où ça peut gêner tout le monde.

Chaque matin, pendant que cuisent les légumes de la soupe, Marguerite surveille la rue derrière sa fenêtre embuée et, si Aurélien a du retard, elle se doute qu'il s'est arrêté au bistrot. Ces derniers jours, elle a remarqué que Nestor marchait en traînant les pattes. Quelques semaines ont suffi à faire de lui un vieux chien qui s'épuise pendant sa promenade matinale. Pourtant, il n'a rien perdu de sa vigilance, Aurélien peut lui faire confiance pour traverser la rue principale, mais cela lui prend toujours plus de temps et l'animal rechigne pour sortir de nouveau l'après-midi, à l'heure de la promenade. Nestor a dix ans, le grand âge pour un labrador d'aveugle, Aurélien le sait ; l'avenir le terrorise, alors il n'y pense pas ! Cela n'a pas échappé à Marguerite.

— Il n'arrive plus à mettre une patte devant l'autre ! Il va falloir que vous pensiez à le remplacer !

Remplacer Nestor ! Comment est-ce possible ? C'est un peu comme s'il décidait de remplacer une partie de son corps, de jeter ses jambes pour s'en faire greffer de nouvelles, plus jeunes, mais étrangères. Nestor, c'est un compagnon de chaque instant, un confident silencieux et deux yeux à qui rien n'échappe, trésor inestimable qui lui a été refusé par la nature. Sans lui, ce monde sournois pointe ses lames, hausse ses coins pour frapper Aurélien au premier pas irréfléchi. Nestor, c'est sa vie, il mourra avec lui.

— Il est encore en pleine santé !

— Vous croyez toujours au miracle ! fait Marguerite en se moquant.

— Eh bien oui, j'y crois. Ma pauvre mère y croyait ! Je vais aller à Lourdes et quand je reviendrai, je verrai aussi clair que vous, Marguerite. Je suis certain que je ne vous trouverai pas belle !

— Et vous pensez que vous vous trouverez beau ?

Marguerite éclate d'un grand rire qui fait hausser les épaules à l'aveugle. Ce matin, il n'a pas la force d'aller au bout de la dispute, d'évoquer le sujet essentiel de leurs conversations : les chats. Il rentre chez lui. C'est vrai que son chien se fait vieux, et qu'il ne va pas très bien depuis quelques jours. Alors, l'aveugle pense à sa mère, Mme Lecomte, très pieuse et distinguée. Il entend encore sa voix pleine de ferveur : « Tu dois aller en pèlerinage. Je le sais par mes prières, Dieu t'attend. Je te dis que tes yeux que tant de médecins ont examinés s'ouvriront à la lumière. Il suffit de croire et de prier ! »

Croire et prier ! Aurélien croit un peu, mais ne prie que lorsque ça l'arrange. Il en veut à Dieu de l'avoir privé de l'essentiel, de l'avoir enfermé dans une prison sans couleurs dont il ne peut dire si les murs sont noirs ou lumineux, des mots qui n'ont pas de sens pour lui. « Pour moi, le monde n'existe pas. Les autres le voient, mais comment ? » Sa réflexion s'arrête là, bute contre l'inconnu. Les formes découvertes par ses doigts, toujours incomplètes, disparaissent dès que ses mains s'en éloignent. Que deviennent-elles ?

Pour s'exprimer, il reste à Aurélien son piano. Plusieurs fois par jour, il s'assoit sur le tabouret, ses doigts courent sur les touches blanches et noires, seul contact véritable avec l'autre monde. La musique, c'est le chant de l'univers, son âme qui ne passe par aucun mot, par aucune vision et s'adresse directement au cœur de tous les hommes…

Une jeune femme d'apparence pressée sort de chez Marguerite, une fillette s'agrippe à son manteau. Le mois de mars tire à sa fin, pourtant depuis deux jours et, malgré les cerisiers en fleur, des aiguilles froides annoncent des averses de neige.

— Maman, pourquoi tu t'en vas ?

— Ma chérie, il le faut. Je travaille !

— Qu'est-ce que ça peut faire ? Tu travaillais bien, avant !

La petite fille s'est dressée devant sa mère comme une bête furieuse, toutes griffes dehors. Clotilde a onze ans, une tête ronde, des yeux trop grands. Ses cheveux noirs tombent derrière ses oreilles en deux nattes raides.

À la porte de sa voiture, Danielle hésite. Brune elle aussi, les cheveux courts, sa tenue soignée tranche avec l'allure sans-gêne de sa mère qui se tient sur le pas de la porte. Elle se sent coupable face à Clotilde, mais comment lui expliquer que c'est mieux comme ça, que la vie continue ; comment lui faire comprendre qu'elle ne peut plus vivre avec Jean-Paul, parce qu'il boit, mais aussi pour d'autres raisons qui ne se disent pas ? En face de sa fillette, Danielle se sent fautive d'aller rejoindre Alain, son nouveau compagnon. Elle a quitté son mari voilà quinze jours pour mettre un terme à une situation qui n'était plus tenable. Elle l'a quitté pour Alain, comme elle professeur des écoles, son amant depuis un an. Près de lui, la vie peut recommencer, Danielle veut reconstruire un véritable couple fort de cette belle entente impossible avec Jean-Paul. Pourtant, en plaçant provisoirement sa fille chez sa grand-mère, elle a le sentiment d'avoir choisi sa vie de femme avant celle de mère, de s'être préférée à sa petite Clotilde. Mais comment faire autrement ? Le modeste appartement d'Alain convient pour un couple amoureux, pas à une fillette dissipée.

— Écoute, ma chérie, je te promets que quand tout sera réglé, tu viendras habiter avec moi.

Elle n'oublie pas, Clotilde, les disputes entre ses parents, les cris stridents, le poing levé de son père.

— Avec l'autre monsieur ?

— Je te répète qu'il s'appelle Alain.

Alain Lothaire ! Il est venu faire un remplacement chez les petits, l'année dernière, quand Mme Lecoing était malade. Clotilde se souvient que, pendant les récréations, le nouveau maître et sa mère marchaient l'un à côté de l'autre dans la cour. Ils bavardaient et riaient, jusqu'au jour récent où maman, qui s'absentait souvent le soir, a dit à Clotilde qu'elles allaient s'installer chez M. Lothaire. « Tu peux l'appeler Alain ! » a précisé maman. Et puis tout s'est compliqué ; un soir, papa, ivre, a frappé à la porte d'Alain et l'a menacé avec un couteau. Ils se sont battus. Maman a voulu appeler la police. Papa est parti, sa veste déchirée pendait comme une voile de bateau après la tempête. Il baissait la tête, à la manière d'un élève qui a fait une bêtise.

Puis papa a maîtrisé ses nerfs et essayé la douceur. Il attendait maman à la sortie de l'école, lui jurait qu'il allait arrêter de boire et la suppliait de revenir à la maison. Mais maman ne l'écoutait pas. Alors, il a voulu prendre Clotilde chez lui, maman a refusé.

— Écoute, dit Danielle toujours à la portière ouverte de sa voiture, tu seras très heureuse avec mamie et papy. Tu iras à l'école à Morsac, c'est bientôt l'été, tu seras mieux ici, à la campagne, qu'à Châteaudun, en pleine ville !

Cette fois Clotilde ne répond pas, et baisse

la tête. Elle n'est pas résignée, son regard dur le montre, mais elle cède parce qu'il n'y a rien d'autre à faire. En retrait, Marguerite s'impatiente. Toutes ces manières commencent à l'énerver. De son temps, on ne se préoccupait pas de ce que pensaient les enfants. Ils obéissaient, un point c'est tout ! Et puis on ne divorçait pas ! Quand on ne s'entendait pas, on vivait chacun de son côté, mais sous le même toit. Et souvent, ceux qu'on avait vus se disputer dans leur jeunesse finissaient par se réconcilier et faisaient les meilleurs couples ! De nos jours, les jeunes butent sur la moindre difficulté. Ça ne va pas entre eux ? Ils divorcent, tant pis si les enfants sont malheureux ! Et tant pis aussi pour les grands-parents qu'ils appellent à la rescousse quand il faut recoller les morceaux. Marguerite ne dit pas le fond de sa pensée : prendre Clotilde chez elle lui coûte. Elle n'a plus l'âge des responsabilités. Gaston aussi est gêné. Cette gamine qu'il ne connaît pas va bousculer sa vie, l'obliger à faire des tas de concessions qui l'ennuient. Il veut vivre tranquillement dans son atelier où le retraité répare des moteurs, remet en marche les machines que les gens continuent de lui confier. Sa vie est là, les mains dans le cambouis, seul endroit où il parle sans retenue.

— Bon, j'y vais ! dit Danielle en s'asseyant au volant. Clotilde, tu seras très sage. Je te promets que je viendrai te voir très vite.

La jeune femme claque la portière. Le moteur démarre, elle abaisse sa vitre.

— T'en fais pas, ma chérie, ajoute-t-elle à la

fillette qui pleure. Tout ira bien et je reviendrai vendredi, après l'école.

Elle fuit et cela lui fait mal. Sa lâcheté se double du sentiment de se décharger de ses difficultés sur ses parents, de ne garder que le bon de la vie. Les larmes de sa fille se dresseront entre elle et Alain, un reproche permanent comme un premier accroc à l'entente parfaite, un obstacle qui ne cessera de grandir avec le temps.

Clotilde renifle, se cache les yeux avec les mains pour ne pas voir la voiture de sa mère qui s'en va. Le moteur qui accélère dans la ligne droite lui déchire les entrailles ; jamais elle ne s'est sentie aussi seule, abandonnée. Elle voudrait s'endormir pour ne plus se réveiller, rester cent années à attendre au fond d'une forêt un beau printemps plein de fleurs et de soleil, si différent de ce printemps froid qui n'en finit pas de se frotter à l'hiver.

Clotilde rentre dans la maison de sa grand-mère qu'elle découvre tout à coup étrange, glacée, inerte, sans vie. Ça sent le chat et le vieux meuble. Marguerite est songeuse en face de cette gamine qui ravale ses larmes. Marguerite n'est pas de ces femmes qui sortent leur mouchoir pour un rien, bien au contraire, elle cache ses sentiments sous un perpétuel aspect bougon. Elle sait surtout que sa tranquillité est bien finie, qu'elle ne pourra plus regarder son feuilleton à la télévision sans la moindre arrière-pensée, lire les avis de décès dans son journal avec cette curiosité des malheurs qui arrivent aux autres et l'épargnent, se disputer avec Aurélien pour le simple plaisir de donner libre cours à sa hargne naturelle. Clotilde n'est pas une enfant facile : aigrie par les disputes de ses parents, les excès verbaux de son père quand il avait trop bu, elle s'est forgé un caractère sur lequel les adultes ont peu de prise. Le bon sens indique à la grand-mère que les premiers contacts seront déterminants et qu'elle doit se montrer ferme.

— Viens, on va ouvrir ta valise et ranger tes vêtements dans ton armoire. J'ai fait ton lit avec le gros édredon rouge, celui que tu aimes.

— Celui qui ressemble à une montagne ?

— Oui. Viens, tu vas me montrer la robe que tu veux prendre demain pour aller à l'école, je vais la repasser...

Clotilde n'a pas entendu. Ses pensées sont ailleurs, loin de cette petite pièce à la peinture jaune. Tout à coup, elle se crispe, pousse un hurlement strident, court vers la porte.

— Mais qu'est-ce qui te prend ?

Marguerite s'élance derrière la petite fille qui détale dans la rue. Clotilde, sourde aux appels, fuit sa peine ; chaque pas l'emporte hors d'elle-même, de cette vie dont elle ne veut pas et qu'on lui impose. Son pied bute contre un caillou ; elle trébuche, tombe sur la chaussée. Son cri de douleur transperce la quiétude de ce village sans histoires, un cri assassin de bonnes consciences. Essoufflée, Marguerite se penche sur le petit corps écrasé au sol, la robe froissée comme un plumage d'oiseau, relevée sur ses cuisses maigres. Clotilde s'est blessée, trouvant là une bonne raison pour donner libre cours à ses sanglots.

— Qu'est-ce qui t'a pris ? Voilà que tu deviens folle ?

Marguerite la soulève par les épaules, la force à la regarder.

— Tu te rends compte de ce que tu viens de faire ? S'il y avait eu une voiture...

— M'en fous des voitures !

— Et si tu te fais écraser, hein ? C'est qui qui sera responsable ? Tu vas me promettre de ne plus jamais faire ça, sinon je te punis ! Tu iras à la cave où il fait nuit et froid !

— Je m'en fous de ta cave ! Je veux m'en aller !

— Et où veux-tu aller, malheureuse ? Tes parents n'ont pas le temps de s'occuper de toi, il faut bien que quelqu'un te garde !

— Je veux prendre la route et m'en aller très loin, là où les enfants ont des ailes et volent dans un ciel plein d'étoiles !

— Je comprends rien à ce que tu dis. Allez, rentre à la maison, la comédie a assez duré !

Dans l'entrée où s'entassent des chaussures, les bottes sales du grand-père, les sabots de la grand-mère, plusieurs paires de pantoufles, le sac de Clotilde ressemble à un boulet vert, plein de son passé dans cette maison où elle n'a pas d'avenir.

— Allez, viens m'aider à ranger tes affaires.

Un gros chat vient se frotter aux jambes de la fillette.

— Tiens, Minette ! Tu verras, vous serez de bonnes amies.

— Où est Minet ? Il est mort ?

— Ne raconte pas d'horreurs ! Minet est dans le jardin.

Clotilde suit sa grand-mère. Une musique vient de la grande maison voisine, des accords puissants qui s'envolent dans l'air froid éclatent comme un feu d'artifice. Une mélodie de petites notes frêles et légères se met à danser, tournoyer, virevolter, s'approcher de la petite fille comme pour lui raconter l'histoire d'une danseuse en équilibre sur un fil, puis s'éloigne, saute d'une montagne à l'autre, d'un monde à l'autre, tantôt brillante et gaie, tantôt triste, sombre jusqu'à ce qu'un coup de baguette magique la transforme en bouquet de fleurs.

— C'est encore Aurélien et son piano ! Il peut pas s'arrêter un peu de nous casser les oreilles, celui-là ! s'écrie Marguerite.

Clotilde ne l'a pas entendue. Une larme reste encore accrochée à sa joue ; la musique puissante et légère la domine, l'emporte sur un nuage plus doux que le gros édredon de son lit, souple comme les fumerolles du matin sur le Loir.

La petite chambre sent aussi le renfermé et le chat, cette odeur omniprésente que Clotilde ne remarque qu'aujourd'hui. Marguerite ouvre la fenêtre. La musique entre à flots dans ce petit intérieur fait pour le silence de la grosse armoire que les siècles n'émeuvent pas. Clotilde a chaud au cœur.

— Faudra qu'il mette son piano en sourdine, sinon, on appellera les gendarmes !

Quand les vêtements sont soigneusement rangés, Clotilde demande la permission d'aller dans le jardin en contrebas de la maison que longe le Loir, silencieux et sombre. Le soleil est sorti, une lumière crue pleut sur le prunier fleuri au tronc couvert de lichen, le potager avec ses squelettes noirs de tomates attachés à leur piquet, ses herbes folles qui ont profité de l'inattention hivernale du jardinier. Gaston n'a jamais eu la main verte. Il cultive des laitues, des poireaux, des carottes pour faire plaisir à Marguerite, mais cela l'ennuie et il le fait mal. Quand ses voisins ont des légumes à ne pas savoir qu'en faire, il ne réussit à produire que des haricots verts pleins de fils et des choux rongés par la vermine.

Clotilde connaît l'endroit pour y être venue rôder lors des rares visites de ses parents – son père ne s'entendait pas avec Marguerite et quand Danielle venait embrasser sa mère, c'était toujours en coup de vent, rarement pour une journée entière. Minet qui devait guetter quelque proie, immobile entre les herbes, la regarde de ses grands yeux verts, puis s'enfuit. La musique s'arrête tout à coup, Clotilde voit derrière la vitre le large visage de sa grand-mère qui la surveille.

Elle suit l'allée où poussent de grandes herbes que le printemps a semées entre les cailloux. Devant elle, le Loir immobile défie le temps. L'eau a toujours attiré Clotilde, elle voudrait être poisson pour nager contre le courant et ne dépendre que de son bon vouloir. Sur sa droite, à la limite entre le jardin de ses grands-parents et le terrain plus vaste de la maison d'Aurélien, se trouve un épais lilas aux bourgeons éclatés en petites feuilles d'un vert luisant. Clotilde s'en approche en faisant fuir une multitude d'oiseaux criards. Entre les orties nouvelles, la figure large et farineuse d'un nain de jardin lui apparaît soudain. Il vient juste de tomber du ciel, de se matérialiser comme le font les magiciens et les fées. D'ailleurs il bouge, il se déplace sur ses petites jambes aux grands pieds chaussés de mules rouges. Il sourit en tendant la main vers Clotilde.

— Bonjour. Je m'appelle Jules. Je suis un lutin de la rivière. Je vis dans le royaume de ses eaux profondes, là où les grandes personnes ne vont jamais. Et si elles venaient, elles ne verraient rien : les grandes personnes sont aveugles. Demande ce que tu veux et tu l'auras.

— Ce que je veux ? fait la fillette interloquée. Mais qu'est-ce que je veux ? Je n'en sais rien ! Je suis triste parce que je ne veux pas rester ici : ça pue le chat !

— Où veux-tu aller ? Suis-moi, je vais te montrer ce que personne n'a encore vu. N'aie pas peur de l'eau, tu verras, elle est aussi douce que l'air et souvent plus légère.

Clotilde suit Jules qui sautille entre les touffes d'herbe. Le lilas s'est fondu dans le brouillard ; elle pénètre enfin dans un tunnel sombre éclairé par endroits de torches à l'odeur de résine. Il fait froid, le nain malgré sa petite taille court très vite et la fillette peine à le suivre. Sa grand-mère va sûrement la chercher, tant pis ! Elle va penser que Clotilde est tombée dans le Loir, et avertir les pompiers et les gendarmes. Des hommes-grenouilles fouilleront la rivière, le grand-père Gaston quittera ses chers moteurs pour s'approcher des berges et scruter l'eau sombre, bref, tout le monde la cherchera et elle en est heureuse.

Le tunnel débouche sur une pièce très éclairée par de lourds candélabres. De petits hommes au corps massif, des nains de jardin au visage enfariné s'activent, déplacent de magnifiques meubles vernis, éclatants de lumière, des chaises, une grande table ronde.

— Qu'est-ce que c'est ? demande Clotilde qui s'aperçoit qu'elle n'est pas plus grande que les nains.

L'un des petits hommes, vêtu de rouge, avec des cheveux jaune paille attachés en une grosse queue-de-cheval qui touche ses talons passe près d'elle, se tourne et dit sans s'arrêter :

— On attend Marcelline ! Il faut que tout soit prêt !

— Marcelline ?

— Oui, Marcelline. Elle revient tous les printemps. C'est elle qui chasse le froid et le mauvais temps. Pousse-toi, tu vois bien que tu gênes !

Clotilde a juste le temps de se tasser dans un coin. Pliant sous le poids, une armée de nains font glisser un énorme meuble aux colonnes torsadées, semblable à l'autel de l'église de Morsac avec ses chandeliers, ses marches couvertes d'un tapis rouge. Sur une estrade de bois doré, un lourd fauteuil avec un coussin grenat est maintenu en place par deux vieillards vêtus de bleu dont la tête est surmontée d'un chapeau pointu avec, au sommet, une touffe de plumes jaunes. Des musiciens se rangent autour, chacun tenant sa guitare ou sa trompette prête à sonner. Le silence se fait impressionnant, lourd, Clotilde voudrait fuir, courir jusqu'au jardin, jusqu'au bord du Loir, rentrer chez grand-mère Marguerite, mais comment retrouver le chemin ?

Enfin, les trompettes sonnent, puissantes, souveraines, accompagnées par les accords des guitares. Tremblante, Clotilde voit entrer une jeune fille au pas très léger, entourée de nains, une armée de Jules tous semblables avec leur bonnet rouge, leur visage radieux.

— Marcelline ! s'écrie un vieillard au chapeau blanc, le miracle s'est encore produit ! Tu es revenue, comme chaque année aux équinoxes de mars. Le cycle continuera donc sa route vers son accomplissement le plus complet qui ira du solstice de juin à celui de décembre. Sois bénie, Marcelline, les arbres des forêts, les poissons de la rivière, les hommes sensés t'honorent. Tu es la sagesse, l'univers t'a engendrée, la terre t'a portée dans son sein et te voilà revenue pour une nouvelle vie jusqu'à ta prochaine mort qui sera la genèse de ta renaissance…

Clotilde n'a pas compris ce que dit cet homme très maigre et dont le plumeau jaune tremble à chaque mot. Pourtant, le ravissement qui se marque sur tous les visages s'empare d'elle et la rend légère comme une bulle, heureuse comme elle ne l'a jamais été.

Marcelline lève les bras. Les étoiles scintillent sur ses manches, son corps svelte ondule au vent lumineux. Ses cheveux réunis en une haute coiffure parsemée de perles donnent à son visage une gravité solennelle.

— Mes amis, c'est la saison des miracles. Regardez cet arbre aux branches sèches hier encore, et fleuri ce matin ! Le miracle répété à chaque instant !

Elle descend de son trône, s'approche de Clotilde.

— Sois la bienvenue, Clotilde. Je sais tout de toi, je veux que tu sois heureuse. Et tu le seras. Tu ne veux pas rester chez ta grand-mère, tu ne veux pas habiter avec ton père qui te fait peur quand il a bu, tu ne veux pas aller chez Alain qui rend ta mère idiote quand elle lui parle. Seul un miracle peut te sauver et ici, c'est le pays des miracles ! Tu le trouveras caché au cœur d'une belle fleur rouge !

Un bruit énorme, comme un coup de tonnerre retentit tout à coup. La terre tremble autour de Clotilde, le palais se disloque, des nuages se heurtent en roulements de rochers qui s'écrasent. Toutes les chandelles se sont éteintes. Clotilde a peur ; ses jambes lourdes refusent de lui obéir. Une douleur aiguë serpente dans son corps. Elle voudrait crier, mais sa gorge reste muette.

Il lui semble qu'elle remonte du fond d'un puits. Le courant froid la paralyse. Elle suffoque ; des milliers de bulles dorées glissent sur son visage. Elle se retrouve sur la berge, entre les grandes herbes. Elle promène sa main sur sa robe et la découvre sèche alors qu'elle pataugeait l'instant d'avant dans les eaux sombres. Les oiseaux piaillent de nouveau sur le lilas.

Elle s'approche de l'ancienne clôture qui délimitait les deux propriétés ; des piquets de bois pourri disparaissent entre les ronces. Un sentier d'animal qui se distingue nettement passe sous le grillage distendu. Clotilde le suit en faisant attention à ne pas se piquer aux lourdes orties penchées vers ses mollets. Des massifs abandonnés, de grandes herbes entre des arbres fruitiers aux branches pendantes cachent en partie la maison de l'aveugle avec ses belles pierres blanches, ornée d'une tour carrée sur le côté. « La plus ancienne et la plus belle maison de Morsac ! » dit grand-mère Marguerite. Clotilde constate qu'elle ressemble étrangement au château de Marcelline caché sous les eaux du Loir où elle se reflète. La fillette se faufile entre les grands arbres, les ronciers qui s'accrochent à sa robe, arrive à une petite porte. Elle ne pense pas ; une force impérieuse la pousse à entrer. Elle pose sa main sur la poignée. La porte s'ouvre avec un bruit de gonds rouillés sur une cave sombre. Un escalier sur la droite l'invite à poursuivre son exploration. Elle monte les marches humides jusqu'à une autre porte qui s'ouvre sur un cellier, une pièce de rangement où s'entassent des caisses de bouteilles vides. De grosses toiles d'araignée ornent les coins du mur, pleines de leurs menaces lourdes et silencieuses. Une troisième porte entrouverte fait signe à Clotilde dont le cœur bat très fort, comme si elle allait surprendre un secret caché depuis toujours dans cette maison sûrement hantée puisque l'occupant est un aveugle. Elle arrive dans une grande salle avec, au fond, un immense piano noir. Assis sur le tabouret, Aurélien tourne sa tête aux yeux sans vie, terrifiants dans leur immobilisme.

— Qui est là ? Il y a quelqu'un !

Le chien beige se lève et vient au-devant de la fillette, la regarde, la renifle. De ses babines pendantes coulent des filets de bave claire.

— Nestor, tu ne dis rien, c'est donc quelqu'un de gentil qui vient d'entrer.

— Je m'appelle Clotilde Rampin, je suis la petite-fille de Marguerite et Gaston Cellinie.

— Je sais. Tu as crié tout à l'heure ! Tu m'as fait mal.

Quand il parle, Aurélien ouvre exagérément la bouche avec des contractions du visage, des grimaces qui exagèrent la portée de ses mots.

— Je te fais peur ?

— Non, j'aime ta musique !

Elle l'a tutoyé, ce que sa mère et sa grand-mère lui interdisent avec les étrangers. Quelque chose la retient auprès de cet homme étrange, l'intuition qu'il est différent des autres. Elle ne peut détacher son regard de ses orbites profondes, ses yeux de statue sans lumière, sans le moindre reflet. Aurélien se lève, va à la table, s'assoit sur sa chaise, se verse un verre de vin, pose la bouteille, et boit d'un trait. Clotilde pense à son père qui faisait la même chose, le soir après dîner, pourtant ce n'était pas le même geste. Elle sentait son père déchiré, écartelé, écrasé par la nécessité de vivre, l'aveugle, au contraire, agit par résignation. Elle pense à Marcelline, mais n'en parle pas.

— Les chats de ta grand-mère m'ont encore volé mon fromage ! Ils arrivent sans bruit, sournois, montent sur la table sans que je m'en doute et volent ma viande jusque dans mon assiette ! Il faudra qu'elle les enferme, sinon je les empoisonnerai !

Les chats souverains et arrogants de sa grand-mère ! Clotilde leur a souvent lancé des pierres en cachette, mais n'a jamais réussi à les atteindre.

— Je ne les aime pas ! dit Clotilde, renfrognée.

Aurélien sourit et se verse un autre verre. La présence de la petite fille semble lui plaire. Cet aigri qui ne supporte personne, surtout pas les enfants trop bruyants, ce solitaire qui n'a que son piano pour confident, s'entend dire :

— Tu peux venir me voir quand tu veux ! Mais la prochaine fois, tu me parleras du cellier. Comme ça, j'aurai le temps de prendre mes lunettes pour que mes yeux ne te fassent pas peur.

Clotilde est déjà dehors. Marguerite l'appelle de sa voix puissante et pointue, grêle pour une femme de sa corpulence à qui on attribuerait volontiers une voix mâle.

— Nestor ! Qu'est-ce qui t'arrive ?

L'animal gémit, couché aux pieds d'Aurélien. Son poil est parcouru de tremblements que l'aveugle sent contre sa jambe, et toute sa personne tremble, son corps et son âme, le voilà malade à son tour, au bord de l'agonie.

— Mon bon Nestor, tu vas pas me dire qu'ils t'ont fait un mauvais coup !

Du bout des doigts, Aurélien Lecomte touche le museau du chien qui bave. Les doigts glissent jusqu'à la truffe bouillante, remontent, se font doux en caressant le plat de la tête. Ils accrochent une larme à l'œil droit.

— Voilà que tu pleures maintenant ? Mais les chiens ne pleurent pas !

Aurélien serre les dents. Il ne peut s'empêcher de rapprocher la maladie de Nestor de la visite de son frère aîné et de ses deux sœurs. Ils sont arrivés en début d'après-midi ; Aurélien a d'abord entendu le bruit d'une voiture, si différent des autres, le pas lourd de son frère sur les dalles de l'entrée. Et puis, il a senti l'odeur de Jacques, une odeur âpre de foin sec et de savon. Il doit être très laid et repoussant. Sûr de lui, il domine ce qui l'entoure, les êtres et les choses. Sa supériorité est dans l'ordre du monde depuis qu'Aurélien existe. À la mort de leur père, Jacques a voulu jouer au chef de famille ; sa maladresse n'a pas manqué de conséquences...

— Non, tu vas pas me dire que c'est lui ? Qu'il a réussi à te tromper en te donnant une friandise ?

Aurélien caresse Nestor avec insistance. Cela fait huit ans qu'ils vivent ensemble, inséparables depuis la mort de Mme Lecomte. Huit ans que Nestor guide Aurélien dans les rues, silencieux et sûr. Quand il fait bon, ils vont jusqu'au jardin public, derrière la mairie. Aurélien écoute les bruits inutiles qui l'entourent, leur donne parfois un nom, mais le monde qu'il sent au bout de ses doigts, à la pointe de sa canne, sous ses pieds, se dérobe à son esprit, le monde des formes ne se montre que par des détails qui cachent l'essentiel.

À la mort de Mme Lecomte, Aurélien est resté par habitude dans la grande maison de la rue principale qui n'est autre que la nationale 10 entre Châteaudun et Vendôme. Il paraît que c'est une belle région, verdoyante et vallonnée, agréable à parcourir. Aurélien n'en doute pas et n'a pas envie d'aller ailleurs.

C'est pourtant ce que souhaite Jacques. Aurélien l'entend encore répéter sur un ton autoritaire qui n'accepte pas la réplique : « Cette maison n'est pas qu'à toi. Tu oublies que tu as un frère et deux sœurs ! Nous voulons notre part ! Bien sûr, tu vas me dire que c'est le seul endroit où tu peux vivre !

Ce n'est pas vrai ! Tu peux aller dans une maison qui accueille des malvoyants. Tu auras de la compagnie et tu ne te saouleras pas tous les jours ! »

Depuis que Jacques a divorcé, qu'il a quitté la douce Isabelle pour épouser une fille de vingt ans sa cadette, il est pressé de vendre l'héritage commun comme si ce courtier en assurances qui veut jouer les bourgeois manquait du premier sou !

Cet après-midi, Jacques a été plus insistant que d'habitude. Ses sœurs, Marie et Paule, n'étaient là que pour le cautionner. Marie et Gérard Panet possèdent un magasin d'électroménager. Aurélien trouve Marie molle, sans personnalité et trop soumise à son époux qu'il ne supporte pas. Paule est la cadette de la famille. Elle a deux ans de moins qu'Aurélien. C'est sa véritable sœur, celle qu'il préfère parce qu'elle lui ressemble. Une insoumise pleine d'idéal et de générosité. Ils ne se voient pas souvent, mais ils restent présents l'un à l'autre et quand, il y a quelques années, son ami François Garcin venait boire un verre avec Aurélien, Paule était plus présente que jamais, plus que ce matin, à l'ombre de Jacques que seul l'argent intéresse.

Jacques est entré devant les filles, sans frapper pour bien montrer qu'il est encore chez lui et qu'il ne réclame que son dû. Il est allé droit au but en se servant d'un argument qu'Aurélien n'aime pas entendre :

— Qu'est-ce que tu feras, Aurélien, quand ton chien sera mort ? Il faut te faire à cette idée ! Écoute, je connais le directeur des Papillons bleus à Châteaudun. Il est au Rotary. Je lui ai parlé de toi. Il te garde une place !

Aurélien s'est enfermé dans un mutisme lourd. La casquette penchée sur son front, il n'a pas bronché, assis dans son fauteuil habituel à côté de la cheminée qui ne flambe plus depuis longtemps.

— Marie et Paule sont de mon avis. Tu comprends, on se fait du souci pour toi ! Et puis, s'il t'arrivait quelque chose, c'est nous qui serions responsables !

Aurélien s'est animé, avec ses gestes d'aveugle, démesurés. Il a dressé la tête, et son visage aux yeux vides a grimacé.

— Tu me fais chier !

Paule, en retrait, a eu un sourire. C'est une petite brune à la peau mate. La réaction de son frère lui a plu et elle s'est demandé ce qu'elle faisait à cautionner Jacques qu'elle n'a jamais supporté parce qu'il ne cesse de jouer au moraliste en lui reprochant sa vie libre dont il ne comprend pas la détresse. Jacques n'accorde de l'importance qu'au visible, sa réflexion ne va pas au-delà de ses intérêts.

— Ton chien n'est pas éternel ! a-t-il poursuivi pour enfoncer le clou qui fait si mal. Il a passé dix ans, c'est un très vieux chien que tu ne vas pas garder bien longtemps. Tu te souviens de nos difficultés pour avoir celui-là. Alors, quand il va crever, qu'est-ce que tu feras ?

La colère comprimait la poitrine d'Aurélien. Il ne lui en faut pas beaucoup, surtout quand il a bu un peu trop et que Jacques est en face de lui. Il s'est mis à agiter son bâton blanc, a frappé l'air devant lui.

— Tu m'emmerdes, je te dis ! Fiche le camp !

Jacques ne s'est pas laissé impressionner. Puisque Aurélien ne voulait pas comprendre, il a précisé :

— Ici, tu n'es pas plus chez toi que nous ! Une telle situation ne peut pas durer ! Cette maison va se vendre, tu dois donc partir !

— Jamais ! s'est écrié Aurélien.

Jacques n'a pas insisté. Il a dit aux filles qu'Aurélien était la pire des « têtes de mule » puis il est reparti en promettant de revenir bientôt avec l'huissier, les gendarmes et « tout le bazar ». Aurélien s'est mis à rire.

Il a quarante-deux ans. Jusqu'à la mort de sa mère, il y a dix ans, il était accordeur de pianos. Mme Lecomte disparue, il continue à l'occasion d'accorder les pianos du village ou d'anciens clients qui viennent le chercher, car il a la meilleure oreille de tout le département. « Mes oreilles entendent les sons dans leur vérité ultime, celle qui est l'essence même de l'Univers. Les hommes ordinaires ne peuvent pas les entendre. Combien de fois on est venu me chercher pour accorder le piano à queue de l'école de musique que personne n'avait pu mettre au point ! »

Il vit d'une modeste pension et des revenus d'un portefeuille d'actions que son père avait constitué pour lui. Achille Lecomte, descendant d'une famille de gros propriétaires terriens, vendit ses fermes en 1970 pour se lancer dans le commerce des bois exotiques. À sa mort prématurée, Jacques ne voulut pas reprendre l'affaire qui fut vendue et les quatre enfants eurent leur part. Aurélien conserve cet argent pour les mauvais jours.

— Eh bien, Nestor, tu vas quand même pas me laisser !

L'aveugle parcourt encore de sa main droite le corps de son chien allongé à ses pieds. Il entend son souffle bruyant et, quand il appuie ses doigts sur la poitrine, le cœur qui bat à se rompre. L'animal gémit toujours.

Nestor est vieux, c'est vrai, mais, hier encore, il courait comme au premier jour. Jacques a profité de sa visite pour l'empoisonner ; Jacques n'est pas à une forfaiture près ! Nestor mort, Aurélien ne pourra plus rester seul dans la maison et Jacques aura gagné.

— Accroche-toi, mon bon Nestor ! Demain, il fera beau, on ira au jardin public. On écoutera les oiseaux. Tu regarderas les jonquilles qui, paraît-il, sont de belles fleurs. Je suis certain que cela te fera le plus grand bien. Moi, je présenterai ma figure au soleil pour en sentir la chaleur ! Si tu pouvais parler, tu me dirais comment ça peut être fait, une sorte de ballon qu'on ne peut pas toucher, mais voilà, moi, je suis aveugle et toi, tu es muet. Il nous manque toujours quelque chose pour comprendre.

Tant de questions restent sans réponses pour Aurélien, tant de mots sont vides. Sa cécité le laisse dans une hésitation perpétuelle, la peur aussi de l'inconnu qui l'entoure, toujours plus vaste. « Je ne suis même pas fichu de savoir ce qu'est un arbre, une branche, une feuille. Je connais les formes d'une feuille, le fouillis d'une branche, la rugosité d'un tronc, mais après, comment cela se raccorde-t-il ? »

Chaque fois qu'il sort, Aurélien cache ses yeux avec de grosses lunettes sombres. Sa mère lui en avait donné l'habitude après qu'une petite fille s'était écriée sur son passage : « Regarde, le monsieur a des yeux de mort ! »

Dans un ultime effort, Nestor se dresse sur ses pattes et pose sa tête sur les genoux d'Aurélien qui en sent le poids et les tremblements.

— Voilà que tu vas mieux ! Dis-le ! Mais qu'est-ce qu'ils t'ont fait bouffer ?

Une terrible angoisse l'écrase de ses mâchoires de feu. Il approche sa joue du museau brûlant de l'animal. Nestor pousse un gémissement qui transperce Aurélien de sa lame tranchante. La tête roule sur le côté. Le silence s'épaissit, devient béton.

— Nestor !

Aurélien se penche, terrifié par son propre cri ; ses mains rencontrent le corps chaud et inanimé du chien, se serrent sur le museau, l'approchent de sa figure : Nestor ne respire plus. Elles descendent à la poitrine : le cœur ne bat plus. Aurélien reste un long moment plein de cette réalité qui le fige, le détruit à son tour. Enfin, il pose délicatement la tête de Nestor, se dresse. L'ombre est entrée dans la grande salle où seul le vernis noir du piano conserve quelques reflets clairs. Le jour et la nuit se succèdent ici sans exister, poursuivent leur cycle dans un néant où les formes se fondent, où elles ne savent révéler leur présence inopinée que par le heurt, l'agression. Silencieuses, elles guettent Aurélien pour le terrasser de leurs griffes de félins. Nestor savait les contourner. Nestor rattachait son maître à ceux pour qui le miracle de la lumière s'est réalisé.

Mais Nestor ne lui léchera plus la main en signe de solidarité, comme il le faisait encore ce matin. Nestor, l'image parfaite de la fidélité qui ne demande rien, qui a donné sa vie pour quelques tapes affectueuses sur son front. « Il aurait pu aller courir les chiennes, se donner du bon temps, c'était lui le patron, mais non, il est resté, du premier au dernier jour, attaché à son aveugle comme un âne à sa carriole. Même si je ne sais pas comment c'est fait un âne et une carriole, je sais que l'un est l'esclave de l'autre, l'animal de l'objet ! »

Ainsi Nestor s'est envolé vers le pays des libertés. Aurélien réalise lentement l'étendue de sa nouvelle solitude. Que va-t-il devenir ? La grosse peine qui lui comprime les poumons n'est pas celle de quelqu'un qui vient de perdre un ami, mais d'un blessé tout à coup infirme. Il est aveugle pour la deuxième fois ! Il soupire, se donne au chagrin, pleure un moment sur l'injustice de sa condition. Pourquoi est-il aveugle ? Pourquoi la lumière ne jaillit-elle pas dans son cerveau ? Rien ne s'y oppose, sinon la volonté divine. Les médecins qui l'ont examiné n'ont jamais trouvé aucune anomalie. Un grain de sable, une poussière invisible empêche pourtant le contact de s'établir, le flux lumineux de circuler. C'est bien la marque évidente d'une punition infligée pour rien, pour une souffrance gratuite.

Comme personne n'est là pour le plaindre, la colère salvatrice qui occulte les questions sans réponses prend le relais, la colère qui l'a toujours sauvé de la détresse. Son état de recalé de l'existence, son esprit naturellement hargneux le poussent à décharger sa bile sur ceux qui le côtoient. Toutes les occasions sont bonnes pour rouspéter, le temps, les saisons, les voisins, et surtout les chats de Marguerite. Faire porter les torts aux autres reste la meilleure manière de ne pas sombrer dans le désespoir.

— Tu as osé faire ça ! s'écrie-t-il en levant sa figure vers le ciel. Jacques, tu es le pire des hommes !

Jacques qui veut dominer, qui se donne les intonations de voix de leur père pour asseoir son autorité, Jacques le fat qui se pavane, qui doit aimer qu'on le regarde, Jacques, qu'Aurélien déteste ! Ses sœurs n'ont pas pu l'empêcher d'aller au bout de ses intentions ; elles ont suivi l'aîné comme toujours. Même Paule qu'Aurélien croyait proche de lui, incapable de le trahir, Paule qui lui prenait le bras pour l'emmener à la promenade, n'a rien dit. La voilà complice d'un meurtre ! Aurélien serre les poings. Toutes les attentions à son égard ont toujours une autre raison que l'affection. Il voudrait frapper, faire mal, trouver un expédient à sa peine. Il décide de sortir en espérant que Marguerite sera dans les parages pour lui dire quelques méchancetés gratuites qui le soulageront. Son pied bute sur le corps inerte de Nestor, il tombe, renverse une chaise. Sa tête heurte le coin de la table. Il pousse un cri de rage, jure, roule sur le plancher en grimaçant. La douleur de sa tempe active la douleur de tout son être. Il serre les dents : « Qu'est-ce qui me reste ? Vivre dans mon coin sans bouger, comme un meuble ? Entrer dans leur maison pour aveugles ? Sûrement pas, ça leur ferait trop plaisir ! Il est temps de me décider ! »

Il pense à Charlotte... Sa mère avait voulu le marier. Elle était entrée en relation avec une Charlotte Marie, aveugle comme lui. Charlotte vint à Morsac, conduite par son frère, Benjamin. Paule avait déjà tenté de se suicider après sa rupture avec François Garcin. Benjamin voulut lui redonner le goût de vivre, mais ce qu'espérait tant Mme Lecomte ne se produisit pas : Charlotte et Aurélien ne s'aimaient pas. L'un et l'autre n'avaient pu trouver dans les mots de quoi allumer un même désir. Leur solitude d'aveugles les avait laissés chacun dans leur monde. Aurélien fit porter les torts sur Charlotte et déclara qu'il ne voulait plus voir « cette pétasse aussi sucrée qu'un nougat et d'une bêtise à rendre jalouse une autruche ! ». Charlotte prit mal la comparaison, bien qu'elle ignorât tout de l'autruche, et ne revint plus jamais voir Aurélien. Paule avait continué de fréquenter Benjamin, mais ils s'étaient aussi séparés au bout d'une aventure qui n'attendait rien du lendemain.

Ce soir, il se dit que, s'il avait épousé Charlotte, il ne serait pas seul en face du cadavre de Nestor, mais pourquoi sa mère avait-elle choisi la plus stupide des femmes ? La malchance l'a toujours poursuivi, comme si ce Dieu en qui sa mère avait tant confiance lui faisait payer les fautes de toute l'humanité.

— C'est quand même un peu fort de café ! Je suis pas le seul sur terre ! Il pourrait s'occuper des autres de temps en temps !

Enfin, dans un accès de lucidité sincère, Aurélien porte la main à sa tempe qui lui fait mal, cherche en tâtonnant son fauteuil et laisse s'échapper un douloureux sanglot. La colère n'a pas pu prendre le dessus sur l'abattement. Nestor est mort, l'univers s'en fout. L'univers continue sa route, aveugle lui aussi, insensible comme ses mondes monstrueux qui tournent et s'en vont vers une destination sans effet. La mort d'un chien ne change rien au cours des planètes, raison pour laquelle la conscience humaine ne peut conduire qu'au désespoir. Ah, si Aurélien avait la foi de sa mère, comme il en tirerait de la force ! Mais l'injustice du monde le révolte : « Si leur Dieu était aussi parfait qu'ils le disent, il ne ferait pas d'aussi grosses conneries ! » Tout à coup, il se dresse, tourne son visage vers le plafond. Une certitude vient de se faire en lui, au moment du blasphème, comme un doigt pointé sur une bouée de sauvetage, un avenir enfin tolérable. Il tend ses grosses mains inutiles que le travail n'a pas façonnées et s'écrie :

— Ma mère avait raison, je vais partir à Lourdes !

Jusque-là, il a reculé cette éventualité parce que sa vie d'aveugle avec Nestor lui convenait et qu'il redoutait un aussi long voyage. Maintenant, il n'a plus le choix.

Il se tourne vers la porte du couloir que la nuit estompe.

— Il y a quelqu'un ici ! grogne-t-il.

Clotilde se tasse dans son coin, retient son souffle. Les bras tendus, Aurélien s'avance vers elle.

— Ne me faites pas de mal ! supplie Clotilde.

L'homme s'arrête, baisse les bras.

— Ah, c'est toi ! Mais qu'est-ce que tu fais là ?

— Je venais te voir.

— Je ne veux voir personne, mon chien est mort !

— Pauvre Nestor ! s'écrie Clotilde.

L'accent sincère de l'enfant touche Aurélien qui recule d'un pas.

— C'est mon frère qui l'a empoisonné. Il veut que je m'en aille pour vendre la maison, mais il n'a pas encore gagné.

Aurélien pousse un gros soupir, et va s'asseoir sur le tabouret du piano sans la moindre hésitation. Clotilde le suit en cherchant le sol du bout de ses pieds.

— Tu n'allumes jamais la lumière ?

— La belle blague ! Pour dépenser mes trois sous !

— Moi, j'ai peur quand il fait nuit !

Elle ne peut détacher ses yeux de la silhouette inerte de Nestor. À côté, Aurélien baisse la tête, tout à coup abattu. Il parcourt le poil froid de la pointe de ses doigts sensibles. Un hoquet qui ressemble à un sanglot soulève ses épaules.

— Je vais téléphoner aux gendarmes pour porter plainte contre mon frère.

Si elle osait, Clotilde se serrerait contre lui. Elle entend le désespoir de sa voix, l'envie d'en découdre qui lui plaît, qui ressemble à sa protestation dirigée contre personne en particulier et tout le monde.

— Tu dis qu'il fait nuit ? bredouille Aurélien. Alors Abel va chanter.

— C'est qui, Abel ?

— Un ange très vieux, caché quelque part ici. Ma mère disait que c'était un grillon, mais je préfère dire que c'est un ange. Surtout qu'il chante très bien.

— J'aimerais bien avoir un ange pour copain ! s'exclame Clotilde.

— Je te le prête, si tu veux ! Il peut être à tous les deux. Ne parle pas un instant et tu vas l'entendre. Il ne chante que quand il se croit seul.

Ils se taisent, le bruit d'une voiture qui s'arrête dans la rue les surprend. Abel ne chante pas.

— Il n'est pas toujours d'humeur ! constate Aurélien. Peut-être qu'il est parti avec Nestor, très loin d'ici…

— Peut-être qu'il a trouvé le passage sous le lilas qui conduit au château sous la rivière.

— Il y a un château sous la rivière ?

— Oui. J'y suis allée l'autre jour et j'ai vu la fée Marcelline. Elle m'a parlé d'un miracle caché dans une fleur rouge qui enlève tous les soucis.

— Une fleur ? Tu ne peux pas savoir comme c'est difficile à comprendre, une fleur, avec ses doigts ! insiste Aurélien en montrant ses mains à la fillette. Tu la prends délicatement et, dès que tu la touches, elle s'en va ! On dirait que ça n'a pas de forme, seulement du parfum, que c'est à peine plus qu'une fumée… Tu diras à ta fée qu'elle me donne une fleur dure pour que je puisse suivre ses contours. Alors, je penserai qu'une fleur peut tenir dans ma tête !

Clotilde reste un moment songeuse. Pourquoi n'aurait-elle pas une fleur dans sa tête ? Celle de Marcelline qui enlève les tracas sans nom ?

— Dis-moi, Aurélien, est-ce que tu rêves quand tu dors ?

— Bien sûr !

— Et qu'est-ce que tu vois quand tu rêves ? Tu vois les hommes, les maisons, les arbres ?

Aurélien secoue la tête.

— Je t'ai dit que je ne vois rien. Je rêve en aveugle : je sens, je touche des formes incomplètes. Je vois avec mon cœur.

— Bon, il faut que j'y aille ! dit la fillette en regardant la nuit par la fenêtre.

Elle s'éloigne en courant, se glisse dans le potager, s'approche de la rivière dont elle devine les reflets menaçants. La masse sombre du lilas lui fait signe. Elle s'approche de la tache claire du nain immobile dans son lit d'herbes.

— Qu'est-ce que tu fais là ? La nuit est trop sombre pour une petite fille comme toi. Rentre à la maison.

— Qu'est-ce qui te prend de me gronder ?

— Tu le mérites ! s'exclame le nain de porcelaine. Marcelline t'a promis la fleur rouge qui rend heureux. Tu dois la mériter et, pour l'instant, tu ne fais rien ! Regarde ton ami Aurélien, eh bien tu lui ressembles ! Tu es aussi aveugle que lui !

— Écoute, Aurélien, tu exagères !

Jacques Lecomte frappe la table de son gros poing. Il a beau se vêtir avec soin, surveiller son alimentation car il a tendance à prendre du poids et, dans son métier, les tentations sont multiples, il conserve une silhouette massive d'ouvrier, de travailleur de force. Ses mains, ses épaules, son allure sont celles d'un homme habitué à manier les manches et les lourdes charges ; son visage, malgré les soins qu'il lui apporte, conserve des traits grossiers, ses larges joues rouges dénoncent une vulgarité tenace. Ses cheveux frisés n'ont pas des ondulations molles et gracieuses, mais la dureté de cheveux aux boucles accrochées au crâne. Sa jeune femme, Florence, assise à côté de lui est tout le contraire. C'est une belle brune aux cheveux courts, aux yeux verts, toujours vêtue avec soin. La figure fine, le regard enjoué, son charme ne laisse personne indifférent. Jacques Lecomte a abandonné pour elle sa première épouse qu'il voyait vieillir, et cela lui était insupportable. La jeunesse de Florence conforte le quinquagénaire dans sa séduction et le distingue des autres.

Assis dans son fauteuil, Aurélien, la tête dressée vers ses visiteurs, ne bronche pas. Ses yeux morts lui donnent une présence tragique, augmentent la force de ses mots.

— Tu t'es fait accompagner par ta poule pour tenter de me faire plier, c'est ça ?

Aurélien n'a jamais supporté Florence et n'a pas l'habitude de cacher ses ressentiments. Son parfum de fleur sale le gêne, sa présence l'irrite d'une multitude d'aiguilles qui se plantent dans sa peau à chaque inspiration. Jacques fronce les sourcils et jette à Florence un regard affligé.

— Aurélien, dit-il en élevant le ton, tu parles mal de ta belle-sœur ! Je t'interdis...

— Pour moi, ta femme s'appelle Isabelle et c'est la mère de mes deux nièces ! Je ne connais pas la personne qui t'accompagne !

— Cela ne te regarde pas ! On voit bien que tu n'as pas vécu et que tu ne peux pas comprendre ces choses-là. Donc, tu m'accuses d'avoir empoisonné ton chien ? Le brigadier Pardaux m'a téléphoné. Il paraît que tu as porté plainte et qu'ils ont emporté le cadavre à l'institut médico-légal pour analyses. Sache que j'ai mis mon avocat dans le coup !

— Je me fous de ton avocat !

— Il va te demander des comptes si tu ne te tiens pas tranquille !

En homme pressé, Jacques se lève de son siège, fait quelques pas d'impatience jusqu'à la fenêtre, consulte sa montre.

— Tu n'as pas de chance ! Les analyses ont

montré que ton chien est mort d'une crise cardiaque, donc de vieillesse.

— Tu es de mèche avec le laboratoire ! Il ne dit pas la vérité.

— Si tu t'obstines, l'affaire ira devant les tribunaux. Bon, maintenant que tu n'as plus de chien, qu'est-ce que tu vas faire ?

— Ça te regarde pas ! Fous le camp !

— L'occasion est unique ! Des Hollandais pleins d'argent cherchent une demeure de caractère. Tu préfères que cette maison se détériore par manque d'entretien ? Notre père aurait été content qu'elle retrouve sa splendeur passée. Et puis, je te répète : mes sœurs et moi avons notre part !

Aurélien a un mouvement brusque de ses mains osseuses, ouvre la bouche comme s'il étouffait. Son frère l'assassine froidement comme il a empoisonné Nestor. Jacques insiste.

— Écoute, Aurélien, tu ne peux plus rester ici. Comment vas-tu faire pour aller chercher ton pain, faire tes courses ?

— Je me débrouillerai. Te fais pas de souci pour moi !

— Mais si, je m'en fais ! S'il t'arrive quelque chose, si tu te fais renverser par une voiture, je m'en voudrai toute ma vie !

— Laisse-moi rire ! Tu as empoisonné mon chien et maintenant tu te prépares à m'empoisonner à mon tour, alors fiche le camp !

Florence a un léger sourire que Jacques ne voit pas. Elle se tait, se contente de suivre son mari des yeux, mais son influence sur lui est sensible. Aurélien l'entend mieux que quiconque : en présence de sa femme, Jacques n'a pas les mêmes intonations que lorsqu'il est seul, sa voix sonne faux, les mots n'ont pas leur portée habituelle.

Aurélien ouvre exagérément sa bouche, retrousse ses lèvres qui montrent, par une ironie du sort, des dents restées intactes alors que Jacques a dû remplacer les siennes par des dents en résine, trop régulières pour être vraies, trop blanches pour ne pas le vieillir.

— Fous le camp, tu m'emmerdes !

Jacques se tourne vers Aurélien, souverain dans cet intérieur d'aveugle qui, avec l'habitude, cesse d'exister vraiment au point qu'on ne voit que lui, comme un général parmi les morts sur un champ de bataille après la défaite.

— Puisque tu le prends comme ça, on va t'obliger à partir, tu m'as compris : t'obliger ! C'est le tribunal qui va le décider.

Puis, se tournant vers la jeune femme :

— Viens, Florence, on n'a plus rien à faire avec cette tête de mule ! Il veut pas comprendre, tant pis pour lui !

Aurélien entend les talons de la femme s'éloigner, les portières d'une voiture claquer et le moteur se lancer. Il reste avec sa colère qu'il n'a pas eu le temps d'exprimer, des reproches tant de fois formulés dans sa solitude qui lui viennent trop tard à l'esprit. Florence le gênait. Il ne l'aime pas, mais sa présence de femme l'intimide, le met en face d'une partie de lui-même, douloureuse, toujours refoulée et toujours présente.

— Elle lui dépense tout, alors bien sûr qu'il faut vendre la maison ! fait Aurélien en se levant de son siège et en se dirigeant vers le buffet où se trouve le téléphone.

Composer un numéro ne lui cause aucune difficulté, sa mémoire est capable de se souvenir de tous ceux qui lui sont utiles pourvu qu'il les ait entendus une fois.

— Allô ! Gaudefroy ? Qu'est-ce que tu fous ? J'ai plus de vin ! Avec toi, je pourrais mourir de soif ! Je t'attends ! Oui, tu mets trois caisses comme ça j'en aurai pour plus longtemps, et du bon, comme d'habitude.

Il revient à sa place. Depuis la mort de Nestor, qu'il entend le souffle des murs, le silence des meubles et celui de sa solitude, il repense à Charlotte. Le parfum de Florence qui va mettre des heures à se dissiper exacerbe ses regrets. Pourquoi s'est-il comporté comme un mufle envers celle que sa mère lui destinait ? Maintenant, il regrette de lui avoir fait supporter sa rancœur. Charlotte est arrivée au mauvais moment. Aurélien venait de découvrir l'amour physique avec Martha, une Espagnole qui faisait le ménage dans la grande maison. Mme Lecomte en profitait pour s'absenter et prendre l'air. Martha avait un tempérament de feu, mais un corps disgracieux, une vilaine tête qui lui enlevaient toutes chances auprès des bienvoyants. Aurélien ne savait pas que ses mains caressaient un laideron et Martha savait répondre à ses ardeurs. Il souhaitait que leur relation dure toute sa vie et voulait l'épouser, mais Mme Lecomte, son frère et ses deux sœurs s'y opposèrent si fermement qu'il ne put rien obtenir malgré son obstination. Martha refusa de partir avec lui et disparut.

Aurélien était encore sous le choc de cet amour contrarié quand Charlotte arriva. Ce soir, il regrette d'avoir laissé la proie pour l'ombre. En effet, il espérait chaque jour que Martha reviendrait, mais l'Espagnole avait dû trouver un autre serviteur.

Une idée lui vient. Du temps de Nestor, il n'allait pas souvent à cet endroit du souvenir, mais aujourd'hui il en éprouve le besoin. Il n'a pas à traverser la route, c'est tout droit, le portail est large, en fer, avec des circonvolutions qu'il reconnaîtra au bout de sa canne. Il sort, conscient de jouer avec une liberté sans laquelle il ne pourra pas rester à Morsac. « Ses Papillons bleus voleront sans moi ! pense-t-il en franchissant le portail. J'ai toujours gêné Jacques, eh bien, je vais continuer ! »

Dans la rue, la pointe de sa canne ne quitte pas le rebord du trottoir. Il tourne à droite. L'endroit est sans surprise et il prévoit les obstacles. Après la dernière maison, le trottoir s'arrête net, mais Aurélien n'est pas perdu. Les grandes herbes du fossé, le gravillon du bord de la route ne lui sont pas inconnus. Il marche sans s'inquiéter. Les voitures passent à côté de lui sans ralentir, preuve qu'il est au bon endroit. Cela lui procure une grande joie : le voilà tout à coup comme les autres, conquérant d'une proximité aussi hypothétique que l'Amérique !

Un mur se dresse devant les grandes herbes, Aurélien le reconnaît à ses pierres saillantes. « C'est bien ce que je pensais ; le grand portail en fer ne doit pas être très loin. Ensuite, je suivrai l'allée sur cinq ou six pas et je tournerai à droite, je sais… » Il est content de sa victoire et en même temps il s'en veut de ne pas être venu plus souvent. « Bah, maman n'aimait pas qu'on lui casse les pieds et je me souviens de sa tête quand les sœurs Robin venaient la voir deux après-midi de suite ! Faut dire que les sœurs Robin, comme emmerdeuses, on trouve difficilement mieux ! » Le bout de sa canne suit le mur jusqu'à une arête. « Sûrement l'entrée, pense Aurélien. Mais où diable se trouve le portail avec ses circonvolutions ! » La canne révèle un portail en fer forgé qui lui paraît étrange. « Je ne me souviens pas de ces barres droites et des autres de travers ! Faut dire que je suis pas venu souvent et qu'avec Nestor, je ne faisais pas attention aux détails ! Ils l'ont sûrement remplacé ! »

Il entre, suit l'allée sur six pas, tourne à gauche, encore trois pas. Sa canne lui indique, comme prévu, une rangée de petites constructions carrées. Il s'arrête devant la troisième, la tombe des Lecomte où reposent son père et sa mère. D'un geste ample, il pose sa casquette et se recueille un instant. « Pardonnez-moi. C'est vrai, je ne vous ai pas souvent rendu visite, mais vous comprenez bien que la vie n'est pas facile pour moi ! » Il s'arrête, conscient de se plaindre une nouvelle fois, de tout ramener à lui. Il biaise : « Jacques et les filles veulent vendre la maison et me faire entrer dans un hospice pour aveugles ! Je veux pas. Ah, si j'avais su t'écouter, maman, et si j'avais épousé la petite Charlotte ! Mais je n'ai voulu faire qu'à ma tête, je suis bien puni ! Je voudrais la revoir, mais je ne sais pas ce qu'elle est devenue ! »

Il ne parle pas de la mort de son chien qui enlèverait toute portée à son acte. Un étrange sentiment l'envahit. Une idée germe en lui, ce ne peut être que sa mère qui la lui souffle : « Paule, la jeune Paule a fréquenté le frère de Charlotte après sa rupture avec cet ignoble François Garcin. Elle sait sûrement ce qu'ils sont devenus ! »

— Voyons, maman, pourquoi tu dis que François est ignoble ? C'était un ami dévoué, le seul peut-être. C'est vrai qu'on s'est un peu perdus de vue !

— Tais-toi, Aurélien, tu as toujours manqué de discernement. François est le pire des individus, la honte de la bonne société dont nous sommes. Un fainéant qui n'a jamais rien fait de ses dix doigts ! Un fêtard qui est ivre tous les jours ! On ne compte plus le nombre de fois où il a fallu l'aider à sortir son fourgon « Établissements Garcin et Cie, peintures et papiers peints » du fossé. Non, Aurélien, ton ami ne me plaît pas, et j'ai eu raison de peser de tout mon poids pour que ta sœur le quitte, parce qu'il n'est pas de notre monde et qu'elle n'aurait pas été heureuse !

— Mais, maman, tu as fait le malheur de Paule qui n'a toujours pas remplacé celui qui était l'homme de sa vie ! Tu l'as tellement traîné dans la boue !

— Qu'est-ce que tu racontes ? J'ai eu raison ! François est un mauvais homme !

— Puisque tu le dis…

— Et toi, pense que Dieu t'aime. Tu as un peu d'argent de côté, il faut que tu ailles à Lourdes.

— Tu crois que…

— Oui, j'en suis certaine. Dieu fera un miracle, je le lui demande tous les jours.

Conscient d'une présence derrière lui, Aurélien se tourne vivement.

— Mais, Aurélien, qu'est-ce que vous faites là ? demande l'homme qui s'est approché. Vous êtes perdu ?

Il connaît cette voix. C'est Laurent Valdat, le transporteur de Morsac dont le camion fait vibrer toutes les vitres de la maison.

— Tu le vois bien, ce que je fais ! répond Aurélien, bourru. Qu'est-ce que tu crois que je fais devant la tombe de mes pauvres parents ?

Laurent Valdat observe un silence gêné.

— Aurélien, venez, je vais vous conduire chez vous.

Il prend le bras de l'aveugle qui se dégage.

— Je suis assez grand pour rentrer chez moi. J'ai tout mon temps.

— Mais, Aurélien, vous n'êtes pas au cimetière, vous êtes dans mon dépôt !

Abasourdi, Aurélien tourne la tête autour de lui comme s'il voulait se rendre compte par lui-même de son erreur.

— Qu'est-ce que tu me racontes ? Ce sont bien des rangées de tombes !

— C'est mon dépôt, je vous dis ! Ce que vous prenez pour des tombes sont des palettes de marchandises !

— Tu me prends pour qui ? fait Aurélien d'une voix désespérée. Voilà que tu te fous de ma gueule !

Il s'éloigne ; Valdat, qui le regarde marcher en tâtonnant avec sa canne, le rejoint :

— Je vais quand même vous aider. Faudrait pas que vous vous fassiez renverser par une voiture.

— Fous-moi la paix, nom de Dieu ! Je veux rentrer seul !

Aurélien retrouve sa maison sans difficulté. Il est sombre ; sa méprise montre bien que Jacques a raison et qu'il ne pourra jamais se débrouiller. Avoir parlé à sa mère devant des cartons de marchandises lui cause une douleur profonde, l'impression d'avoir sali la mémoire de la vieille femme dont il garde en lui le son de la voix autoritaire mais rassurante. Sa mère lui a pourtant répondu, la preuve qu'il n'était pas loin d'elle et que Valdat lui a menti ! Il était bien au cimetière, sur la tombe de ses parents, mais Valdat a dû rencontrer Jacques qui lui a parlé. Tout le village s'est ligué pour le faire partir !

— Les salopards ! Ça leur fait du bien de tourmenter un pauvre malheureux !

Il faut qu'il retrouve Charlotte ! Il s'imagine traversant le village en lui donnant le bras et trouvant des mots toujours plus durs pour faire taire Marguerite.

— Oui, mais que je sois seul ou avec elle, c'est toujours la même chose qui manque : des yeux pour se diriger ! Après tout, peut-être qu'elle a un chien ! Je vais appeler Paule.

Les pas rapides dans l'escalier du débarras l'avertissent d'une visite. Il sourit : les visites qui viennent du sous-sol lui sont agréables.

— Te voilà, enfin ! Quel temps il fait ?

Clotilde trotte dans la grande pièce, s'installe sur le tabouret du piano.

— Bof ! J'ai pas bien regardé. Il fait gris, avec

des petits bouts de ciel bleu. Peut-être que le soleil va se mettre à la fenêtre !

— Ah, le bleu du ciel ! C'est ce qui me manque le plus ! C'est comment ?

Clotilde lève les yeux au plafond, réfléchit un instant.

— Il faut tout te dire, à toi ! Je sais pas ! Le bleu, c'est bleu, c'est pas comme le vert, le rouge, le jaune…

— Et le noir ?

— C'est comme la nuit quand il n'y a pas d'étoiles !

— Pourquoi ? Les étoiles changent la couleur de la nuit ?

— Non, mais elles font des petits points de lumière dans le ciel, comme des boutons !

— Je comprends ! dit Aurélien en tâtant du bout des doigts un bouton de sa chemise.

Un silence suit. Aurélien pense encore à sa méprise. Clotilde se renfrogne. Enfin, elle inspire et dit :

— Ma maman m'a promis au téléphone que, bientôt, elle m'emmènerait voir la mer !

Aurélien se lève lentement, va chercher un verre et la bouteille de vin dans le placard.

— La mer ? Tu en as de la chance. On me dit que c'est de l'eau à n'en pas finir, mais comment c'est fait l'eau ?

La petite fille réfléchit puis se lance :

— L'eau, ça peut pas se voir ! Dans le verre, tu ne vois que la surface. C'est transparent !

— Alors, comment tu peux voir la mer puisque

l'eau peut pas se voir ? Si tu vas au bord de la mer, tu ne la vois pas !

Clotilde éclate d'un rire clair qui s'envole, léger, dans cette pièce où le silence règne en maître absolu.

— Bien sûr que si, tu la vois ! La mer est bleue. On dit que c'est le bleu du ciel qui tombe dedans !

— Et la nuit, les étoiles tombent aussi dans la mer ? Tu as déjà vu tomber une étoile ?

— Non ! Et puis, j'ai jamais vu la mer. Ma mère me dit qu'elle va m'y conduire, mais je sais que c'est pas vrai ! Ma mère se moque bien de moi, la preuve, c'est qu'elle vient jamais me voir !

— Figure-toi que je vais bientôt voir aussi bien que toi et que tu ne pourras pas me monter le coup ! Je vais partir à Lourdes ! Un miracle m'attend là-bas !

— Ah bon ? fait la fillette tout à coup songeuse en s'éloignant lentement.

À la fin de son cours, Paule Lecomte quitte le collège de Châteaudun par une porte qui donne sur le petit parking où les professeurs garent leurs voitures. Brune aux cheveux courts, le regard vif, elle ne s'attarde jamais avec ses collègues. Paule ne se lie avec personne, parle peu. Sa vie s'identifie à son travail. Pourtant, ce soir, au lieu de suivre son itinéraire habituel, elle se dirige vers le cabinet d'assurances de son frère. Depuis la mort de Nestor, Paule ne peut détacher ses pensées d'Aurélien qui réactivent, par un curieux jeu de correspondance, ce qu'elle croyait avoir surmonté, la passion de sa vie.

Car Paule n'est pas la femme légère que l'on croit. Elle a fui dans la dérision une réalité qu'elle n'a jamais pu maîtriser. Petite dernière des quatre enfants Lecomte, elle a dû en supporter toutes les dérives. Son père, un homme déterminé, distant, était un conservateur acharné. Sa mère, Mme Lecomte, comme tout le monde l'appelait, s'occupait de la grande maison de Morsac, la plus ancienne et la plus prestigieuse du village, fleuron d'un passé auquel les Lecomte se raccrochaient.

La date 1642 inscrite sur le fronton, au-dessus de la porte, atteste l'ancienneté de la famille. Achille Lecomte parlait aux gens avec une certaine hauteur. La cécité de son dernier fils lui était infligée comme une punition et il ne l'acceptait pas. Il n'avait de considération que pour Jacques, l'aîné, qui devait reprendre le flambeau. Jacques avait son air supérieur. « Il est fier ! » disaient les gens, « C'est un Lecomte ! » précisait Achille. Les filles le laissaient indifférent, il leur conseillait surtout de ne pas s'amouracher de n'importe qui. Si Marie a suivi à la lettre ce précepte, Paule n'en a fait qu'à sa tête. La mort brutale à cinquante-deux ans a préservé Achille de cette désillusion. En se précipitant dans les bras de François Garcin, la petite dernière déshonorait sa famille.

À Morsac, comme dans tous les villages de province, les enfants ne sont que le prolongement de leurs parents dont ils doivent supporter la réputation. Le père de François Garcin était parti très loin pour s'en forger une détestable. La jalousie n'était pas absente des ragots qui couraient à son sujet. Parti en 1952 comme matelot sur un bateau de commerce, il était revenu en 1975 tatoué de la tête aux pieds pour s'installer peintre en bâtiment. Ce petit vaurien qui n'avait jamais rien su faire avait, paraît-il, rapporté des valises pleines de billets (c'est ce qui se disait avec des airs entendus !) et passait plus de temps au bistrot que sur les chantiers.

Il était revenu des « Îles » avec sa femme (une blondasse au genre douteux, disait Mme Lecomte) et son fils, François, qui suivait son exemple. Un accident de voiture vint interrompre leur pied de nez aux gens bien-pensants et remettre un peu d'ordre dans des habitudes millénaires. Émile, sa femme et leur fils se rendaient à Châteaudun quand leur voiture heurta de plein fouet un camion. Émile et sa femme furent tués sur le coup, François, à part quelques bosses, sortit indemne de la voiture pulvérisée. Un oncle et une tante se chargèrent de l'orphelin, mais ne purent redresser ses penchants déjà bien affirmés. De cette époque, datent l'amitié avec Aurélien et l'amour de Paule.

Aurélien avait été envoyé dans une école spécialisée à Tours où il apprenait à lire le braille. François l'avait-il pris en pitié ? Était-il touché par le handicap majeur d'un garçon de son âge ? Il lui rendait souvent visite, l'emmenait en promenade et ce dévouement, au lieu d'être perçu comme une marque de bonté, semblait coupable aux voisins. Mme Lecomte en était affectée car elle voyait bien les regards que la jeune Paule envoyait à François devenu un superbe jeune homme. À dix-huit ans, celui-ci put profiter du peu d'argent que son père n'avait pas eu le temps de dépenser. Paule l'aimait et rêvait de le suivre dans ses fameuses « Îles » où il avait conservé des attaches. Leur idylle dura deux années, puis Paule, contrainte à la rupture par sa mère, voulut mourir. Après plusieurs mois de désespoir, elle reprit ses études à Orléans. François s'engagea dans l'armée. Deux ans plus tard, il revint à Morsac et s'installa, comme son père l'avait fait huit ans plus tôt, peintre en bâtiment. Il n'avait pas perdu ses mauvais penchants et se remit à fréquenter assidûment tous les bistrots des environs sans se soucier de ses clients.

Le mal-être, Paule le supporte depuis des années. Ceux qui la côtoient disent d'elle que c'est une fille qui croque la vie par tous les bouts, qui aime les soirées, les amis. Savent-ils que derrière ce masque se trouve un être profond, d'une fidélité totale ? Benjamin Marie aurait-il pu changer les choses ? La rupture, à cause d'Aurélien qui renvoya Charlotte, la sœur de Benjamin, en la comparant à une autruche, mit fin au projet. Benjamin se retira dans une ville du Midi. En quelques mois, ils s'oublièrent complètement, et Benjamin ne donna plus aucun signe de vie.

Quand Jacques lui a parlé de son intention de vendre la maison, Paule s'est empressée d'accepter en pensant que sa part lui permettrait de changer d'appartement. Puis elle a eu l'impression de brader son passé, de vendre ses souvenirs, ses racines. L'éducation religieuse qu'elle a reçue lui laisse une certitude de justice, le sentiment que toute mauvaise action ne peut que se retourner contre celui qui l'a commise. Depuis quelques jours, elle sait que cette vente ne peut qu'apporter le malheur. Ce lieu par son ancienneté a acquis une âme qu'incarne Aurélien.

L'appel, la veille, de son frère, l'a beaucoup surprise, car elle ne s'attendait pas à ce qu'il lui a dit. Retrouver Charlotte ! Voilà qu'Aurélien en vieil égoïste pense à remplacer son chien !

Paule a pu facilement renouer avec le passé : un coup de téléphone à une ancienne collègue, cousine de Benjamin, lui a appris qu'il vivait toujours à Toulouse avec une certaine Odile, la mère de son enfant.

Le ciel s'est couvert et quelques gouttes annoncent une averse. Paule monte dans sa voiture et prend la route de Morsac. Dix minutes plus tard, elle se gare devant la belle et grande maison du bout du hameau, tant convoitée par des investisseurs étrangers. La nouvelle qu'elle apporte ne pouvait pas se contenter d'un simple coup de téléphone. Et, plus que jamais, elle a envie de s'occuper de son frère. « Si je veux qu'il m'arrive de bonnes choses, il faut que je sois bonne avec les autres ; si je veux que le destin me soit favorable, je dois tout faire pour aider mes proches ! Sauf qu'avec Aurélien, rien n'est facile ! »

Elle claque la portière de sa voiture, passe le portail de fer toujours ouvert. En face d'elle, devant la maison de Marguerite Cellinie, Clotilde la regarde. Paule lui sourit et la petite fille sourit à son tour. Paule suit l'allée dont les bordures sont envahies de grandes herbes, monte les marches en pierre, entre en s'annonçant :

— Aurélien, c'est moi, Paule…

— T'as pas besoin de le dire. Je suis pas sourd !

Cette extraordinaire mémoire des sons ! Les bien-voyants reconnaissent les gens aux traits de leur visage, à leur silhouette, longtemps après en avoir oublié le nom, Aurélien les reconnaît aux bruits qui les accompagnent, à leurs pas, leur présence qu'il ressent grâce à un sens inconnu des hommes ordinaires.

— Qu'est-ce que tu me veux ? demande-t-il sur un ton bougon.

— Tu es toujours aussi mal embouché ! constate Paule. Comment veux-tu qu'on s'apitoie sur ton sort quand tu ne cesses de ronchonner ?

— Je veux qu'on me foute la paix ! Voilà ce que je veux !

— Si tu le prends comme ça…

— Laisse, ce n'est pas pour toi que je parle comme ça ! Prends une chaise et assieds-toi ! Tu as eu des nouvelles de Charlotte ?

Paule pense alors à Benjamin qui a eu un enfant avec une autre femme. Finalement, c'est très bien ainsi !

— Oui, fait-elle après un silence évocateur.

— Elle est mariée, c'est ça ? Et tu ne sais pas comment me le dire ?

— Non, elle n'est pas mariée !

— Alors, tout va bien ! fait Aurélien en souriant de ce sourire étrange qui ressemble à une grimace à mi-chemin entre joie et désespoir.

— Non, elle est morte !

Le silence ponctué par le tic-tac de la pendule suit cette phrase terrible qui laisse Aurélien muet. Au bout d'un moment, il se lève de son fauteuil, va au placard avec une aisance qui cache momentanément son handicap, prend une bouteille de vin débouchée et un verre.

— Tu bois toujours autant ! constate Paule.

— Qu'est-ce que tu veux que je fasse d'autre ?

Paule ne peut pas le condamner. Après sa rupture avec François Garcin, elle aussi a failli sombrer dans la boisson, puis elle s'est ressaisie dans les bras de Benjamin, le temps d'une illusion, mais suffisant pour la sauver de la pire des déchéances. Aurélien boit trop, c'est sûr, mais, s'il y trouve l'apaisement, pourquoi pas ?

— J'en sais assez ! Tu peux t'en aller ! dit-il en vidant son verre. Je sais ce qui me reste à faire !

— Qu'est-ce que tu veux dire, Aurélien ?

— Vous avez gagné. Je suis de trop ? Soit ! Je vais partir dans une maison pour aveugles, c'est une manière de se suicider qui ne demande pas de courage !

— Ne cherche pas encore à te faire plaindre ! Je vais m'opposer à la vente de la maison. Nous serons deux contre deux, Jacques ne pourra rien faire ! Il ira au tribunal et nous gagnerons ! Ne perds pas courage, je t'en prie, reste ici. Tu es le gardien des souvenirs qui s'attachent à notre jeunesse !

— C'est ce que vous appelez l'album photos ?

Aurélien se verse un deuxième verre qu'il vide d'un trait. Si elle osait, Paule trinquerait avec lui.

— Maintenant, laisse-moi, je sais ce qui me reste à faire !

Paule n'insiste pas. Elle a le sentiment d'être lâche, pourtant elle sort sans rien ajouter. Aurélien, seul, boit encore un verre. La mort de Charlotte le met en face de sa propre survie. À quoi bon se battre ? Pourquoi ne pas se laisser aller, se fondre dans l'ombre qui l'entoure depuis sa naissance, y dissoudre sa conscience pour devenir l'ombre même ? Puis il se ressaisit, la colère le tire toujours des mauvais pas : « Ils peuvent parler ! fait-il en levant ses yeux vers le mur, je vais pas leur faire ce plaisir ! La Paule est venue ici, commandée par Jacques que j'emmerde ! Eh bien tant pis, je vais mettre le paquet et je te jure qu'il va en prendre plein les dents ! »

Il se laisse aller à un rire sec pendant que sa main droite explore la table jusqu'à la bouteille. Le silence retombe dans la grande pièce ; les bruits ordinaires du village, voitures qui passent, conversations, l'accaparent un instant... Enfin, Aurélien range son verre et la bouteille. Des pas courent dans l'escalier de la remise, s'approchent. La respiration de la fillette est tout près de lui, il sourit.

— J'ai entendu ta musique et j'ai été heureuse ! dit Clotilde.

Elle se tait un instant, passe derrière son oreille une mèche de cheveux qui a roulé devant ses yeux. Son visage s'éclaire.

— Dis, Aurélien...

— Quoi ?

— Pour toi, c'est fait comment, une maison ?

Aurélien fronce les sourcils, abaisse sa casquette et réfléchit un instant.

— Une maison, tu dis ? C'est une ligne dure que tu suis pour aller au placard, une autre ligne pour aller au lit, c'est une marche que touche ton pied qu'il faut lever pour le poser sur une autre marche et ainsi de suite. C'est quelque chose de rond et froid, comme une pomme que tu tournes pour ouvrir quelque chose de plat, dressé devant toi et trop grand pour que tes mains en connaissent la forme complète.

Un rire clair sonne, Aurélien s'arrête net.

— Ce que t'es marrant ! fait Clotilde. Une

maison, je vais te dire, c'est des murs, un toit pour empêcher la pluie de tomber dedans et des pièces carrées, avec des tables, des chaises, des meubles, des lits…

Elle se tait un instant et ajoute :

— Une maison, c'est très beau, surtout la tienne !

— Sûrement ! C'est pour ça que Jacques veut la vendre ! Mais il n'a pas encore gagné !

— Je suis certaine que tu seras le plus fort ! fait Clotilde. Au fait, ton miracle t'attend toujours ?

— Bien sûr, et c'est pas comme ta fleur rouge ! C'est deux bons yeux, grands ouverts, et qui bouffent de la lumière à ne plus savoir qu'en faire !

D'un geste brutal, Clotilde prend le combiné du téléphone que lui tend sa grand-mère. La voix de sa mère se veut apaisante :

— Je sais, ma chérie, mais je ne peux pas te prendre. Je te l'ai déjà dit ! C'est si petit, chez nous ! Tu comprends, dis-moi ?

— Non, je comprends pas ! Avant, on partait toutes les deux à l'école, tu me laissais à ma classe et tu allais dans la tienne, on se retrouvait le soir pour rentrer chez nous...

— Oui, mais maintenant, c'est comme ça !

Le visage de la petite fille se contracte, une affreuse grimace plisse ses yeux et tord ses lèvres d'où sort un cri aigre. La vérité, Clotilde la connaît : elle encombre Alain chez qui sa mère habite ! Elle jette le téléphone sur le carrelage et s'enfuit en courant.

— Mais qu'est-ce qui te prend ? crie Marguerite.

La vieille femme se précipite, ramasse le combiné, le porte à son oreille droite.

— Danielle, tu m'entends ?

— Oui, qu'est-ce qui se passe ? Où est Clotilde ?

— Elle s'est cabrée ! Ah, ce caractère ! Mais t'en fais pas, je la mettrai au pas !

Clotilde court à toutes jambes, traverse le jardin sans voir les jonquilles frileuses enfin épanouies. Elle frappe une flaque d'eau du plat de sa chaussure, éclabousse le lilas. Le Loir qu'un coup de soleil éclaire lui fait un signe amical. Sur l'autre rive, un cerisier fleuri blanchit la grisaille des taillis.

— Je prendrai un couteau et je les tuerai tous !

À cette pensée, elle éclate d'un gros rire. Entre les grandes herbes, Jules la regarde de ses gros yeux niais. La fillette s'accroupit.

— Non, je les tuerai pas tous !

— Tu ne tueras personne. D'ailleurs, sais-tu ce que tu veux ?

Clotilde regarde Jules, pathétique avec son visage blême, son bonnet rouge, ses yeux rieurs qui cachent des larmes aussi vieilles que ce nain abandonné.

— Non, Jules, je ne sais pas ce que je veux. Je sais seulement que je suis malheureuse.

— T'en fais pas ! Marcelline t'attend et a pour toi une très bonne nouvelle.

— Une bonne nouvelle ? C'est impossible. Sa fleur rouge n'existe pas. Il n'y a jamais aucune bonne nouvelle pour moi !

Elle se renfrogne.

— J'ai envie d'être méchante, de donner des coups de bâton à Minet et Minette qui reçoivent toutes les caresses de grand-mère. J'ai envie de faire de grosses bêtises !

Elle serre Jules dans ses bras, le nain de porcelaine lui souffle de nouveau à l'oreille :

— Je t'ai dit que Marcelline avait une bonne nouvelle pour toi !

La fillette lève ses grands yeux gris au ciel, comme si elle y cherchait la confirmation de ce que vient de dire Jules.

— Alors, poursuit le nain, pourquoi tu ne vas pas la voir ?

Clotilde se dirige vers le Loir. Un gros poisson s'ébat bruyamment à la surface de l'eau. C'est sûrement un signe de bienvenue. Elle s'enfonce dans le couloir sombre par un escalier entre les herbes qui plongent dans le fleuve. Marcelline l'attend dans la grande salle sonore où les statues de plâtre s'inclinent pour la saluer. Clotilde constate qu'elle flotte dans l'air, comme une bulle de toutes les couleurs.

— Sois la bienvenue ! fait Marcelline.

Clotilde baisse la tête, honteuse de ce qu'elle a dit.

— Je t'ai parlé de la fleur rouge ! poursuit la fée. Tu ne m'as pas comprise. Tu as cru que cette fleur poussait n'importe où, comme les autres fleurs. Mais non, elle pousse dans ton cœur.

— Rien ne peut pousser dans mon cœur, ça, je le sais ! répond la petite fille.

— Réfléchis, il est plus facile pour toi de trouver la clef du bonheur que pour Aurélien de voir. Et pourtant, Aurélien va partir très loin…

— Je peux donner tout l'argent que j'ai dans ma tirelire, le cochon rose qui est affreusement laid.

Marcelline se met à rire et les statues rient avec elle. La grande salle tout entière est secouée d'un rire heureux qui ne comporte aucune moquerie.

— Tu n'as encore rien compris. Tu ne dois surtout pas donner d'argent. Réfléchis, et pense à Aurélien, l'aveugle !

La fillette quitte le château, grimpe l'escalier entouré d'eau, court jusqu'à la petite porte du jardin par où elle entre chez Aurélien. Le piano joue une musique grave qui lui donne envie de pleurer, qui dresse devant elle un désert de tristesse, semblable à ces dunes de sable que montre la télévision. Les notes coulent en elle, cascadent à chaque accord, brillent en une multitude de reflets lumineux.

Elle écoute un long moment avant de s'engager dans l'escalier en retenant ses pas. Pourtant Aurélien l'a entendue : la musique s'arrête. Quand elle arrive à la porte du débarras, elle aperçoit l'aveugle sur le tabouret qui tourne vers elle ses yeux morts. Son visage, encore sous l'emprise de sa mélodie, garde une expression profonde, tragique, amplifiée par ce léger sourire qui distend ses lèvres d'une manière qui ne correspond à aucun sourire humain.

— C'est toi ? Tiens, prends un bonbon dans la boîte, sur la table.

La fillette choisit un bonbon, le déplie, le prend délicatement entre ses dents, le mâche, puis le crache.

— C'est de la menthe ! J'aime pas la menthe !

— Tant pis pour toi ! Je croyais que ça te ferait plaisir !

Clotilde ne résiste pas à l'élan de son cœur. Elle passe ses bras autour du cou de l'aveugle et attire sa grosse tête sur son épaule frêle.

— Tu ne pouvais pas savoir, mon pauvre Aurélien !

— Bon, fait Aurélien mal à l'aise, laisse-moi. Il faut que j'aille préparer mes affaires. Je pars bientôt à Lourdes !

Clotilde s'éloigne en courant, ses pieds claquent sur les marches de l'escalier. Aurélien parcourt de la pointe des doigts les touches de son piano. À cet instant, elles n'ont rien à lui dire, rien à lui apporter. La visite de Paule l'a mis en face de l'urgence. Charlotte morte, il doit se raccrocher à autre chose. Il se verse un verre de vin, le boit et dit :

— Faut que j'appelle François Garcin !

Depuis longtemps, les Établissements Garcin et Cie se contentent d'une clientèle locale peu pressée et peu exigeante. François vit en retrait du village dans la petite maison de ses parents. Avec les années, il s'est replié sur lui-même. Les quelques ravalements de façade qu'il fait chaque année lui suffisent pour vivre. Sa solitude le conforte dans sa nature profonde qui est mélancolique. Il rêve des « Îles » où il est né, mais ne veut surtout pas y retourner par peur d'être déçu. Doté d'un esprit beaucoup plus profond qu'on ne le croit, ses turpitudes expriment son désespoir. Conscient de son inutilité, lui qui ne supportait pas l'école, a longuement médité les écrits des philosophes du début du XXe siècle. L'absurdité du monde ôte à cet incroyant toute disposition au bonheur. Seul, il sombre dans un alcoolisme de raison, ce qui dresse contre lui une population jalouse : « Tu crois pas qu'il pourrait faire quelque chose, un gars aussi costaud ! » Il va à la chasse, à la pêche, cherche les champignons, cultive un lopin de jardin. Il s'émeut de voir germer une graine, de surprendre un oiseau sur son nid. Un émerveillement que l'inutilité rend pathétique dans un cosmos où la conscience humaine n'existe que pour comprendre l'impasse dans laquelle elle se trouve.

Quand il entend la voix bougonne d'Aurélien au téléphone, François passe sa main sur ses joues mal rasées. Ses yeux s'allument. Le colosse ne s'attendait pas à cet appel et en éprouve de la joie.

— D'où tu reviens ? De la planète Mars ? Et tu me dis que ton chien est mort ?

— Oui, et je m'ennuie ! Pourquoi qu'on reste chacun de son côté ? Je sais que tu en veux à ma sœur, mais toi et moi, on peut encore boire des canons !

— Qu'est-ce qui te fait dire que j'en veux à ta sœur ? C'est comme ça, c'est tout !

Quelques instants plus tard, Marguerite entend un bruit de moteur qui annonce le fourgon de François Garcin. Elle ne peut s'empêcher de penser qu'Aurélien a choisi la pire manière de s'opposer à son frère : « Il ne manquait plus que celui-là ! pense-t-elle. Les poivrots se rassemblent ! On n'a pas fini d'en entendre parler ! » Le véhicule s'arrête devant le portail de fer. De gros nuages blancs moutonnent au-dessus des maisons, il fait très doux. François Garcin descend sous le regard attentif de Marguerite qui ne comprend pas les raisons de cette visite inattendue. Elle constate une fois de plus qu'il a fière allure avec ses larges épaules et surtout son beau visage que les rides ont ennobli. Elle soupire en pensant à Paule.

Sur le perron, François crie :

— Holà ! Il y a quelqu'un ?

— Où veux-tu que je sois, vieux chenapan ! répond une voix à l'intérieur.

La porte s'ouvre. Aurélien sourit à l'arrivant dont il sent l'odeur particulière de mousse, de vieux bois, bref de quelqu'un qui ne se lave pas tous les jours.

— Tu es toujours aussi bourru ! fait François.

Ils s'embrassent. François entre dans la maison qu'il connaît bien et qui lui remet tant de souvenirs en tête. Rien n'a changé au fil des années. Cette maison reste hors du temps, les siècles la caressent sans imprimer leurs rides. Le même meuble dans l'entrée, la porte en face, et, sur la droite, la grande pièce qui sert de cuisine, de salle de séjour et de salon. La pendule égrène son bruit régulier à côté du grand piano noir qui reflète la lumière de la fenêtre, la table avec le verre d'Aurélien.

— Ça fait quelque chose de revenir ici ! fait François, la voix pleine d'émotion.

— Ouais… Je m'ennuyais de toi. Mais enfin pourquoi tu ne passais pas de temps en temps ? On n'était pas brouillés !

Le peintre en bâtiment baisse ses puissantes épaules.

— Le boulot, bien sûr ! Enfin, j'avais tourné la page et, c'est vrai, j'évitais de passer dans le coin. Tu ne m'en veux pas ?

— François, mon ami, je ne t'en voudrai jamais !

Ils éclatent de rire. Leur amitié a survécu au temps parce que rien n'a changé, surtout pas eux. Ils restent identiques aux gamins et aux jeunes gens qu'ils ont été, c'est à la fois leur force et ce qui les isole, la porte ouverte sur les regrets.

— Nous, on s'est arrêtés de grandir au seuil de la connerie ! fait François, fanfaron. Regarde les autres, ton frère Jacques qui veut jouer aux malins avec sa petite nana qui lui dépense tout ce qu'il gagne ! Regarde, Pierre Joffret, qu'on appelait Panpan, c'est le plus con de tous ! Patron de l'Intermarché, il se vante de tutoyer le préfet et quelques députés ! Ça lui fait une belle jambe !

— Moi, je tutoie le bon Dieu ! précise Aurélien, c'est plus simple pour lui parler franchement. Et je lui dis tous les jours que la comédie a assez duré, que j'ai essayé d'imaginer le monde et je n'y suis pas arrivé.

— C'est aussi bien comme ça ! Tu te préserves de la déception, celle qui grandit au cœur de chaque homme.

— Voilà, fait Aurélien en remplissant les verres. Je t'ai fait venir parce qu'il faut que tu me rendes un service. Je veux voir le bleu du ciel avant de mourir, alors, il faut que tu m'emmènes à Lourdes.

Un silence étonné de François. Enfin, il bouge ses larges épaules.

— Tu es sérieux ? Tu te rends compte de ce que tu dis ?

— Oui. Je veux retrouver mes yeux et il y aura un miracle !

— Mais enfin, Aurélien, tout ça c'est des

conneries ! Dieu n'existe pas, tu le comprends bien qu'il ne peut pas exister sinon, le monde ne serait pas comme il est !

— Si, Dieu existe, et il va me donner des yeux tout neufs ! J'en suis certain. Est-ce que tu veux m'accompagner à Lourdes ? Si tu veux pas, je ferai autrement.

La question est tombée comme une poutre qui se serait détachée du plafond. François regarde autour de lui et, par la fenêtre, les toits des maisons voisines. À Lourdes ! Cette fois, Aurélien a perdu la tête !

— Mais tu crois vraiment à leurs conneries ?

— C'est pas des conneries. C'est vrai. Je te promets que des paralysés ont retrouvé leurs jambes et des aveugles leurs yeux. Le bon Dieu m'a fait aveugle parce qu'il voulait que je supporte l'épreuve. Maintenant, il veut que je voie !

— Mais enfin, Aurélien, c'est toi qui me parles comme ça ? Mais j'aimerais mieux être sourd que…

— Ne parle pas de ce que tu ne connais pas ! Tu n'es pas sourd ! Alors, laisse-moi croire ce qui me fait du bien. Il faut que tu m'aides à aller à Lourdes.

François vide son verre et se tait un instant. Il regarde intensément son ami aux yeux fermés et se dit qu'il n'a pas le droit de briser une telle espérance. Le miracle, ce n'est pas cet improbable Dieu qui va le faire, c'est Aurélien lui-même qui le porte. Comment lui refuser cette joie ? François se tait un instant. Tous les souvenirs qu'il voulait oublier le submergent, le rattachent à un passé toujours déterminant. Il demande :

— Au fait, ta sœur, je n'ai pas de nouvelles depuis longtemps…

— Elle est passée, il y a quelques jours.

De nouveau un silence ponctué par la vieille pendule. François inspire.

— Eh bien, puisque tu le veux, on va aller à Lourdes !

Aurélien sourit en ouvrant exagérément la bouche, un sourire du début de l'humanité. François en comprend la sincérité à sa démesure, la grimace devient signe d'amitié, de reconnaissance.

— Je savais que je pouvais compter sur toi !

— Oui, fait François en soupirant. Le fourgon n'est pas tout neuf, mais il tiendra !

— T'en fais pas, Dieu sera avec nous !

— Faut aller à l'économie ! précise François. On dormira dans le fourgon, suffit d'emporter des couvertures. Pour manger on achètera des trucs tout faits. Reste la question essentielle : le pinard !

— On l'achètera par caisses, histoire de pas se trouver à court ! Côté finances, t'en fais pas, j'ai des économies !

— Alors, ça roule !

— Ensuite, quand j'aurai retrouvé mes yeux, en revenant, on ira jusqu'à la mer. Parce que je veux voir le bleu du ciel tomber dans la mer !

— Dis, c'est pas à moi qu'il fallait t'adresser, mais au Club Med !

Ils rient parce qu'ils pensent tous les deux à la belle aventure qui les attend. Enfin, ils vont sortir de leur quotidien morne ! Aurélien va penser à autre chose qu'à la menace de vente de sa maison, il va vivre chaque jour, chaque instant dans l'espoir de ne plus être aveugle, dans la peur d'un tel bouleversement.

— Le temps d'une visite d'entretien du fourgon, de faire la vidange du moteur, de vérifier les freins…

— Mais tu l'as pas emmené au contrôle technique ?

— Bien sûr que si, mais c'est Truchaud qui fait les contrôles et Truchaud, tu le connais, c'est un copain de jeunesse, il peut rien me refuser… Disons qu'on part après-demain !

— Et tes clients ?

— Ils attendront ! Ils ont l'habitude !

— Alors, c'est dit !

François vide son verre, se dirige vers la sortie et précise :

— C'est qu'il va falloir se méfier de l'alcootest ! Maintenant, ils bricolent plus, les pandores !

— T'en fais pas : je boirai pour toi !

— À la vitesse où on roulera, ils pourront rien nous dire ! Parce qu'on va prendre notre temps ! On fera des petits crochets, histoire de visiter des vignobles et de goûter des vins intéressants !

François se sent fiévreux. Il se donne à des émotions qu'il croyait lointaines et qui retrouvent, tout à coup, la force souveraine et la pureté de la jeunesse. Il a l'impression de renaître.

Clotilde pousse son cri d'animal blessé. Devant elle, dressée, grand-mère Marguerite lève de nouveau le martinet, prête à frapper. Encore un cri qui transperce les murs. Le martinet cingle.

— Mais tu vas te taire, petite mauvaise !

Assis à sa place près de la cheminée éteinte, Gaston fume sa cigarette, comme absent. Il s'absorbe dans ses pensées pour échapper au présent. Il ne supporte pas les cris de la fillette et comprend en même temps la nécessité de la contraindre à l'obéissance. De tels soucis ne sont plus de son âge, mais cela ne l'empêche pas de souffrir quand il entend les protestations de cette pauvre gamine. « C'est ses parents qu'on devrait frapper à coups de martinet ! » pense-t-il, mais parler lui coûte.

— Je n'en peux plus ! hurle Marguerite. Voilà dix jours que tu es ici et tu fais déjà parler de toi. Tu es insupportable à l'école, tu dissipes toute la classe, tu te bats dans la cour, qu'est-ce que tu veux ? Que la maîtresse te mette à la porte ?

Clotilde est couchée sur le dallage de la cuisine, la robe relevée sur ses cuisses maigres. Marguerite se tient debout, le martinet dressé. La fillette crie de nouveau, un cri sorti du fond de son être, sans expression, ni colère, simple bruit destiné à contenir la terrible pression intérieure. Minet qui dormait sur son coussin prend peur et s'enfuit par la fenêtre ouverte.

— Mais tu vas te taire !

Le martinet cingle les cuisses qui s'agitent.

— Maintenant, file dans ta chambre !

La fillette s'éloigne, claque la porte au fond du couloir et s'insurge :

— Je vais m'en aller très loin. Personne ne me retrouvera !

Gaston allume sa cigarette avec l'application qu'il met dans chaque chose et dit sans tourner la tête :

— Peut-être qu'il faudrait la prendre autrement, essayer de lui faire comprendre…

Marguerite le foudroie du regard.

— J'ai tout essayé ! Elle ne veut rien comprendre ! C'est une mule !

Gaston n'insiste pas et se plonge de nouveau dans des pensées qui l'éloignent de la compassion douloureuse qu'il ressent pour Clotilde.

Le lendemain matin, la fillette se lève sans rechigner pour se rendre à l'école. Elle avale sans un mot son bol de lait d'habitude trop chaud ou pas assez sucré. Marguerite remarque son visage très pâle, ses yeux profonds cernés de fatigue. Clotilde se montre très docile, comme si la leçon de la veille avait porté. Elle prend son cartable, embrasse sa grand-mère et s'en va sans la moindre protestation. Marguerite n'est pas rassurée : la docilité de Clotilde cache quelque chose, pourvu qu'elle n'ait pas inventé une nouvelle bêtise !

Les heures ne passent pas. Marguerite ne finit pas son ménage, fait brûler le rôti de porc tant ses pensées sont ailleurs. Un peu avant midi, Jacques Lecomte arrive à bord de sa grosse voiture, se gare devant la maison voisine. Marguerite l'entend hausser le ton contre Aurélien. Les deux hommes sont restés sur le perron, elle ouvre la fenêtre et tend l'oreille.

— Mais tu te rends compte, s'écrie Jacques, Lourdes, c'est à huit cents kilomètres !

— Qu'est-ce que ça peut faire ? J'ai tout mon temps !

— Écoute, je vais t'inscrire dans un voyage organisé par l'évêché de Tours…

— Je veux pas de ton voyage organisé. Dieu ne me reconnaîtrait pas au milieu de tous ces éclopés. Je veux partir avec mon ami François Garcin !

Un silence. Marguerite voit Jacques s'approcher d'Aurélien, menaçant, prêt à le prendre par le col.

— Tu ne vas tout de même pas faire confiance à ce moins que rien, ce…

— Si, je vais lui faire confiance. Et maintenant, tu vas me laisser parce que François va arriver et nous avons à faire, nous partons demain !

Jacques descend les marches et regagne nerveusement sa voiture. La portière claque. Pendant quelques instants, cette dispute a fait oublier ses soucis à Marguerite qui les retrouve, vifs comme du fer rouge dans son ventre.

L'après-midi s'éternise. La grand-mère tue le

temps en déambulant autour de la maison sans but précis. Elle rejoint Gaston à son atelier, puis va inspecter ses lapins dans leur cage. Enfin, l'heure de la fin de l'école arrive et augmente son appréhension. Elle surveille la rue de sa fenêtre. Les filles Leblanc se chamaillent comme toujours, le petit Gaétan Giraud marche, résolu, portant un sac plus gros que lui. Clotilde qui ne se mêle pas aux autres enfants ne devrait pas tarder. Marguerite regrette maintenant de ne pas être allée l'attendre à la sortie. Il se passe quelque chose ! La tête de Clotilde ce matin en disait long sur ses intentions cachées. Qu'a-t-elle encore inventé pour la tourmenter, pour faire parler d'elle et se mettre dans la pire des situations ?

Clotilde est en retard. Marguerite veut espérer qu'elle va arriver : la maîtresse l'aura retenue pour lui faire la morale car elle a été encore une fois insupportable ! C'était cette envie de désobéissance à l'école qui marquait le visage de la fillette. Marguerite veut le croire, mais cela ne la rassure pas pour autant.

Enfin, elle aperçoit la grêle silhouette de sa petite-fille et son cœur bondit. Elle s'est fait du souci pour rien ! Clotilde n'est pas une mauvaise enfant, elle crie, s'oppose, mais connaît les limites de la désobéissance ! Ce soir, Marguerite veut croire à ces limites qui assurent sa quiétude.

— Te voilà enfin ! J'ai cru que tu étais punie !

— Non. Je suis passée chez Virginie qui voulait me prêter un livre.

— Un livre ? Mais tu n'as qu'à me demander et je t'achèterai les livres que tu veux.

— C'est un livre de géographie ! précise la fillette. Il y a toutes les régions de France, les départements, les villes…

— Très bien ! fait Marguerite. Viens goûter, ensuite tu pourras étudier la carte de France. C'est mieux que de bayer aux corneilles !

Clotilde boit prestement un bol de lait que lui a préparé sa grand-mère et sort dans le jardin. Le Loir lui fait des signes sous un soleil voilé, mais elle ne répond pas à son appel. Elle s'arrête près du lilas, embrasse Jules qui lui sourit puis passe chez Aurélien. Dans le couloir, près de la porte d'entrée, des paquets sont disposés en tas. L'aveugle est occupé, par tâtonnements, à faire l'inventaire de l'un d'eux. L'arrivée de la petite fille éclaire son visage d'un sourire.

— Alors, Aurélien, tu es toujours décidé de partir à… Comment tu l'appelles, cette ville ?

— À Lourdes, c'est dans les Pyrénées. Oui, je suis décidé plus que jamais. François et moi, nous partons après-demain matin.

— Et pourquoi pas demain ?

— C'est ce qu'on avait prévu, mais on ne sera pas prêts. François doit m'emmener à la banque pour prendre des sous. Et puis, il faut préparer les provisions.

— Et par où vous allez passer ?

— Par les petites routes. Pas question de prendre les autoroutes ! De Châteaudun, on va aller à Vendôme en passant par Oucques, puis vers Tours. Nous suivrons la Loire et ses vignobles. Puis la Charente pour goûter ses cognacs. De là, nous passerons dans le Bordelais et nous continuerons vers le sud, Mont-de-Marsan, Pau et enfin Lourdes !

— Redis-moi ces noms de villes pour que je m'en souvienne. Je vais les marquer pour regarder sur ma carte.

Aurélien énumère les noms les uns après les autres. Clotilde, assise à table, une feuille de papier devant elle, un crayon à la main, s'évertue à noter les mots que l'aveugle épelle. Enfin, elle plie sa feuille et s'éloigne.

— Salut, Aurélien, je suis très contente que tu retrouves tes yeux !

Puis elle murmure à voix basse :

— Cette fois, l'heure est venue de faire la grosse bêtise !

Ce soir, Clotilde est particulièrement sage. Elle s'est enfermée dans sa chambre pour faire ses devoirs et lire. Marguerite l'appelle pour dîner et trouve la petite fille absorbée dans son travail. Elle en tire une grande satisfaction, consciente que la séance de martinet de la veille n'a pas été inutile.

Le lendemain matin, Clotilde part à l'école sans la moindre opposition. Satisfaite, Marguerite passe enfin une journée calme et peut s'occuper du potager délaissé par Gaston sans lever constamment la tête dans l'inquiétude d'une nouvelle catastrophe.

Vers cinq heures de l'après-midi, elle revient à sa cuisine, prépare le goûter de sa petite-fille qui va arriver d'un instant à l'autre. Elle couvre le bol de lait chaud, sort devant la porte. Pour se donner une contenance, elle arrache les mauvaises herbes autour des jonquilles fleuries. Les minutes passent, la pendule sonne six heures, puis la demie.

Clotilde n'est toujours pas rentrée. L'angoisse grandit dans l'esprit de la grand-mère qui s'est placée près du portail et regarde le bout de la rue.

Le soleil est bas sur l'horizon et Clotilde n'est toujours pas arrivée. Marguerite doit se rendre à l'évidence : sa petite-fille a fait une nouvelle fugue. Ses épaules s'abaissent, la voilà tout à coup sans force, les jambes lourdes ; elle ne peut bouger et reste là, en face de la route vide qui s'assombrit. Jeanne Pourcie qui rentre de son usine arrête sa voiture devant son portail.

— Eh bien, Marguerite, on dirait que vous attendez quelqu'un ?

Marguerite baisse la tête.

— Ma petite-fille, Clotilde, n'est pas encore rentrée de l'école, je me demande si…

Jeanne connaît la situation de sa voisine, mais se veut rassurante :

— Vous en faites pas, elle va arriver. Elle sera restée chez une copine !

— Non, elle n'est pas restée chez une copine ! Je vais avertir les gendarmes !

— Vous ne croyez pas que c'est un peu tôt ? Ils vont dire que vous leur faites perdre leur temps !

— Vous avez raison, Jeanne, je vais attendre encore un peu, mais le temps me semble bien long !

Marguerite entre chez elle où Gaston, revenu un peu plus tôt que d'habitude de son atelier, fume sa cigarette en regardant le feu qu'il vient d'allumer. Sa femme retient un mouvement de colère et se contente de dire :

— Mais tu n'as donc rien à faire ? Et le jardin ?

Tu vas quand même pas attendre le mois de mai pour semer de la salade !

— C'est trop tôt, il peut encore geler !

Marguerite va à l'évier, bouscule des casseroles, cherche dans son réfrigérateur, puis revient au centre de la pièce.

— J'appelle sa mère !

Elle décroche le téléphone, compose un numéro et attend.

— Bien sûr, sa mère n'est pas chez elle. Elle a autre chose à faire qu'à s'occuper de sa fille ! Ses vieux parents sont là pour ça !

Elle sort de nouveau, scrute la nuit qui est tombée, accroche son regard aux lampadaires et aux premiers insectes attirés par la lumière. Le fourgon de François Garcin est garé près du portail d'Aurélien, les deux hommes doivent être déjà ivres à rouler sous la table ! Les bruits du soir arrivent jusqu'à elle, des bruits simples de la vie, volets que l'on ferme, grincements d'un portail... Une voiture s'approche, le cœur de Marguerite accélère. La voiture passe devant elle, s'éloigne. Où est Clotilde ?

Gaston sort à son tour, regarde la nuit, puis s'approche de Marguerite. Petit, trapu, la tête massive, son crâne plat sans chapeau lui confère un aspect inhabituel et menaçant. Lui aussi scrute la nuit de ses petits yeux profonds. Sa cigarette remplit l'air d'une odeur habituelle du soir qui fait chercher une autre odeur, celle de la soupe de poireaux. Gaston soupire : que font-ils là tous les deux devant la porte de leur maison où ils n'osent pas entrer, comme deux vagabonds ? Il a le sentiment qu'on leur vole leur temps, eux qui aspirent au repos, à la paisible routine des jours simples avant la plongée dans la grande vieillesse. Gaston donne rarement son avis, sauf sur ce qui le concerne directement : les machines qu'on lui apporte à réparer. Il n'est de voitures, de tracteurs, de motos, de moteurs qu'il ne sache remettre en état de marche, aussi ne manque-t-il pas d'occupations. Il change des plaquettes de freins, fait des vidanges, remplace des courroies, mais sa spécialité reste les moteurs capricieux et là, Gaston est capable de tous les miracles, même si l'électronique moderne a limité son champ d'investigation. « Maintenant, on ne s'embarrasse pas, dit-il. Au moindre hoquet, on change la moitié du moteur ! De mon temps on cherchait la panne et on faisait la réparation. Cela prenait plus de temps, mais, au moins, on servait à quelque chose ! »

— Tu crois pas que tu devrais téléphoner aux gendarmes ?

Il a parlé comme à lui-même, sans appuyer sur la question, en tournant les talons. François Garcin sort de chez Aurélien, s'arrête dans la petite allée avant le portail et se tourne :

— Dors bien, Aurélien, c'est demain le grand jour !

Il monte dans sa camionnette en chantonnant. Marguerite reste encore un instant à l'écoute de la rumeur nocturne, puis entre à son tour sans fermer la porte, malgré les papillons de nuit qui tournent autour de la lampe. C'est l'heure de mettre le couvert, de faire la vinaigrette de la salade, c'est l'heure de l'apaisement, de la paix : esprit et corps se rejoignent dans une douce léthargie chargée des projets du lendemain. Enfin, elle se dirige vers le téléphone, se tourne vers Gaston comme pour avoir son avis, décroche, compose le numéro de la gendarmerie de Morsac.

— C'est encore vous, madame Cellinie, fait la voix du gendarme. Ne vous donnez pas tant de souci ! Votre petite-fille va revenir, comme l'autre fois. Souvenez-vous, la nuit lui fait peur !

— Oui, mais cette fois, j'ai un pavé dans l'estomac. Il me semble qu'elle ne reviendra pas ! dit Marguerite avec émotion. Je suis sûre qu'on l'a enlevée !

— Mais non ! Qui voulez-vous qui l'ait enlevée ? Écoutez, il est sept heures. Si, à neuf heures, elle n'est pas rentrée, rappelez-nous, nous viendrons. En attendant, je vais avertir les patrouilles. Elle ne devrait pas être très loin.

Marguerite repose le téléphone, plus anxieuse que jamais. Ce que lui a dit le gendarme ne la rassure pas du tout, bien au contraire. Elle a été abusée. Clotilde n'a pas fugué, elle a suivi le premier venu, c'est maintenant une certitude. Et ce reproche qui revient à chaque instant : pourquoi n'est-elle pas allée l'attendre à la sortie de l'école ?

Marguerite hésite de nouveau, debout à côté du téléphone. Si elle appelait Jean-Paul, son gendre ? Après tout, c'est le père de Clotilde ! Danielle lui a trouvé tous les défauts du monde pour reprendre sa liberté. Danielle a le feu quelque part... Marguerite pense à sa grand-mère qui courait après tous les pantalons du village, à sa sœur, divorcée deux fois... Une tare de famille !

Le temps passe, lent, lourd. Pour l'oublier, Gaston et Marguerite font comme tous les soirs. Gaston s'assoit à table, se verse de la soupe fumante, Marguerite remplit son assiette et aspire le bouillon chaud, mais sa gorge reste nouée. Au bout d'un moment, elle se décide :

— Je rappelle les gendarmes. On ne peut pas passer la nuit comme ça !

La lumière est restée allumée toute la nuit dans la maison de Marguerite et Gaston Cellinie. Les gendarmes sont passés vers onze heures, hier au soir, ils ont rassuré les grands-parents puis sont partis en annonçant qu'ils allaient mettre toutes les brigades en alerte et qu'ils allaient patrouiller autour de l'école. Ils étaient persuadés que Clotilde serait retrouvée avant la fin de la nuit. Le jour se lève, doux sur une campagne pleine d'oiseaux, et Marguerite n'a aucune nouvelle. Elle a passé de longues heures derrière la fenêtre à surveiller la rue, Gaston est resté près de la cheminée à téter sa cigarette éteinte. Marguerite a appelé toutes les heures Danielle sur son portable, lui a laissé plusieurs messages, mais Danielle n'a pas rappelé. Elle a trouvé un numéro de Jean-Paul, mais elle n'est pas certaine que ce soit le bon. Personne n'a répondu : les parents ne se soucient pas de leur fille perdue !

Tout l'énerve, même ses chats qui réclament leur pitance. Un fourgon de gendarmerie vient se garer devant la maison. Le brigadier Pardaux salue Marguerite qui est sortie précipitamment.

Le visage grave, il a perdu sa superbe assurance de la veille. Aucune piste, aucun indice ne permet d'orienter les recherches.

— On a interrogé ses camarades. Elle a quitté l'école comme les autres soirs et a suivi les filles Fauchet jusqu'au bout de la rue. Puis elle a prétexté avoir oublié sa trousse pour faire demi-tour. À l'école, Mme Gaspiet qui faisait le ménage a effectivement vu Clotilde entrer dans sa classe et en sortir quelques instants plus tard. Depuis, aucune nouvelle ! Nous avons interrogé les gens, personne n'a rien vu.

Il ne va pas au bout de sa pensée devant la grand-mère qui essuie ses larmes. Il ne dit pas que des témoins ont vu un homme bizarre rôder tout l'après-midi autour de l'école, elle l'apprendra assez vite. Gaston est sorti ; sa cigarette imbibée de salive pend au coin de ses lèvres. Il regarde un instant le gendarme sans un mot, puis rentre de nouveau.

— Les recherches continuent ! dit Pardaux. Nous avons alerté nos collègues de la police. Un commissaire va être chargé de l'enquête, mais espérons que nous n'aurons pas à en arriver là et que votre petite-fille sera retrouvée dans les heures qui viennent !

— Ça veut dire que vous avez une idée de l'endroit où elle se trouve ? demande Marguerite qui cherche le moindre détail pour continuer d'espérer.

— La logique veut que ce soit comme ça ! À moins que…

— À moins que quoi ? Vous n'allez pas me dire

qu'elle a été enlevée ? s'étonne Marguerite oubliant qu'elle a été la première à évoquer cette éventualité.

Pardaux hausse les épaules dans un silence éloquent, Marguerite éclate en sanglots. Les voisins se sont rassemblés à côté de la voiture des gendarmes et se regardent, interrogateurs. Peut-il y avoir un sadique, un kidnappeur de petites filles dans le pays ? Non, ce n'est pas possible, les salauds viennent toujours d'ailleurs, mais on ne sait jamais ! Ils cherchent dans leur mémoire un détail révélateur qui leur aurait échappé.

Tout à coup le bruit d'un moteur pétaradant leur fait tourner la tête. François Garcin, au volant de son fourgon, klaxonne et s'arrête devant le portail d'Aurélien. Ce bruit paraît inconvenant à tous. Le brigadier Pardaux s'approche du conducteur.

— Monsieur Garcin, il faudra que vous fassiez changer votre tuyau d'échappement ! Votre véhicule est en dehors des normes autorisées !

François Garcin, qui domine le brigadier d'une bonne tête, prend un air embarrassé.

— C'est que, brigadier, nous partons aujourd'hui même pour Lourdes !

— Quoi ? Avec cette guimbarde ?

— Brigadier, ma voiture a subi le contrôle technique avec succès. Je peux vous le prouver ! précise François en fouillant dans son portefeuille. Voici le certificat du garage agréé Truchaud. D'accord pour le tuyau d'échappement que j'ai accroché l'autre jour sur un rocher. Je le ferai changer au premier garage, mais j'emmène mon ami Aurélien à Lourdes et nous devrions être déjà partis !

Tout le monde est interloqué. Dans l'épaisse atmosphère, ces paroles semblent venues d'un autre monde. On se fait du souci pour une fillette peut-être entre les mains d'un cruel sadique, et ces deux partent à Lourdes en affichant une insouciance coupable !

Aurélien sort de sa maison et marche dans l'allée vers la rue. Sa canne blanche frappe le sol et le coin du portail, puis le bord du trottoir. Il a fait un effort de toilette. Son costume fripé est mal boutonné, son col de chemise relevé.

— Soixante-six miracles reconnus par l'Église et bien d'autres dont personne n'a parlé ! dit Aurélien, enthousiaste. Moi, je serai le soixante-septième !

Personne ne répond à cette phrase insensée tombée comme un coup de gong, car tout le monde ressent cette confiance puérile comme une monstruosité qui empêche de croire en un retour rapide de Clotilde. François, qui est pressé, soupire à son tour et dit d'un air affligé :

— Tout ça est bien triste ! Faut espérer qu'il n'est rien arrivé à cette pauvre gamine !

Il ouvre la portière arrière du fourgon et commence à charger les caisses, les sacs qui attendaient sur le perron depuis la veille. Aurélien, une main posée sur le capot, ordonne :

— Tu prends le linge que j'ai mis dans l'entrée, deux pantalons, deux chemises, une veste, un pull, quelques chaussettes et deux slips, c'est largement suffisant.

— Et les litres ? Faudrait pas qu'on tombe en panne !

— On emmène les deux caisses de la remise, au bout de l'entrée.

Ces préparatifs exaspèrent les gens rassemblés autour de Marguerite. Le brigadier Pardaux échange un regard rapide avec son collègue, s'approche de François qui poursuit son chargement. Cette diversion tombe à pic pour échapper aux questions silencieuses pour lesquelles il n'a pas de réponse.

— Dites, ces caisses de vin, c'est pour l'offrande ?

— Ces caisses, brigadier, sont pour notre consommation personnelle.

— Faites attention ! On ne rigole plus avec l'alcootest ! Toutes les brigades de France vont être averties de votre escapade et ils vous épingleront à la première incartade.

Les deux gendarmes s'éloignent en souriant. Le brigadier dit quelques mots de réconfort à Marguerite et monte en voiture. Les voisins rentrent chez eux, laissant la pauvre femme avec son désespoir tellement lourd qu'elle n'a plus la force de faire un pas. Enfin, elle pousse lentement la porte de sa maison et l'attente continue, ponctuée par la pendule omniprésente.

— Dis donc, fait Aurélien, le gendarme a parlé de ta « guimbarde ». Ça veut dire que ta voiture est vieille ?

— Oui, fait François en dressant sa haute stature en face d'Aurélien. Mais c'est une question de sentiment. Je veux pas la changer parce qu'elle et moi, on roule ensemble depuis si longtemps !

— Te voilà sentimental ! Je croyais qu'une

voiture, ce n'était qu'un tas de ferraille, mais ta façon de parler m'apprend bien des choses !

François éclate d'un grand rire.

— Viens, dit-il en prenant Aurélien par la main. Monte derrière, je vais te montrer une petite curiosité.

L'aveugle obéit et se fait, en tâtonnant, un passage entre les caisses.

— Ici, poursuit François, se trouve mon secret. Tu connais Parlieux, le pharmacien ?

— Oui, et alors ?

— Alors, fait François, tout à coup embarrassé, j'ai eu une aventure avec sa femme !

— Toi ?

— Oui, c'était quand ta sœur fréquentait le frère de ta fiancée aveugle.

— Tu veux dire Benjamin ? Bah, ça marchait pas entre eux, moi qui suis aveugle, je l'avais compris dès le premier jour !

— Alors, regarde, poursuit François. On se voyait dans mon fourgon. Là, tu sens le sommier, en mousse, enroulé dans le coin. On fermait les portes et les Établissements Garcin allaient où les demandaient les clients ! Jamais personne n'a découvert le pot aux roses. Donne ta main, je vais encore te montrer autre chose.

Aurélien entend le grincement d'une charnière et François promène sa main sur un trou dans le plancher.

— Ça, c'est mon secret. Une caisse sous le plancher couvert par de la moquette. On l'appelait le cercueil. Le pauvre Parlieux, jaloux comme un régiment de nonnes, n'y a vu que du feu. Sa femme était cachée là-dedans et il a fouillé la camionnette sans rien trouver. À un moment, j'ai cru que les rires retenus de la prisonnière allaient dévoiler le secret, mais non, il était trop furieux pour entendre quelque chose ! Alors tu comprends que cette voiture, j'y tiens ! Elle fera le voyage à Lourdes sans la moindre histoire !

François referme le cercueil, étale la moquette par-dessus et range les deux casiers de bouteilles qu'il cale bien pour qu'elles ne se renversent pas. Enfin, il déclame sur un ton théâtral :

— Aurélien Lecomte, embarquement pour Lourdes ! Dieu vous a donné rendez-vous et on ne fait pas attendre Dieu !

— Vérifie que j'ai bien fermé la porte de la maison et boucle le portail.

François aide l'aveugle à monter en voiture.

— Je suis le commis de Dieu ! dit-il. Pour quelqu'un qui ne croit en rien, c'est gratiné !

— Justement, le miracle, ce sera aussi ta conversion !

François éclate d'un rire incrédule et claque sa portière. Il se sent rajeuni ! Le besoin d'ailleurs le remplit d'un contentement intense. Il rend service à Aurélien, et il se fait aussi un grand plaisir.

— Au fait, ta sœur, Paule, est-elle au courant ?

— Je crois, mais j'en suis pas certain. Pourquoi tu me poses cette question ?

— Pour rien.

Le soleil est sorti ; le printemps blanchit les aubépines et les cerisiers de la haie, tache les parterres du jaune chaud des jonquilles, énerve les oiseaux.

Aurélien tourne la clef du démarreur, le moteur hoquette, mais refuse de se lancer. Le chauffeur insiste ; le bruit du démarreur devient aigre et ralentit.

— Elle a démarré au quart de tour tout à l'heure et voilà que…

— Tu n'aurais pas dû l'arrêter !

— Je vais finir par vider la batterie ! Mais qu'est-ce qui lui prend ?

Aurélien ne dit rien, mais voit dans ce refus du moteur un signe défavorable.

— Merde, alors !

François sort, ouvre le capot et regarde le moteur inerte, touche les fils pour vérifier qu'ils sont bien branchés, tente une nouvelle fois de démarrer.

Gaston, qui suçait son mégot à sa place habituelle, entend le bruit geignard du démarreur. Un moteur qui refuse de tourner reste un défi pour le mécanicien en retraite. Il sort, s'approche du fourgon.

— Ça, c'est l'allumage à tous les coups ! dit-il en regardant François.

Il se penche sous le capot ouvert et commande au chauffeur d'actionner le démarreur. Au bout de quelques secondes, le verdict tombe, écrasant de conséquence :

— Il n'y a pas de jus ! poursuit Gaston qui ne sait être loquace que pour faire un diagnostic mécanique. C'est l'alternateur qui est mort. Faut en trouver un autre, et pour ça, il faut aller à la casse !

— Mais on doit partir…

— Je sais bien. Il faut dix minutes pour remplacer l'alternateur, mais il faut en trouver un qui puisse se monter sur ce vieux modèle. Bon, je vais téléphoner à mon vieux copain Lariot, de Châteaudun. Il va vous trouver ça. Mais…

Il se tait un instant, regarde autour de lui, et précise :

— Je préférerais le faire chez Aurélien. Chez nous, on n'a pas la tête à ça.

— Très bien ! répond François en prenant la clef d'Aurélien.

Gaston connaît le numéro de Lariot par cœur ; il explique à son ancien collègue le type d'alternateur qu'il recherche. La conversation dure quelques instants, puis il pose le combiné, se tourne vers François.

— Vous avez de la chance. Il peut vous dépanner avec la pièce d'une Peugeot ; il l'apportera demain matin et je la monterai.

— Demain matin ? Mais c'est qu'on doit partir à l'instant pour Lourdes !

— Dans ce cas, il vous faut trouver une autre voiture !

En sortant de l'école, Clotilde sait qu'elle ne doit négliger aucun détail. Elle prétexte avoir oublié sa trousse pour faire demi-tour et laisser ses camarades continuer sans elle. Une fois la cour de récréation vide traversée, elle passe dans sa classe, prend sa trousse où elle l'avait placée bien en évidence sur sa table. Elle sourit à Mme Gaspiet qui balaie entre les chaises et sort sans se presser. M. Lemaire, le directeur, doit être chez lui ou dans son bureau dont la fenêtre donne sur le parking. Elle marche en affectant un air insouciant, pousse du pied un caillou, s'arrête pour regarder un papillon. Elle adresse un sourire à un oiseau posé sur une branche du tilleul, puis au père Bufin qui la regarde de son potager en contrebas de la rue. Elle n'est plus elle-même : Marcelline l'a touchée de sa baguette magique et a transformé la fillette peureuse en une Clotilde audacieuse, déterminée qui ne va pas laisser passer sa chance. La nuit dernière, elle a fait un rêve si fort qu'au réveil elle s'est crue dans sa chambre, chez elle, à Châteaudun, chez ses parents. La maison était habitée par un monstre dangereux, toujours ivre, qui avait pris l'apparence de son père. Un autre monstre hideux au visage d'Alain poursuivait sa mère qui poussait des cris terrorisés. Clotilde était perdue dans un espace sombre, plein de pièges et pourtant familier…

La fillette connaît sa route relevée sur le livre que lui a prêté Virginie. La longue rue principale qui conduit à la sortie du village est longée de ruelles et de chemins qui débouchent sur la campagne. Au carrefour, après le Loir, plusieurs routes partent en étoile. Ce matin, Clotilde a regardé les panneaux et n'hésite pas. Elle a toute la soirée et la nuit pour s'éloigner de Morsac. Marcelline lui a donné un coffret plein de courage dans lequel elle pourra puiser à volonté. Et puis, sa solitude ne va pas durer : si elle ne s'est pas trompée d'itinéraire, demain, elle aura de la compagnie jusqu'au bout de son voyage. Tant pis pour ceux qui vont l'attendre et la chercher !

La voilà en pleine campagne, avec une ferme au bout de la ligne droite. Elle fait un grand détour, évite un pré où picorent des poules derrière un long bâtiment, suit une bande boisée au bord d'une rivière. La route passe derrière la colline qui estompe le bruit des voitures. Clotilde sait bien qu'elle ne doit pas s'en éloigner au risque de se perdre. Elle emprunte un sentier de promeneurs qui se poursuit par un chemin creux, puis une route goudronnée, quand le doute s'empare de son esprit : est-ce la bonne direction ? Sur la carte, tout était facile, maintenant, elle ne sait plus. Enfin, à un croisement, un panneau indique Oucques. Clotilde sourit :

Marcelline a guidé ses pas, c'est un signe encourageant.

Cette certitude remplit son esprit d'une telle volonté que rien ne peut lui résister. Elle marche, résolue malgré la faim qui commence à lui pincer l'estomac. Le crépuscule a nettoyé le ciel de ses nuages, la lumière du soleil allonge les ombres qui vont bientôt couvrir le sol et noyer la fillette. L'ombre qui reste le domaine des démons, des revenants…

Elle pense à sa mère et à son père. Sa fuite va forcément les obliger à se rendre chez grand-mère Marguerite. Elle sourit car ils seront malheureux, puis s'arrête, grave, les yeux grands ouverts en face d'un arbre au tronc clair qui accroche les premières étoiles à ses branches encore nues. « Il faut savoir ce que je veux ! Je vais chercher la fleur aux pétales rouges qui rend heureux et voilà que je souhaite que mes parents soient malheureux ! » Elle fait quelques pas, sourit de nouveau : « Au fond, j'ai pas tort, je me comprends ! »

Elle marche. La nuit qui monte de la vallée englue le sous-bois, menaçante. Les bruits deviennent tout à coup plus nets et évocateurs. La fillette perçoit comme un cliquetis de chaînes, des frôlements près d'elle. Un souffle fétide sur ses joues, une haleine sortie de l'enfer, lui fait faire un écart. Des êtres sans forme, aussi légers que des fumées l'entourent, se rapprochent, s'apprêtent à la happer. Elle voudrait crier, mais n'a plus de voix. Elle court au hasard, trébuche, tombe dans les herbes du fossé, se relève rapidement. Les phares d'une voiture balaient les arbres ; Clotilde court de nouveau à l'abri. Le fossé dont elle n'avait pas vu la profondeur s'ouvre comme un gouffre où elle roule sur des graviers mouillés. En larmes, elle remonte sur la chaussée et poursuit courageusement jusqu'à une suite de maisons, un hameau qu'elle doit absolument contourner. Elle invoque Marcelline, repense au beau palais sous le Loir, à l'assurance de la fée, mais Marcelline se tait tout à coup, et le courage lui manque. À chaque pas, le but de sa fugue lui semble moins important. Pourquoi s'obstiner à braver la nuit et ses monstres quand demain elle se fera prendre ? Son projet lui paraît insensé, inutile. Qu'est-elle partie chercher ? La fleur qui rend heureux ? Clotilde ne sera jamais heureuse, et il n'y a de miracle que pour les autres. Une fois de plus, elle n'a pas compris le message de Marcelline, et la voilà presque perdue, au bord d'une route qui conduit au cœur d'une nuit assassine.

Pourtant, Clotilde ne fait pas demi-tour. Rebrousser chemin serait une trahison qui la rendrait indigne d'espérer ce qu'elle recherche. Contourner ce hameau lui demande de marcher dans des chemins de sous-bois, de traverser la prairie en pente qu'elle devine dans la clarté menteuse d'un halo de lune caché derrière une nappe de brume. Non, elle n'en a pas le courage. La faim lui tiraille l'estomac, mais elle peut encore la supporter. Clotilde a déjà dormi avec cette douleur quand sa grand-mère l'envoyait au lit sans manger.

Devant elle, à une dizaine de mètres, se dresse un abri de car, sorte de paravent métallique avec un toit dressé au-dessus d'un banc de bois. La fillette s'y assoit et sent, tout à coup, une grande lassitude s'emparer de ses membres, puis de son corps. Sa tête est si lourde qu'elle ne peut l'empêcher de rouler sur son épaule droite. Elle s'allonge sur les planches et, sans entendre l'appel lugubre d'une hulotte, s'endort.

Un bruit, une sorte de cri, peut-être le grincement d'une porte ouverte brutalement la réveille en sursaut. Elle a cru entendre grand-mère Marguerite qui l'appelait pour se lever. La clarté du jour naissant la surprend. Les oiseaux chantent sur les branches voisines. Que fait-elle là, sur ce banc ? Il fait froid, elle serre ses bras sur sa poitrine. Le bruit d'un moteur lui fait dresser la tête. Une voiture passe très vite, sans la voir. Alors, la petite fille se souvient : elle a fui après l'école pour aller chercher la fleur qui rend heureux. Avec la lumière, le courage lui revient : elle a dormi sur ce banc, proie facile pour les revenants et les fantômes, et il ne lui est rien arrivé, la preuve qu'elle peut réussir !

Le hameau, au bout de la ligne droite, se réveille : un chien aboie, un homme marche au milieu de la rue. Des vaches meuglent. Personne ne doit la voir. Grand-mère Marguerite et grand-père Gaston ont-ils dormi ? Elle espère que non. Sa mère et son père sont probablement au courant de sa fugue dont tout le monde parle au village. Peut-être sont-ils déjà arrivés à Morsac, ils se regardent, ils ont envie de se parler, unis par la même angoisse...

Une deuxième voiture passe. Clotilde se dit que l'endroit est trop exposé, qu'elle doit s'éloigner du village, contourner les maisons par le bosquet et la prairie. Le soleil se lève, les fantômes se sont évanouis, mais il reste les bêtes sauvages, les sangliers, les renards… Malgré la faim et des crampes à l'estomac, elle emprunte le sentier sous les châtaigniers, court un peu au hasard. Essoufflée, elle arrive à la barrière d'un pré où paissent des vaches qui la regardent. Elle veut contourner l'enclos, mais un mur de ronces lui barre le chemin. Elle fait demi-tour, tente sa chance par l'autre côté. Un nouveau sentier entre les fougères qui déplient leurs feuilles dentelées lui permet d'atteindre une vaste clairière où sont entreposées des machines abandonnées qui rouillent entre les orties. Elle s'arrête, abasourdie, étrangère au milieu de ce concert d'oiseaux où le jour remet chaque chose à sa place. Au hameau, le chien aboie toujours, sa voix pointue perce la quiétude souveraine des grands arbres.

Clotilde reprend sa marche. Les longues herbes mouillées ont trempé ses chaussettes et ses chaussures, elle marche vite pour se réchauffer. La prairie est tout en longueur, au bord d'une forêt plus épaisse que la précédente. Elle la traverse avec l'impression de s'éloigner de la route dont le bruit des voitures n'arrive qu'étouffé. Une piste taillée dans la terre rouge part sur la colline boisée. Sur sa droite s'étend un champ de blé vert. La piste s'élargit et tourne vers le hameau. Clotilde s'arrête, cherche un instant son chemin quand ses yeux s'arrêtent sur une voiture blanche garée à l'ombre d'un grand châtaignier. Elle se dissimule dans le fourré et regarde, entre les branches, un vieil homme qui sarcle ses légumes dans un petit champ. La fillette s'en éloigne sans attirer son attention et part à travers la futaie, au hasard des trouées entre les aubépines, les amas de ronces et arbres renversés par la tempête de l'hiver précédent. Enfin, elle dépasse une grange en ruine, se dirige vers une route que lui indiquent des bruits de moteur.

Elle a réussi à dépasser le hameau sans se faire prendre et cette victoire sur la campagne hostile, sur sa peur, lui redonne confiance. Si la faim ne la torturait pas, elle pourrait marcher ainsi toute la journée. À cette heure, François Garcin est arrivé chez Aurélien qui monte en voiture. Dans quelques instants, le fourgon blanc avec l'inscription en lettres vertes «Établissements Garcin et Cie, peintures et papiers peints» va partir pour Lourdes, la ville des miracles.

Clotilde profite d'une sente en bas de la route pour s'éloigner encore du hameau. Elle arrive à un croisement, lit sur un panneau la direction de Oucques. La pensée de Jules lui arrache un sourire attendri.

— Écoute, mon petit bonhomme, tu es bien gentil de me conseiller, mais qu'est-ce que j'ai faim !

En dessous de la route, un ruisselet coule entre de larges feuilles vertes. Clotilde se fraie un passage dans le fossé, se penche sur le courant, plonge ses mains dans l'eau froide et les applique sur ses joues. Ensuite, elle boit en se penchant sur l'eau qui gèle le bout de son nez.

La sensation de froid a momentanément apaisé

son estomac. Elle revient au croisement et réfléchit un long moment, puis se dit que plus elle sera loin de Morsac, plus elle aura de chances d'échapper à ceux qui la recherchent.

Elle doit donc continuer, mais les voitures sont de plus en plus nombreuses et comment leur échapper ? Jusque-là, la fillette a eu de la chance en trouvant des sentiers, des pistes qui longeaient la grande route, mais qu'en sera-t-il plus tard ? Elle marche sur la chaussée en tendant l'oreille, prête à se cacher à la première alerte qui ne tarde pas. Elle s'enfonce dans le bosquet et attend. Quand la voiture est passée, elle revient vers la route, reprend sa marche. Pendant combien de temps ? Le soleil est monté sur l'horizon ; une agréable chaleur donne envie de s'asseoir et d'attendre. La faim tenaille Clotilde dont les pas perdent de leur assurance. L'envie de pleurer l'arrête un instant en face d'une forêt de sapins dévastée. De jeunes arbres poussent entre les troncs déchiquetés. Tout au bout de la ligne droite, une maison seule attire son attention. La fillette ne peut pas passer devant sans se faire remarquer. Elle s'enfonce de nouveau dans le bois, quand le bruit d'une voiture l'intrigue. Au croisement qu'elle vient de quitter, un fourgon de police se gare sur le terre-plein. Deux policiers en sortent et se placent au milieu de la chaussée. Presque aussitôt, une autre voiture arrive, stoppe au signe des deux hommes qui contrôlent les papiers du véhicule et demandent au conducteur d'ouvrir le coffre. La voiture repart. Les policiers sont-ils en train de la chercher ? Cette pensée la réconforte. Elle revient près de la petite maison et, les jambes lourdes, s'assoit au pied d'un tronc cassé par le vent. Une grande lassitude s'empare d'elle. Les yeux rivés sur la porte fermée, elle attend sans trop savoir quoi. Dans sa tête, la même phrase tourne depuis son réveil : «Je dois oublier que j'ai faim, je dois continuer. Tout le monde me cherche, il faut donc que je tienne le plus longtemps possible ! »

Le soleil monte dans un ciel pur où les premières hirondelles slaloment entre les branches. La porte noire s'ouvre, une petite vieille sort, son panier sous le bras. Un fichu sombre sur la tête qui ne laisse passer que sa figure ridée, elle s'éloigne dans un chemin qui passe très près de Clotilde. La vieille femme s'arrête à un potager en contrebas, prend un outil posé sous un noyer et commence à piocher entre les rangs de légumes. Clotilde, hypnotisée par la porte, s'approche sans réfléchir. Une voiture passe très vite, elle sent le vent du véhicule, puis, après un dernier regard en direction du potager, traverse la route en courant. Le cœur battant, elle pousse la porte sombre, attirée par une bonne odeur de soupe aux poireaux. Sans penser un seul instant que la vieille femme peut revenir d'un instant à l'autre, elle entre. L'intérieur est sombre, une grande table occupe toute la pièce, un buffet avec des photos posées dessus se trouve à droite, une cheminée éteinte sur la gauche, puis une cuisinière sur laquelle fume la casserole de bouillon. Un plat attire l'attention de Clotilde qui en soulève le couvercle et découvre des tranches de viande froide. La fillette en prend une qu'elle enfonce dans sa bouche avec gourmandise. C'est bon ! Elle en vole deux autres et sort rapidement en oubliant de replacer le couvercle. De retour dans la forêt, Clotilde déguste son butin. Elle a soif et va boire dans le ruisselet muet entre de grandes herbes molles. L'envie d'aller voler une autre tranche de viande la pousse vers le fossé où elle se cache un instant. La vieille femme, son panier sous le bras, revient vers la maison. Clotilde l'entend s'en prendre au chat qui a volé son repas de midi.

Ce modeste casse-croûte a redonné des jambes à la petite fille qui décide de poursuivre sa route. Sa victoire sur la nuit et la faim la rassure ; elle se sent la force d'affronter l'orage, une nouvelle nuit et tous les fantômes de la forêt. Elle marche entre les herbes, en tendant l'oreille, guettant toutes les voitures qui passent sur la route voisine pour ne pas rater celle qu'elle attend…

À la récréation de dix heures et demie, Danielle Rampin fait sortir ses élèves de la salle de classe et rejoint ses collègues dans la cour. Elle embrasse Sophie Maget et Charles Dubois quand son téléphone portable sonne. Prise d'une vive appréhension, elle approche le petit appareil de son oreille en s'éloignant discrètement de ses collègues. La cour, les tilleuls dont les bourgeons éclatent, les oiseaux qui chantent dans la haie de thuyas, tout s'estompe dans une épaisse buée. Les lèvres entrouvertes, la jeune femme n'ose plus faire un mouvement, comme si elle allait briser son corps de verre, tomber en poussière face à la réalité qui roule vers elle, qui l'écrase.

— Danielle, quelque chose ne va pas ?

Sophie lui prend le bras qu'elle presse amicalement. Danielle met un moment avant de réagir. Elle reprend contact avec la réalité, se tourne vers Sophie.

— C'est la police ! dit-elle.

Charles Dubois la regarde avec curiosité. Depuis qu'elle a quitté son mari, elle n'est plus la même. Ses collègues la sentent repliée, sur la défensive et toujours préoccupée. Quand tout allait mal avec Jean-Paul, Danielle se confiait souvent à Sophie, depuis qu'elle vit avec Alain Lothaire, la jeune femme ne parle plus de sa vie personnelle, elle est distraite, fait mal son travail, oublie l'essentiel…

Jean-Paul. C'est lui le fautif et Danielle lui en veut, ce matin. Jean-Paul qui boit pour ne pas se trouver en face de lui-même. Jean-Paul, son mari qu'elle a quitté depuis un mois. Elle avait froid près de lui, elle grelottait, son contact lui donnait la chair de poule. Et ce silence dans lequel il s'enfermait chaque fois qu'elle voulait parler d'eux, de leur mésentente… Clotilde devait rester étrangère à ces questions de femme et pourtant, c'est elle qui paie en premier.

Danielle pense à la fillette qui pleurait l'autre jour quand elle l'a laissée chez sa mère. Elle aussi a pleuré, en se cachant, après sa fuite lâche et égoïste. Le soir, quand Alain a voulu la prendre dans ses bras, elle s'est contractée.

L'existence est trop compliquée pour Danielle. Sa sensibilité la coupe du monde. Elle voudrait être heureuse, vivre pleinement sa vie de femme et de mère, elle comprend tout à coup qu'elle va rater les deux.

— Danielle, que se passe-t-il ? Tu es pâle. Veux-tu que j'aille te chercher un café bien chaud ?

Sophie peut-elle comprendre ? Son mari est le plus agréable des hommes, l'époux le plus merveilleux qui soit, et ses deux filles grandissent sans histoires à l'ombre de leurs parents. Elle a eu de la chance de ne pas tomber sur un Jean-Paul écorché vif, si mal dans sa peau qu'il fait supporter aux autres ses difficultés de vivre. La première lâcheté, mère de toutes les autres, c'est bien lui qui l'a commise !

— Non, ça ira. Clotilde...

— Quoi, Clotilde ? Elle n'est pas heureuse chez tes parents ? Il vaut mieux la tenir à l'écart de tes problèmes avec son père.

— Hier, elle n'est pas rentrée de l'école. La police vient de m'en avertir. Ils n'ont aucune trace. Ils ont mis des barrages sur toutes les routes.

— Une fugue ?

— Ils n'en savent rien et n'excluent pas la thèse de l'enlèvement par un maniaque...

— T'en fais pas... Il se peut que...

Sophie ne sait pas quoi dire pour rassurer son amie, car il n'y a rien à dire en face d'une réalité aussi brutale. Elle serre Danielle dans ses bras.

— Tout va s'arranger !

— Il faut que j'appelle Jean-Paul. Il faut que je trouve la force de l'appeler.

— Ta mère ne peut pas le faire ?

— Elle n'a pas son numéro de portable. Et puis, c'est à moi de l'appeler. Il faut que j'y aille.

— T'en fais pas ! dit Sophie doucement à son amie. Je vais prendre ta classe et si tu n'es pas revenue demain, on s'arrangera. Mais demain, tu seras là et tu ne penseras plus à cette mauvaise histoire !

Danielle sort de la cour. Elle a oublié sa veste dans la salle de classe, tant pis. Elle doit d'abord téléphoner à Jean-Paul, mais redoute sa réaction et veut le faire sans témoins, chez elle dans ce petit appartement de location qu'elle partage avec Alain Lothaire. En tournant la clef dans la serrure, elle a le sentiment d'entrer chez quelqu'un d'autre, de violer l'intimité d'un autre couple. La voilà étrangère à cet intérieur qu'elle a aménagé à travers l'amour tout neuf d'Alain qui la ramenait à des comportements d'adolescente, naïfs et délicieux. Une fois la porte fermée, elle compose un numéro sur son téléphone portable, attend en se mordant les lèvres.

La voix de Jean-Paul la surprend, comme venue de très loin ; elle en avait oublié jusqu'à l'intonation.

— C'est moi. Clotilde…

Un silence suit, lourd, suspendu à ce petit objet collé contre l'oreille et le haut de la joue.

— Eh bien quoi, Clotilde ? Qu'est-ce qui se passe encore ?

— Elle a fait une fugue depuis hier au soir. La police la recherche et n'a aucune trace. Elle a peut-être été enlevée par un maniaque !

La réponse cingle, mordante de vérité :

— Tu l'as bien voulu ! Tu ne voyais que ton bonhomme et voilà ce que ça donne. Débrouille-toi !

Le téléphone est raccroché, laissant Danielle seule avec ses contradictions, ses regrets. L'image de Clotilde flotte devant elle. La petite tête pâle aux cheveux noirs raides, les grands yeux gris si expressifs, les lèvres souvent gercées qui font facilement la moue… Où est-elle ? Entre les mains d'un pervers qui lui fait subir les pires sévices ? Danielle grimace et pousse un petit cri de bête piégée, car cette terrible éventualité la déculpabilise. Elle tourne en rond un long moment dans son appartement, comme dans une salle d'attente. Tout à coup, elle s'arrête devant une veste posée négligemment sur le dossier d'un fauteuil : la veste d'Alain ! L'homme par qui tout est arrivé !

Elle doit partir à Morsac, lancer un appel au ravisseur et surtout se trouver au plus près des nouvelles. Elle reprend son téléphone et compose un numéro, attend, le regard anxieux levé au plafond. La sonnerie se répète. Alain coupe son téléphone pendant la classe, mais il est midi. Peut-être est-il en train de parler de politique, son sujet de prédilection. En tout cas, il ne pense pas à elle. La distance qu'Alain garde avec les autres lui confère cette forte personnalité qui a séduit Danielle exaspérée par un Jean-Paul faible, influençable qui pleurniche facilement pour se faire plaindre.

Une voix agacée répond brutalement et se tait en entendant le sanglot de Danielle. Puis la question, tout à coup angoissée :

— Qu'est-ce qui se passe ? Danielle, réponds !

— Clotilde ! On a enlevé Clotilde !

Maintenant, c'est une certitude dans l'esprit de Danielle. Clotilde n'a pas fait une fugue, la fillette a trop peur de la nuit et du moindre bruit. Elle a été enlevée ; Danielle retrouve quelques forces pour affronter la réalité.

— Elle n'est pas rentrée de l'école, hier au soir. Elle a disparu dans les cinq cents mètres de rue et personne ne l'a vue ! Faut que j'y aille.

— Veux-tu que je vienne avec toi ? demande Alain. Je peux m'arranger pour ma classe avec les collègues !

— C'est pas la peine ! Je t'appelle dès que j'ai du nouveau.

C'est elle qui raccroche. Chez ses parents, elle ne veut surtout pas s'afficher avec Alain. Le regard accusateur de sa mère lui fait peur, et aussi celui de voisins, surtout des sœurs Robin, la terrible Aminthe qui, d'un regard, reproche au monde entier ce qu'elle n'a pas osé vivre au grand jour.

Danielle prend sa veste et sort. Le soleil brille, un soleil neuf qui annonce les vacances de Pâques, le printemps et son explosion de vie, le bonheur d'être encore assez jeune pour sentir toutes les pulsions d'un corps en bonne santé. Une fois assise au volant de sa voiture, la jeune femme hésite. Affronter les regards de ses parents la retient, puis le petit visage de Clotilde l'implore. Elle démarre. Une dizaine de kilomètres la sépare de Morsac, distance indispensable entre elle et sa mère pour respirer, pour vivre autrement qu'en petite fille, mais suffisamment courte pour crier au secours en cas de besoin. Sa rupture avec Jean-Paul a été son premier acte indépendant, elle l'a fait en cachette jusqu'au moment où il a fallu placer Clotilde.

Elle retrouve un village calme, avec les images rassurantes de son enfance, le clocher carré, la rue de la République qui n'en finit pas, les maisons éternelles. Les gens vont, comme s'il ne s'était rien passé, comme si une petite fille n'avait pas été enlevée. Les élèves jouent dans la cour de l'école, les sœurs Robin partent à leur promenade, bras dessus, bras dessous, comme tous les jours à cette heure, quand il ne pleut pas.

Danielle arrête sa voiture devant la porte ouverte

de la maison de ses parents. Gaston sort le premier, son mégot éteint au coin des lèvres. Danielle l'embrasse sur ses deux joues rondes hérissées d'une barbe blanche. Ce père, absent de son enfance, qui allait de son atelier à la maison, qui ne disait jamais rien, lui apparaît tout à coup réconfortant avec sa présence muette, celle d'un regard à qui rien n'échappe, mais qui ne sait pas comment se rapprocher des autres. Son silence a la force de son amour pour les siens et exprime mieux que des mots l'angoisse qui l'a tenu éveillé toute la nuit.

— Ah, te voilà, toi !

Marguerite ne peut pas taire ses états d'âme. Elle ne sait pas avoir mal dans son coin et doit se trouver des coupables pour leur faire des reproches. Pourtant, elle embrasse sa fille sans un mot et éclate en sanglots. La fatigue de la nuit, le manque de nouvelles ont brisé son corps épais à l'opulente poitrine contre laquelle Danielle n'ose pas poser la tête pour donner libre cours à ses larmes.

— Le brigadier est passé tout à l'heure. Ils ont questionné tous les gens sur les deux cents mètres où Clotilde a disparu.

Elle pousse un soupir, fait un pas en direction de sa porte, se tourne en sanglotant :

— Ils ont le signalement d'un homme qui aurait rôdé tout l'après-midi. Un homme brun d'une trentaine d'années avec une moustache et des lunettes. Plusieurs personnes l'ont vu. Les policiers le recherchent activement…

— Et ils n'ont aucune nouvelle, rien ?

Une voiture s'arrête, la portière claque. C'est Paule, l'amie d'enfance de Danielle. Avec les années, des situations différentes, les deux filles se sont perdues de vue, mais ne se sont jamais oubliées. Danielle pense au temps où les deux chipies emmenaient Aurélien à la promenade et jouaient à l'abandonner après l'avoir fait tourner sur lui-même pour qu'il soit totalement désorienté. Ce n'est qu'à cet instant qu'elle comprend la cruauté d'un tel jeu.

Paule embrasse en silence Danielle et Marguerite. Elle a appris la disparition de la fillette et ne trouve pas les mots pour redonner espoir. Après un long silence, elle précise :

— J'étais venu voir Aurélien, mais je constate qu'il n'est pas seul. Alors, je préfère…

Elle a reconnu le véhicule de François Garcin garé devant le portail de fer et, la gorge nouée, lui tourne le dos : revoir l'homme qu'elle a tant aimé est au-dessus de ses forces. Avec les années, un mur s'est dressé entre elle et lui, infranchissable, et ils sont condamnés à se fuir.

— Je suis avec toi. De tout cœur ! dit-elle encore à Danielle.

Ce sont des mots d'une grande banalité, mais leur sincérité les fait briller dans le cœur de Danielle comme les étoiles d'une nuit de gel. Danielle prend son amie dans ses bras et la garde un instant ainsi, serrée contre sa poitrine.

— Ça me fait du bien de te voir dans un tel moment.

— Il faut que j'aille faire une dernière course. Je reviendrai avec toi après.

Danielle embrasse de nouveau Paule. Ce qu'elle vient d'entendre la réconforte. Dans ce moment difficile, elle comprend qu'elle a encore une amie, prête à donner sans rien réclamer en retour.

Paule s'en va, fuit le fourgon et François Garcin. Le tumulte qui l'agite lui fait très mal, tout comme la question : que fait-il chez Aurélien ?

Danielle se trouve tout à coup étrangement seule. Son enfance est là avec des meubles éternels, cette odeur indéfinissable qui n'existe nulle part ailleurs. L'absence de Clotilde l'humilie, l'écrase. Le buffet avec ses photos, la table et sa nappe cirée à fleurs jaunes, les chaises, la pendule au fond, pointent le doigt sur elle, la désignent coupable de ce qui arrive. Le désœuvrement ajoute son poids de silence. Gaston s'assoit à sa place, près du feu éteint, et ne pense pas à allumer une cigarette, Marguerite reste debout, entre la table et la cuisinière, sa place habituelle, mais ses grands bras ne s'activent pas à la cuisine. Elle regarde Danielle comme si elle attendait une révélation, quelque chose de nouveau, puis son regard va au téléphone muet.

— Tu crois qu'ils ne pourraient pas appeler, nous dire où ils en sont ? mais non, ils s'en foutent qu'on se morfonde !

L'après-midi s'achève dans la souveraineté d'un printemps fiévreux. Les premiers martinets crient en se poursuivant. La nuit va bientôt tomber et Clotilde n'est toujours pas retrouvée, la deuxième nuit sans elle.

— Tu vas pas me dire que s'ils le voulaient bien, elle serait retrouvée depuis longtemps !

Avec leurs satellites qui voient tout sur terre, ils devraient savoir où elle est. La vérité, c'est qu'ils s'en moquent !

— Tais-toi, maman !

Danielle a parlé sur un ton ferme qui ne lui est pas habituel, mais les reproches de sa mère aux policiers lui font mal comme s'ils s'adressaient à elle. Gaston gratte la molette de son briquet, Danielle grimace. Le silence retombe, suspendu à la pendule. Des voitures passent dans la rue, Danielle ne les entend pas. Marguerite s'est assise sur le banc, toujours entre la table et la cuisinière, ses gros bras pendent de chaque côté de ses cuisses.

— Aura-t-on des nouvelles ce soir ?

Elle a parlé comme ça, pour elle-même, pour mettre en doute ce qu'elle craint le plus et conjurer le mauvais sort. Elle devrait préparer les légumes de la soupe, aller chercher un poireau au potager. Elle devrait bouger son corps massif, se démener, mais le plomb qui coule dans ses veines la tient clouée à ce banc, dans cette maison où elle se sent aussi étrangère que sur un quai de gare.

La nuit est là. Les ombres s'allongent, barrent par le milieu le pignon de la grande maison d'Aurélien. Pour Marguerite, cette ombre qui partage le mur de belles pierres taillées en une zone de nuit et une zone de clarté indique, à cette saison, que le bouillon doit chanter dans la grande casserole, que Gaston va rentrer de son atelier. Mais le pas traînant de Gaston ne racle pas les marches de l'escalier. Il est là, assis, en peine de ses mains grises de cambouis incrusté. Il n'est pas sorti de la journée et personne n'a osé venir le trouver pour démarrer un moteur récalcitrant ou souder une pièce qui a cédé. Chez les paysans, la saison des semis de printemps bat son plein et, d'habitude, le retraité ne manque pas d'occupations. Ce soir, c'est lui, l'avare de mots, qui rompt le silence :

— Si on mangeait un peu de soupe !

Il a parlé sans lever les yeux de la cheminée éteinte. Marguerite le foudroie. Il faut qu'elle passe sa colère sur quelqu'un, qu'elle se décharge de cette grosse peur qui lui triture les viscères.

— Et toi tu penses à la soupe !

Il ne répond pas, Gaston, il a déjà beaucoup parlé et mesure sa maladresse. Il a voulu chasser ce qui lui fait mal, pour se fondre dans le moule de l'ordinaire, et il a eu tort.

— Tu crois que j'ai la tête à faire de la soupe ?

Une voiture arrive, s'arrête devant la maison. Danielle et Marguerite sursautent, courent à la porte. Lourdement, Gaston se lève, traîne ses chaussures jusqu'au seuil. C'est le brigadier Pardaux et son acolyte. En voyant les uniformes, les voisins qui surveillent la rue derrière leurs fenêtres sortent. Le brigadier se fait rassurant :

— On a pu établir le portrait-robot de l'homme qui rôdait autour de l'école hier après-midi. On l'a envoyé dans toutes les gendarmeries. Des barrages ont été mis sur toutes les routes et les grands axes. Il ne pourra pas nous échapper. Et à l'intérieur du périmètre encerclé, nos recherches vont bon train. Il faut espérer que nous aurons du nouveau avant demain matin.

Danielle s'approche de Pardaux.

— Et cet homme, vous savez qui c'est ?

— Non, il n'est pas connu des services de police. Son portrait-robot est assez précis puisqu'il a parlé à plusieurs personnes de la rue, nous allons l'identifier à coup sûr. Vous n'avez reçu aucun coup de téléphone pour réclamer une rançon ?

— Une rançon ? s'écrie Marguerite. Il manquerait plus que cela ! Nous qui arrivons à peine à vivre avec notre retraite d'artisan, comment pourrait-on payer une rançon ?

— Le ravisseur est peut-être un drogué en manque qui sait bien que, quand il s'agit de la survie d'une fillette, on trouve toujours l'argent qu'il réclame.

Le policier ouvre la portière de sa voiture. Danielle voudrait lui demander de rester tant il semble rassurant dans sa tenue sombre et son air de dominer le monde entier.

— Si vous avez la moindre nouvelle, le moindre coup de téléphone, avertissez-nous ! précise-t-il. Plus on va vite, plus on a de chances de réussir.

Il monte dans sa voiture et s'en va. La nuit est pleine de grillons que personne n'entend dans la rue principale de Morsac.

Clotilde a marché une partie de la journée. Les tranches de viande volées à la vieille femme n'ont pas longtemps calé son estomac. Elle suit le bord de la route en se cachant dans les bosquets voisins. La chance l'a favorisée jusque-là. Elle n'a eu à traverser qu'une partie dégarnie, entre deux longues prairies où elle aurait pu être facilement repérée. Elle a couru à toutes jambes et s'est cachée derrière de gros platanes pour reprendre son souffle. Deux voitures sont passées, coup sur coup, lancées à grande vitesse. Puis, comme elle marchait tranquillement, un fourgon de police qui roulait lentement s'est presque arrêté à sa hauteur. Clotilde a fermé les yeux. Quand elle les a rouverts, le véhicule s'était éloigné.

Ce soir, tandis que le soleil descend sur l'horizon, la petite fille doute de son itinéraire. Pourtant, elle avait noté tous les noms des villes et des villages sur une feuille de cahier. Elle a dû se tromper de route à un croisement. L'espoir s'amenuise, il ne lui reste plus qu'à se montrer et rentrer chez sa grand-mère pour recevoir la plus grosse fessée de sa vie. « Ils n'ont pas été malheureux bien longtemps, juste une nuit et une journée, ce n'est pas suffisant quand moi, je suis malheureuse pour toujours. »

Passer une nouvelle nuit dehors la terrorise. Pendant que le soleil brillait, que la menace était loin, elle se sentait capable de braver l'obscurité la plus épaisse. Forte de son expérience de la veille elle se disait qu'il suffirait de se coucher à même le sol et de s'endormir pour se réveiller aussitôt avec le soleil. Mais, maintenant que les ombres commencent à noyer les taillis, tout se complique, une main froide se promène au creux de ses reins, la paralyse, la casse en deux. La fillette éprouve le besoin de compagnie, de parler, de sentir la présence rassurante des autres. Et puis elle a faim, tellement faim qu'elle tremble de fièvre. Elle a soif aussi. L'eau des ruisseaux n'a pas la saveur d'un bon lait, d'un verre de sirop à la menthe, du bouillon de la grand-mère Marguerite au goût de poireau et de navet. Elle comprend ce soir la succulence de ces breuvages ordinaires qu'elle a souvent méprisés.

La fillette s'assoit sur un tronc d'arbre renversé couvert de mousse. Les bruits n'en finissent pas de signaler une vie cachée que la nuit incite à se manifester. « Écoute, ma fille, dit-elle à haute voix en regardant le ciel où s'allument les premières étoiles, il faut savoir ce que tu veux ! Si la fleur qui rend heureux était partout, elle ne serait pas difficile à trouver et tout le monde s'en servirait pour le premier bobo ! Ainsi, le bonheur ressemblerait à une pâquerette ! »

Elle a affronté une première nuit, elle en

affrontera une seconde, mais comment résister à la faim, à ce malaise de tout son corps ? Manger lui donnerait du courage, mais il n'y a rien à voler. Où aller ? Le vent s'est levé, frais, piquant. Clotilde a envie de pleurer ; malgré ses belles paroles, sa profonde indécision mine ses forces. Un oiseau s'est mis à chanter sur un arbre voisin. Sa voix claire éclate dans l'ombre et monte jusqu'au ciel gris.

Elle rebrousse chemin, revient à la route. Au bout d'une longue ligne droite, des lampadaires déversent leur lourde lumière jaune entre des maisons aux volets clos. La fillette imagine un intérieur familier, une cuisine comme celle de sa maison de Châteaudun, avec des éléments aux murs, en chêne ancien – disait papa –, le salon et ses fauteuils, son canapé, le tableau en face de la fenêtre pour la lumière, qui représentait une femme bleue avec son enfant – une copie de Picasso – disait maman, puis sa chambre à l'étage, à côté de celle de ses parents qui se disputaient parfois et l'empêchaient de dormir. Papa avait sa voix du soir, forte et tranchante, presque autoritaire. Elle préférait celle du matin quand il ne titubait plus et parlait normalement, avec douceur et résignation. Maman aussi le préférait, puisqu'elle était parfois de bonne humeur. Mais pourquoi papa vidait-il verre sur verre qui allumaient ses yeux, aiguisaient son visage en museau de renard ? Pour lui, comme pour maman, Clotilde n'était qu'une préoccupation secondaire, raison pour laquelle elle doit continuer sa route et surtout attendre demain, même si le but qu'elle s'est fixé n'est pas atteint.

Elle a juste le temps de sauter dans le fossé quand une voiture arrive, se gare à quelques mètres devant elle, dans un renfoncement, à l'entrée d'un chemin de terre. Le cœur battant, la fillette ne bouge pas, redoutant d'avoir été aperçue, l'espérant à la fois. Mais non, les occupants de la voiture sortent, un homme et une femme blottis l'un contre l'autre s'éloignent dans le sentier. Ils s'embrassent comme à la télévision. Clotilde s'approche de la voiture, en fait le tour. Cette présence humaine est une compagnie trop précieuse pour la laisser filer. Elle rattrape le couple qui marche lentement. La lune auréole les sombres silhouettes enlacées d'une lumière vaporeuse qui semble venir de nulle part.

Après une côte, le sentier descend vers une prairie qui se perd dans les méandres d'une rivière aux reflets bleutés. Le couple doit connaître l'endroit puisqu'il se dirige sans hésiter vers une cabane de berger en bordure de la rivière. Clotilde, à quelques mètres derrière, entend le bruit de leurs baisers claquer dans l'ombre et leurs mots d'amour, ronds comme des bulles, libres, suaves, délicieux.

— Notre nid ! dit la femme. Hors du monde, il nous attend pour chacune de nos soirées un peu spéciales !

Ils entrent dans la cabane, ferment la porte de planches. Clotilde s'en approche et entend des murmures, des soupirs. Tout ce bonheur lui fait mal car elle y ressent quelque chose qui l'a privée de son insouciance. La voix dure de son père en pleine nuit, qui la faisait sursauter dans son lit, sonne encore au fond d'elle. Son père que, dans ses rêves, elle a souvent vu en prison, séparé des autres par un mur invisible. Pendant ses colères, quand il criait contre maman, Clotilde croyait entendre des sanglots dans sa voix, mais maman était sourde. Quand il gesticulait, maman restait aveugle, comme Aurélien.

Une grande torpeur s'empare des membres de la petite fille. Près de ce couple, rien ne peut lui arriver, les fantômes restent à l'écart, elle pourrait dormir si son estomac ne lui faisait pas aussi mal.

Combien de temps s'est-il passé depuis que l'homme et la femme sont entrés dans la cabane ? Maintenant ils bavardent calmement. Clotilde entend des bruits de papiers froissés. Enfin, ils sortent, s'enlacent devant la porte à moins de deux mètres de la fillette qui retient sa respiration.

— Il faut y aller ! dit la femme en se séparant de son compagnon. Mon mari va se douter de quelque chose !

— Il dort du sommeil du bienheureux, ton mari ! fait l'homme. Tu lui as bien dit que tu avais une réunion ?

— Oui, mais il va être minuit, les réunions ne durent jamais très tard !

Clotilde se mord les lèvres. Elle se souvient de ces longues soirées tristes passées avec son père silencieux devant son verre. Maman avait une réunion du syndicat, elle en avait de plus en plus souvent et rentrait tard dans la nuit. Au début, Clotilde était souvent réveillée par les éclats de voix de papa qui, n'ayant pas dit un seul mot de la soirée, se rattrapait. Ensuite la fillette résistait au sommeil pour attendre sa mère, les yeux grands ouverts dans le noir, ne réussissant pas à réchauffer ses membres entre les draps. Le bruit de la voiture qui s'arrêtait devant le garage, la porte d'entrée qui s'ouvrait ne suffisaient pas à la rassurer. Les réunions de maman se passaient peut-être dans cette cabane ou une autre identique avec Alain. Clotilde a envie de crier à l'injustice, de donner libre cours à sa révolte. Comment maman a-t-elle pu en arriver là ?

Un hibou pousse son cri perçant. Le couple est reparti dans le sentier clair. La fillette entre dans la cabane. Une forte odeur de tabac lui soulève le cœur, puis elle se dit que cette odeur de vie fait fuir les fantômes. Elle découvre une couverture pliée, posée sur un tabouret… Pour sa dernière réunion, maman n'est pas rentrée de la nuit ; elle est arrivée le lendemain à midi, c'était un jour de vacances. Elle a annoncé à papa qu'elle le quittait pour aller vivre avec Alain Lothaire, son collègue, et qu'elle emmenait Clotilde qui irait, pendant quelque temps, chez sa mère.

Clotilde déplie la couverture. Une forte odeur de corps, de sueur, une odeur qu'elle ne saurait définir lui rappelle vaguement celle qu'elle ressentait le matin dans la chambre de ses parents. Elle s'allonge et s'endort, enroulée sur son estomac vide dont les douleurs s'estompent. Un rêve curieux la conduit dans un pays plein de lumière alors qu'elle est aveugle. La clarté intense lui cache tout le reste et elle marche au hasard vers un champ fleuri où elle reconnaît sa mère en train de cueillir un gros bouquet de fleurs rouges.

« T'en fais pas, dit maman. Papa s'en tirera. Il boira quelques verres de plus et tout s'arrangera ! » Clotilde se réveille en sursaut, terriblement malheureuse. Sa mère lui manque depuis qu'elle vit chez sa grand-mère et c'est l'image de son père qui s'impose à sa conscience, un père seul en train de se démener dans une toile d'araignée. La tête lui tourne. Des douleurs aiguës partent dans tous les sens, pétrissent ses membres, triturent sa poitrine, lui donnent envie de courir à perdre haleine, de fuir son corps. Elle sort ; le soleil éclate dans la pente où les premières fleurs de pissenlit montrent leur or dans l'herbe nouvelle. Une brise douce coule sur les pentes ; la rivière en contrebas lui fait des signes. Elle traverse le pré avec l'impression de ne pas toucher le sol, de flotter, de marcher sur un épais édredon. Sur la berge, elle regarde le courant contre l'autre rive et, près d'elle, un calme plat, tapissé de cailloux dorés. Elle se penche, approche sa figure maigre de la surface et boit, comme un animal. Quand elle se dresse, des filets froids coulent le long de son cou et sur sa poitrine, mais les douleurs ont disparu, elle se sent tout à coup pleine de force et presque heureuse. La nuit a été vaincue une nouvelle fois, la quête continue.

Elle revient à la route, s'arrête tout à coup épuisée, s'assoit en retrait. Ce jour sera le dernier de sa cavale : de nouveau tout son corps lui fait mal et elle n'aura pas la force de surmonter cette épreuve.

Au même moment, à Morsac, le mécanicien de Châteaudun apporte un alternateur et rafistole le tuyau d'échappement. François Garcin a un peu mal à la tête : il a passé la nuit chez Aurélien et a beaucoup bu, il a évoqué le passé, ses amours avec Paule, ses regrets qui lui font autant mal que les vapeurs d'alcool. Ce matin, il se veut optimiste : c'est une bonne chose que ce maudit alternateur ait lâché avant de partir, qu'aurait-il fait si cela était advenu en pleine campagne ?

Une nouvelle fois, Aurélien ferme la porte d'entrée à double tour, puis le portail de fer.

— Embarquement pour Lourdes ! crie François qui aide Aurélien à s'asseoir à la place du passager.

Mais la conviction n'y est plus ! Il s'installe au volant, enclenche une vitesse et le véhicule s'éloigne dans la rue de la République. Les sœurs Robin regardent de leur fenêtre ; dans la maison voisine, Marguerite, Gaston et Danielle n'ont rien entendu.

François a le sentiment de participer à une action importante dont on parlera longtemps, de permettre la réunion, pour le bonheur, de la fragilité terrestre à la toute-puissance céleste. Il a vu, la veille, Paule sortir de sa petite voiture arrêtée devant la maison des Cellinie. Il n'en a rien dit à Aurélien, mais a ressenti un pincement aigu au cœur. Avec l'aveugle, c'est un peu cette femme qu'il emmène à Lourdes chercher un miracle pour eux. Aurélien, les mains posées sur le tableau de bord pour se prévenir des secousses, dresse dans la lumière de ce mois d'avril ses yeux profonds.

— Tu crois qu'ils n'auraient pas pu déplacer la fanfare, la presse et faire un discours pour un départ comme celui-là ! s'exclame François. C'est pas tous les jours qu'on a rendez-vous avec Dieu !

La camionnette roule lentement. Le bruit des bouteilles qui s'entrechoquent dans les cageots incite le conducteur à ralentir.

— Faudrait pas qu'on fasse de la casse ! Les autres voitures nous dépassent, mais c'est pas grave ! On n'est pas pressés, on a tout notre temps !

— D'ailleurs, l'angoisse du départ m'a donné soif ! s'exclame Aurélien.

— Faut faire gaffe ! Avec leurs alcootests, ils n'arrêtent pas de torturer les braves gens ! On boira un canon à la pause !

— Au fait, demande Aurélien après un silence, avec la femme du pharmacien, c'était sérieux ?

François éclate de rire, puis répond sans sourire :

— Pas plus que ta sœur avec son Benjamin. Ça fait belle lurette qu'on se voit plus !

Il n'a pas fini de parler qu'au sortir d'un tournant un barrage de police l'oblige à s'arrêter.

— Les flics ! explique François à Aurélien. Ça doit être rapport à la gamine qu'ils cherchent, ta petite voisine.

— La Clotilde ! À mon avis, elle veut faire parler d'elle. Elle se cache quelque part près de la maison où personne ne pense à la chercher. Je la comprends. C'est une bonne petite sans méchanceté. Personne l'a enlevée, elle réapparaîtra bien vite !

La camionnette se gare sur le côté. Le policier salue, demande les papiers du véhicule. Il parcourt le permis de François, lève la tête, curieux.

— Vous êtes les deux hurluberlus partis à Lourdes ?

— Comment vous le savez ? La presse n'a pas daigné se déplacer.

— Les collègues de Morsac ont fait leur boulot. Toutes les brigades du pays sont au courant de votre virée et vous auront à l'œil ! Alors, vous avez intérêt à vous tenir à carreau !

— Vous n'allez quand même pas empêcher un aveugle de se rendre à son rendez-vous avec Dieu qui lui apporte des yeux tout neufs dans un paquet-cadeau ?

— Bien sûr que non ! fait le policier. Mais un conseil, soyez prudents !

— Figurez-vous qu'on y avait pensé et qu'on a tout notre temps !

Le fourgon repart en lâchant un panache de fumée noire à la figure des policiers.

— Il faudrait aussi un miracle pour son moteur ! fait le brigadier en souriant, car ce voyage lui plaît : il voit tant de situations sordides, de gens détestables que ces deux naïfs partis chercher l'impossible lui sont sympathiques.

Après quelques minutes de silence, François manifeste un besoin de son corps habitué à certaines largesses :

— On n'a pas encore passé Vendôme ? Pourtant, on n'a pas cassé la croûte et on n'a même pas bu un canon !

— C'est bien vrai ! Stop, l'ami ! Le devoir, c'est beau, mais oublier de se nourrir en service commandé est une faute grave.

La voiture sort du tournant et aborde une

longue ligne droite. Clotilde, qui ne l'attendait plus, la reconnaît tout de suite. Son cœur bondit. Ses douleurs s'estompent, elle sort du sous-bois. Le fourgon s'approche. Au volant, François la voit et s'arrête sur le bas-côté.

— Nom de Dieu !

— Qu'est-ce qui se passe ?

François n'en croit pas ses yeux. Puis il se dit qu'il se trompe, que toutes les petites filles du monde se ressemblent et que celle qui se trouve en face de lui n'est pas la Clotilde de Marguerite et Gaston.

— Rien ! fait François.

— Cesse de dire des conneries ! réplique Aurélien qui touche la portière de sa main droite. Il faut que je pisse, guide-moi !

François conduit Aurélien au bord du fossé sans quitter des yeux la petite fille qui lui sourit. Cette fois, il ne doute plus : c'est bien elle que toutes les polices, toutes les gendarmeries recherchent. Enfin, son visage s'anime, ses yeux roulent autour de lui, comme s'il avait peur d'être surpris en compagnie de la fugitive ; il se tourne vers Aurélien.

— Aurélien, viens voir…

— Qu'est-ce que tu veux que je voie ? fait l'aveugle en boutonnant lentement sa braguette.

— Bonjour, Aurélien ! fait Clotilde.

— Qu'est-ce que c'est ? Dis-moi, François, où sommes-nous ? Tu me fais une farce ? C'est la petite de Marguerite !

La tuile ! François bougonne :

— Oui, c'est la gamine que tout le monde recherche ! Qu'est-ce qu'on va faire ? Ils vont nous accuser de l'avoir enlevée ! Ces chercheurs de merde auront besoin d'un coupable. Et qu'est-ce que je pourrai dire ? Que la gamine a disparu deux jours avant notre départ ? C'est vrai, mais ils pourront rétorquer qu'on s'est arrangés comme ça pour échapper aux soupçons !

Il veut douter encore, pour retarder l'échéance :

— Tu n'es pas la petite de Marguerite ? Dis-moi, je me trompe ?

— Non, tu ne te trompes pas ! Je suis Clotilde, la petite-fille de Marguerite et Gaston Cellinie. Je veux aller avec vous à Lourdes !

Cette fois, François en veut à la malchance. Pourquoi s'est-il arrêté ? Chaque fois qu'il y a une bêtise à faire, c'est pour lui !

— On peut pas t'emmener ! Il faut que tu attendes sur le bord de la route une autre voiture qui te reconduira chez toi. Maintenant, nous, on s'en va ! Monte, Aurélien, on cassera la croûte plus tard !

François ouvre sa portière.

— Je vous en supplie ! Emmenez-moi avec vous. Et puis, j'ai rien mangé depuis hier à midi.

François pousse un juron tonitruant qui dérange un couple de pies sur un peuplier. Laisser Clotilde sans lui donner à manger est un cas de non-assistance. Et, s'il le fait, les policiers sauront qu'il l'a trouvée et ne l'a pas signalée !

— Bon, écoute, on va faire un marché. Je vais te donner à manger, j'ai du pain et du jambon.

— J'aime pas le gras du jambon et je veux du pain frais !

— Tu me casses les pieds ! Tu auras ce qu'on

peut te donner, ensuite tu attendras la première voiture sur le bord de la route et tu nous promets que tu ne parleras pas de nous !

— Et pourquoi je promettrais ?

— Parce que, si tu ne promets pas, je ne te donne pas à manger !

Une voiture bleue se montre au bout de la ligne droite, gyrophare clignotant. François pousse Clotilde dans le fossé.

— Les flics ! Cache-toi, nom de Dieu ! Et s'ils s'arrêtent, tu ne te montres pas !

— Pourquoi puisque vous voulez que je me rende ?

— Je t'expliquerai plus tard ! Cache-toi, je te dis !

Clotilde s'enfonce dans le bois, la voiture s'arrête. Un policier contrôle les papiers de François qui proteste :

— Dites, c'est la deuxième fois en moins de deux heures. À ce rythme, on n'est pas encore à Lourdes !

— On fait notre boulot ! Une gamine a été enlevée, on doit contrôler tous les véhicules ! Alors, de quoi vous vous plaignez ?

— On se plaint pas et, si on voit quelque chose, on ne manquera pas de vous le dire !

Le regard de François se tourne vers la forêt et le sentier où Clotilde a disparu. Il aperçoit, entre les branches couvertes de jeunes feuilles, la tache claire de la fillette.

— Allez, bon voyage ! fait le policier en remontant dans sa voiture.

Clotilde sort aussitôt de sa cachette ; François

cherche dans ses paniers de provisions du pain et du jambon.

— Maintenant, vous êtes obligés de m'emmener !

— Et pourquoi donc ?

— Parce que vous avez menti aux policiers et c'est très mal de mentir !

— Non, mais ! Tu ne vas pas nous faire la morale ?

— Si ! Vous êtes obligés de m'emmener, sinon je dirai que vous m'avez enlevée et vous irez en prison tous les deux !

François se tourne vers Aurélien, pousse un gros soupir. Le voyage commence mal : d'abord la panne qui était un avertissement et maintenant la grosse emmerde ! À croire qu'il contrarie Dieu lui-même ! Aurélien qui comprend son silence précise :

— C'est une épreuve ! Nous devons la surmonter, et puis c'est tout !

— Tu en as de bonnes, toi ! Une épreuve ! J'ai pas envie de me retrouver en tôle pour rapt de petite fille !

— Je te dis que c'est une épreuve ! Dieu va l'arranger !

Dieu ! La belle foutaise ! Le pire des hasards est à l'origine de tout cela ! François doit prendre la bonne décision, voilà tout.

— Dis donc, toi, je te savais pas autant cul-bénit ! Je me souviens d'un temps où tu te moquais pas mal de Dieu et de la curetaille !

— Sois sérieux, François ! On va chercher un miracle, alors si on commence à blasphémer !

— Si j'ai bien compris, tu crois quand ça t'arrange !

François s'approche de la fillette qui se tient au bord de la route.

— Et tu mentirais pour nous faire punir ?

— Non, je mentirais pas, je dirais la vérité. Vous êtes obligés de m'emmener, sinon, vous irez en prison !

François recule d'un pas, comme s'il voyait déjà les portes ferrées de sa cellule. Il en veut à tout le monde et surtout à Aurélien qui reste absent et pour qui il s'est mis dans cette situation. Car il sait bien que les policiers et les juges croiront la petite fille et pas deux marginaux qui passent plus de temps à boire du vin qu'à penser aux autres ! Il fait front :

— Eh bien, moi je te dis que tu mentiras ! Ton nez va s'allonger et touchera par terre, comme une canne et tu ne pourras plus marcher !

Clotilde s'imagine avec un nez qui s'accroche aux pierres, qui l'empêche de marcher, mais ne lâche pas prise.

— Vous êtes obligés de m'emmener.

La fillette n'en peut plus. Les douleurs qui parcourent ses membres, broient sa poitrine, ont raison de son obstination ; les larmes roulent sur son visage maigre. François est interloqué. Il est ainsi, l'original de Morsac, un enfant qui pleure lui écrase les épaules, casse en deux son grand corps, le laisse sans voix. Toute l'injustice du monde se trouve dans ces larmes qu'un rien suffit à faire jaillir.

— Je t'en supplie, monsieur, emmène-moi à Lourdes !

François s'agite. Ce « monsieur » le poursuit dans ses plus profonds retranchements. Sa haute silhouette ploie sous un vent de tempête. Puis la réalité s'impose de nouveau : le voilà en présence de la fillette que tout le monde recherche. Une chance qu'aucune voiture ne soit passée, qu'aucun promeneur ne les ait surpris ! Rester là est dangereux, il faut partir au plus vite et réfléchir ensuite. Il ouvre la porte arrière du fourgon.

— Monte ! On va te conduire au premier poste de police qu'on va trouver !

— Je leur dirai que vous m'avez battue !

— Monte et tais-toi !

Clotilde saute dans la camionnette, se faufile entre les caisses.

— Assieds-toi au fond, derrière les caisses de bouteilles et surtout fais bien attention de ne pas les casser. Cherche dans ce carton, tu trouveras du pain et du jambon.

La fillette ne se fait pas prier. Quelques instants plus tard, le fourgon à l'enseigne « Établissements Garcin et Cie » repart avec son passager clandestin, mais il roule lentement : le chauffeur a l'esprit trop préoccupé pour penser à sa moyenne.

— Qu'est-ce que t'en dis, toi ? demande-t-il à Aurélien.

L'aveugle secoue les épaules. Il reste accroché à sa première pensée.

— Je te dis que Dieu l'a mise sur notre chemin pour nous éprouver. Tu comprends qu'un miracle se mérite. Il veut bien nous aider, il veut bien me donner mes yeux, mais on doit en être dignes. Et cette petite fille que j'entends souvent pleurer a aussi besoin d'un miracle, celui qui mettra de la joie dans son cœur. La joie, c'est peut-être comme la lumière. Tu comprends que Dieu va faire un miracle en bloc, un paquet-cadeau pour deux !

François fronce les sourcils.

— Tu sais que tu m'emmerdes avec ton Dieu ! Tu te rends compte de ce que tu peux être idiot de bêler ta soumission à l'improbable parce que c'est pour toi la seule solution ! Si j'étais Dieu, je punirais ton attitude intéressée.

— Bien sûr, un aveugle, c'est crédule puisque ça ne sait rien de la lumière et des couleurs. Le bleu du ciel, des mots vides…

— Voilà que tu cherches encore à te faire plaindre ! réplique François, conciliant. Si j'ai accepté de t'emmener à Lourdes, c'est pas parce que je crois en Dieu, je suis convaincu plus que jamais qu'il n'existe pas, c'est par amitié et pour que tu n'aies pas de regret !

— Tu me fais bien de la peine. Tu te rends compte que, s'il existe, il t'entend et peut s'en souvenir quand on va arriver à Lourdes ! François, tu déconnes !

— Je me demande ce qui m'a pris de rentrer dans le jeu de quelqu'un d'aussi intéressé que toi ! Écoute, on a une gamine derrière les caisses de pinard, et qu'est-ce qu'on fait pour échapper aux emmerdements ? On prie ?

Le fourgon arrive dans une longue ligne droite au bout de laquelle clignote une lampe bleue. Des hommes font des signes.

— Merde ! Encore les flics ! Cette fois, on est cuits !

Aurélien ne répond pas. Il ignore tout de cette menace. Il se recroqueville sur son siège, se mettant sous la protection de François, au pouvoir extrême des bien-voyants...

Le véhicule s'arrête devant un mur de policiers. L'un d'eux s'approche du chauffeur, salue.

— Ah, c'est vous, les marchands de miracle ! Vous n'avez rien vu de bizarre ? C'est qu'on n'a pas grand-chose pour retrouver cette gamine !

— Non, rien de particulier !

— Alors, filez !

Les Établissements Garcin et Cie repartent. François a tellement eu peur qu'il éprouve le besoin de se mettre en colère et de faire des reproches.

— Et toi, tu es resté là, sur ton siège, sans bouger ! Tu m'as obligé à me démerder seul ! Et pourtant, c'est pour toi que je suis là à faire le blaireau !

Aurélien ne bronche pas. La casquette sur ses yeux, il dit lentement :

— Sans moi tout aurait capoté. J'ai prié Dieu qu'il fasse un premier miracle et, tu vois, il l'a fait !

— Tu crois pas que tu vas le vexer ? Tu es resté des années sans t'occuper de lui et voilà que tu lui casses les oreilles à longueur de journée !

— Mieux vaut tard que jamais ! Le bon larron a été sauvé au dernier moment sur la croix !

Que répondre ? Autant de mauvais esprit laisse François sans voix. C'est vrai que rien n'empêchait les policiers de fouiller le fourgon. Ils ne l'ont pas fait, mais la prière d'Aurélien n'y est pour rien : leur véhicule est signalé dans toutes les brigades et personne ne les soupçonne.

— Tous les poivrots du monde se donnent la main pour qu'on réussisse ! dit-il, rêveur.

Il se tait un instant. La silhouette sombre de Paule se profile dans sa mémoire.

— Au fond, tu as peut-être raison ! poursuit-il. Le bon larron sauvé à l'instant ultime est une image réconfortante !

Gaston bâille bruyamment, mais ce n'est pas de fatigue. Il tente de s'enfermer dans ses habitudes pour échapper à la tenaille qui l'oppresse, l'empêche de respirer. Marguerite, assise en face de lui, recherche aussi dans les gestes du quotidien de quoi vivre l'instant qui va suivre et la terrible nuit peuplée de l'absente. Danielle est restée à table. Sa mère a fait la vaisselle après la soupe avalée machinalement pour penser à autre chose, ou plutôt pour ne pas penser. D'habitude, la jeune femme prend le torchon, essuie les assiettes et les couverts, les range comme elle a appris à le faire petite fille et cela suffit pour placer sa vie présente dans la continuité du passé. Pas ce soir.

Gaston a bâillé dans un silence oppressant, pour faire du bruit, pour chasser le tic-tac de la pendule qui l'accapare. Il se force à penser à la tondeuse à gazon que le père Joffre lui a amenée l'autre soir. Il n'a pas trouvé le grain de poussière qui fait caler la machine quelques secondes après qu'elle a démarré. Ce soir, il s'efforce de penser à la membrane qui sert de mélangeur entre l'essence et l'air, cette membrane qui remplace les anciens gicleurs tellement plus pratiques puisqu'il suffisait de souffler dedans pour les déboucher. Les ingénieurs ont souvent de bonnes idées, ils ont estimé que la membrane, par sa surface, risquait moins que le gicleur de se boucher, ils pensaient donc supprimer une cause de panne et ils ont eu raison puisque les pannes de ces petits moteurs sont très rares. Mais quand elles se produisent, il faut être drôlement malin pour en trouver la cause !

— Les chats ne sont pas rentrés de la nuit ! constate Marguerite. Même les animaux fuient cette maison !

Un bruit de voiture fait sursauter Gaston. Il a pensé à la tondeuse sans oublier ce qui lui fait si mal et le retient éveillé. Marguerite et Danielle se dressent dans un même geste spontané, la tête tournée vers la fenêtre que les phares éclairent un instant avant de s'éteindre. Danielle se précipite à la porte. Le brigadier Pardaux entre, l'air plus grave que d'habitude.

— On a retrouvé le gars qui rôdait autour de l'école et qui correspond au portrait-robot.

Le visage de Danielle s'allonge, celui de Marguerite reste de marbre, malgré les larmes qui dénoncent sa fatigue, son angoisse, son incapacité à affronter les événements. La bouche entrouverte, elle s'approche du policier.

— Et la petite ? réussit-elle à demander alors que Danielle ne peut dire un seul mot.

Le policier hausse les épaules.

— Il nie tout en bloc. Mais au commissariat on saura le faire parler. Ce n'est pas un dur, il finira par lâcher le morceau. Les collègues prendront le temps qu'il faudra.

Danielle rejoint sa mère à côté du policier, le regard contracté, les lèvres retroussées comme un chien qui s'apprête à mordre.

— Mais, Clotilde, qu'en a-t-il fait ? Vous ne voulez pas dire que...

— On ne sait rien. Cet homme n'a pas la carrure d'un meurtrier. Il l'a probablement enfermée quelque part. Je vous dis, avant demain matin il aura parlé et nous vous aurons rendu votre fillette.

Cette manière de rassurer plonge Marguerite dans une colère d'impuissance. Danielle, atterrée, revient s'asseoir à sa place sans rien ajouter. Le policier sort et ferme la porte derrière lui.

— On est bien malheureux !

Gaston vient de parler d'une voix cassée, qui ne lui convient pas. Lui, le taciturne qui semble toujours absent de la réalité, a mis dans cette phrase un désespoir qui finit de plonger les deux femmes dans l'abîme de l'enfer.

La sonnerie du téléphone les fait sursauter. Ce ne peut être la police puisque le brigadier vient de quitter la maison quelques instants auparavant, à moins que le salopard qu'ils ont arrêté n'ait décidé de parler. Mais de ses révélations peut venir la délivrance comme la fin de tout espoir.

Gaston a relevé la tête, les deux femmes se regardent. Enfin Danielle, sur un signe de sa mère, va répondre. La demie de dix heures sonne à la pendule. La voix qu'elle entend donne la chair de poule à la jeune femme.

— C'est moi. Je viens de débaucher... La petite est revenue ?

Jean-Paul ! De quoi se mêle-t-il, encore ? C'est vrai, Clotilde est sa fille, mais Danielle ne veut pas penser à lui. Sa présence alourdit sa peine.

— Je n'en peux plus, je viens !

Jean-Paul ici, ce soir ? Ce n'est pas le moment. Marguerite tourne de gros yeux curieux vers sa fille. Danielle ne veut pas le voir. Elle se sent coupable et n'a pas plus la force de se mettre en colère. Cela la gêne de se trouver en face de contradictions qu'elle ne sait pas exprimer devant ses parents.

— Ce n'est pas la peine ! Dès que j'ai du nouveau, je te téléphone. Ils ont arrêté un homme qui rôdait hier après-midi autour de l'école !

— Et il n'a pas dit où se trouvait la petite ? Le salopard ! Attends, je vais aller au commissariat et je le ferai parler !

— Ne te mêle pas de ça ! Rentre à la maison, je te tiens au courant !

Elle a dit : « à la maison », mais pas « chez toi » et encore moins « chez nous ». Le silence au bout du téléphone que Danielle ressent comme le vertige au-dessus d'un gouffre profond est plein de cette nuance. Puis Jean-Paul précise :

— J'ai bien compris. L'autre est avec toi ! Alors, tu as peur que je fasse du grabuge. C'est ça, hein, il est avec toi ? Je te rappelle que le père officiel de Clotilde, c'est encore moi !

Danielle pousse un long soupir et dit d'une voix fatiguée :

— Ce n'est pas le moment de faire des histoires ! Je t'en supplie, Jean-Paul, laisse-moi tranquille. Il n'y a personne ici que mon père et ma mère !

— Laisse-moi tranquille ! Tu en as des mots, toi ! Clotilde est peut-être morte et tu veux que je te laisse tranquille !

Danielle ne répond pas et pose le combiné. Le silence retombe sur la maison jusqu'à ce que la sonnerie fasse sursauter de nouveau tout le monde. Un bruit d'ailleurs, qui rappelle que le monde existe en dehors de la douleur ressentie, un appel pour rassurer qui ne fait que plonger dans un peu plus de désarroi. Nouveau regard de Marguerite à Danielle qui inspire et décroche.

Cette fois, c'est Alain.

Une voix profonde et ronde, chaude, une voix qui ne peut laisser aucune femme indifférente. Danielle a un rapide éclair au fond des yeux qui n'échappe pas à Marguerite. Même dans la détresse, elle trouve la force d'être amoureuse. Le regard de Marguerite se durcit.

— Non, aucune nouvelle ! dit Danielle.

Le ton n'est pas le même qu'avec Jean-Paul, plus suave, coulé, un ton de soumission.

— Ce n'est pas la peine ! Je suis courageuse, je tiendrai le coup jusqu'au bout ! T'en fais pas ! Rentre !

Elle n'a pas encore précisé « chez toi » ou « chez nous ». Le coin des lèvres de Marguerite se plisse, réprobateur.

— Je te répète que ce n'est pas la peine ! Je suis persuadée que demain matin, tout sera réglé !

Elle raccroche et, malgré elle, se tourne vers sa mère qui n'a pas perdu sa dureté de traits.

— Celui-là, s'il vient ici, je le fous dehors comme un malpropre ! dit Marguerite en appuyant sur chaque mot, pour bien montrer sa détermination.

À cet instant, Danielle hait sa mère et voudrait la frapper. Le bruit d'une voiture la retient de toute initiative malheureuse. Une portière claque. Paule entre. C'est la seule personne qui soit admise ici à cette heure, sa présence est naturelle. Sans un mot, elle s'assoit en face de Danielle. Marguerite pense au temps où Paule fréquentait François Garcin, à leur rupture, à l'attitude irréfléchie de la jeune femme qui se laissait aller, buvait, multipliait les scandales. Une femme honnête ne se comporte pas comme ça, elle encaisse les mauvais coups de la vie et n'en montre rien, c'est ça la dignité !

— Ils ont attrapé le suspect qui tournait autour de l'école hier, mais il n'a rien dit ! fait Danielle d'une voix neutre.

Paule pense à son frère, parti avec François à Lourdes à bord du fourgon Établissements Garcin et Cie, une pensée qui ne la quitte pas, qui la coupe de la terrible réalité. Elle s'en veut d'en éprouver un certain bonheur, comme si cette fugue lui était dédiée. Puis elle se dit que ses sentiments n'ont pas d'importance ; c'est l'ultime tentative de quelqu'un qui ne veut pas sombrer. Que lui reste-t-il pour garder la tête hors de l'eau ? Rien, elle a laissé le temps étaler ses cendres sur des braises qu'un coup de vent vient de réanimer. Danielle a eu du courage : elle ne s'entendait pas avec Jean-Paul, elle a osé le dire, et se séparer du père de sa fillette. Paule a obéi à sa famille au lieu de la braver, de fuir avec François. La lâcheté coûte toujours plus cher que le courage !

— Si on allait au commissariat ? On aurait peut-être d'autres nouvelles !

— Ça, c'est une bonne idée ! dit Danielle en se levant.

Bouger leur fera du bien. Échapper au silence de cette maison, au regard lourd de Marguerite ! Les deux jeunes femmes se dirigent vers la porte, tandis que Marguerite a le sentiment qu'elles l'abandonnent, qu'elles la laissent seule avec sa douleur. Gaston s'est levé à son tour.

— Je reviens, dit-il. Il faut que j'aille marcher !

Marguerite n'a pas longtemps à attendre. Un quart d'heure plus tard, Danielle et Paule reviennent, toujours aussi abattues. À leur tête, la grand-mère comprend qu'elles n'ont rien appris de nouveau.

— Le gars, précise Paule, s'appelle Jean-Jacques Moiret. Il est originaire de Morsac par son grand-père. Il est domicilié en Artois et souhaite se fixer ici, au pays de ses ancêtres. Il se promenait dans le quartier des maisons neuves qui est aussi celui de l'école à la recherche d'une maison à vendre...

— Et les policiers l'ont cru ? Il raconte n'importe quoi ! Il n'y a jamais eu de Moiret dans la région !

— Ils font des vérifications. Mais ils semblent convaincus que ce célibataire de trente-cinq ans n'est pour rien dans le rapt de Clotilde.

— Un célibataire ! s'exclame Marguerite, comme si cet état suffisait à condamner Jean-Jacques Moiret.

Les deux femmes s'assoient et l'attente reprend. Gaston rentre de sa marche nocturne, une heure du matin vient de sonner.

Les phares d'une voiture balaient la cour et éclairent les vitres. Danielle sursaute, la portière claque. Jean-Paul.

— Je pouvais pas rester là-bas ! dit-il en entrant sans frapper et en regardant Gaston, comme s'il attendait l'aide de son beau-père.

Il hésite un court instant puis s'assoit en face de Danielle, à côté de Paule.

— C'est ma fille ! précise-t-il.

Danielle ne supporte pas sa présence, l'odeur de son infecte eau de toilette, son regard de chien battu, de perdant continuel. Il n'a pas bu, mais n'est-ce pas la preuve de sa faiblesse ? Paule, qui ne quitte pas Danielle du regard, a compris : le rejet de son amie pour cet homme est l'ombre exacte de ses contradictions. Ce soir, Paule est pétrie d'un souvenir qui n'est pas mort et lui procure, à cause de cette fugue vers Lourdes, un bonheur malsain, honteux dans cette maison. Elle est faite pour le don de soi, pas pour son contraire.

Encore une voiture. Danielle sursaute de nouveau, se tourne, angoissée, vers la porte. Pourvu que ce ne soit pas Alain ! Jean-Paul et Alain, l'un à côté de l'autre, même s'ils s'ignoraient, matérialiseraient sa faiblesse, une partie de sa personne qui ne lui convient pas et qui pourtant ne cesse de la gouverner. Elle retient sa respiration pendant que les phares s'éteignent, la portière claque, on frappe. Marguerite, d'un pas énergique, va ouvrir. C'est encore le brigadier de police. Sombre, il s'arrête devant la table, entre les deux femmes qui ne le quittent pas des yeux. Jean-Paul voudrait parler, se montrer homme de décision, mais il reste lui aussi à sa place, écrasé par cet uniforme dans cette maison de retraité, à une heure où tout devrait être calme et sommeil.

— Ça va pas ! fait-il en expirant une grosse quantité d'air. Tout se complique. L'homme dont je vous ai parlé en début de soirée, un certain Jean-Jacques Moiret, a été mis hors de cause. Il en sera quitte pour la peur de sa vie !

— On s'en fout qu'il ait eu peur ! précise Marguerite. Nous, on a peur depuis trois jours et pour de bonnes raisons. C'est tout ce que vous avez à nous dire ?

— Non, hélas ! fait le brigadier en baissant la tête, comme coupable d'apporter une autre mauvaise nouvelle. On a questionné une nouvelle fois les gens autour de l'école et dans la rue où Clotilde a probablement disparu. Il en ressort qu'on a apporté trop d'importance à ce promeneur qui cherchait une maison à acheter, et pas assez à une autre information plus redoutable.

— Ah bon ! réplique Marguerite. Mais dites vite, nous, on s'en fout des détails !

— Un autre homme rôdait dans les parages. Deux signalisations sont assez précises pour que les spécialistes dressent le portrait-robot. Il s'agit d'un certain Gaétan Bruxon. C'est un repris de justice, condamné plusieurs fois pour agression sur des mineures…

— Il a été condamné plusieurs fois et,

naturellement, vous le laissez courir, histoire qu'il recommence...

— Rien n'est aussi simple! réplique Pardaux. On est à sa recherche.

— Je peux venir vous aider! fait Jean-Paul en se dressant, tellement il a envie de bouger et de se donner l'impression d'être utile.

— Surtout pas! C'est l'affaire de spécialistes. Restez ici, je vous appelle dès que j'ai du nouveau.

Le brigadier s'en va; sa voiture démarre, les phares balaient la fenêtre, et la nuit retombe sur la maison abandonnée au milieu d'un monde qui lui est devenu étranger.

— Clotilde va être retrouvée saine et sauve, j'en suis certaine! dit Paule en prenant la main de Danielle dont elle comprend les contradictions et la douleur.

Enfin, Danielle lève la tête vers Jean-Paul.

— Je t'en supplie, fait-elle, décidée. Pars! Si j'ai du nouveau, je t'appellerai sur ton portable!

Jean-Paul se lève, regarde de nouveau son beau-père dont il espérait le soutien, puis sort sans un mot. Danielle entend sa portière claquer, le moteur se lancer. Elle aurait préféré qu'il soit ivre!

Jean-Paul s'éloigne de Morsac. Lui non plus n'est pas fâché de fuir l'atmosphère pesante qui règne chez ses beaux-parents. Il redevient lui-même, retrouve ses fantômes et ses faiblesses. Non, il n'a pas bu parce qu'il ne se sentait pas libre, parce qu'il était la proie d'une angoisse paralysante. Maintenant tout va mieux, il a vu Danielle qui lui a donné la permission de se laisser aller à sa faiblesse, de se mettre en dehors du malheur qui les frappe. Il rentre chez lui, soulagé, malgré la terrible peine qui le broie. Le voilà redevenu enfant.

Dans le lotissement, la maison aux tuiles rouges se distingue des autres par les deux genévriers plantés de chaque côté de la porte d'entrée. Depuis le départ de Danielle, le désordre règne dans toutes les pièces, le ménage n'a pas été fait. En entrant, une désagréable odeur de renfermé saute au visage. Dans la cuisine, l'évier est envahi d'assiettes sales, de poêles, de verres. Sur la table, une bouteille entamée la veille attend la main qui va la prendre. Boire enfin, laisser couler en soi le liquide bienfaisant, porteur de paix intérieure, d'insouciance. Avec le vin, Jean-Paul oublie son malaise permanent, son angoisse de l'avenir immédiat, de la surprise de chaque jour. C'est surtout le soir que sa douce euphorie lui est indispensable.

Le soir, en effet, quand la nuit broie chaque être dans ses serres, Jean-Paul ne sait comment faire face à ses hantises qui grossissent jusqu'à occulter le restant de l'univers. Il se décompose en une lie dans laquelle il ne sait pas plonger les mains pour en sortir de bonnes intentions, pour chercher les briques de sa personnalité qu'il n'a jamais su rassembler ! Il boit pour se construire, pour regarder avec confiance autour de lui, pour échapper à sa confusion profonde, à la peur. Il se sait plus mortel que les autres, condamné permanent par une blessure d'enfance qui se perd au fond de son âme. Il recule l'heure de s'endormir par crainte de ne jamais se réveiller. L'inconscience le terrorise parce qu'il ne peut pas accepter que le monde aille sans lui, que le temps coule sans traces, l'éternité lui est insupportable. Enfant, il attendait que sa mère soit sortie de la chambre pour allumer la lumière. Il résistait et parfois réussissait à vaincre le sommeil jusqu'à une heure avancée de la nuit. Cette victoire le laissait fatigué et conscient d'une peur irraisonnée contre laquelle il ne pouvait rien.

Il s'assoit à sa place habituelle, celle qu'occupait Danielle avant qu'elle ne parte. Sur sa droite, la chaise de Clotilde est toujours là, légèrement poussée comme si la petite fille allait arriver de sa chambre d'un instant à l'autre.

Jean-Paul n'a pas faim, mais il veut manger pour boire, faire un acte ordinaire de la vie pour justifier sa déraison. Il casse deux œufs dans un bol, met une poêle sur le feu. L'omelette cuite, il la fait glisser dans son assiette et se verse un verre de vin. Le voilà en dehors du monde, il a envie de débrancher le téléphone pour profiter pleinement de cet instant, puis renonce, conscient de l'égoïsme criminel d'un tel acte.

Le verre attire sa main droite. Il le prend, en éprouve la fraîcheur bienfaitrice. Son corps réclame le précieux liquide, vibre dans l'attente de la satisfaction souveraine, de combler le manque qui le rend boiteux. Il approche le verre de ses lèvres, tout à cet acte de sauvegarde, quand l'image de Clotilde lui apparaît avec une netteté anormale, le heurte, le met en face de sa monstrueuse obsession. « Eh bien quoi ? Qu'est-ce qui me reste comme plaisir ? Celui de travailler ? Tu parles, est-ce que je travaille ? Je suis manutentionnaire à l'usine Charmaux ! Je mets des paquets sur une palette et quand la palette est pleine, je recommence ! Je m'emmerde au boulot ! Mais qu'est-ce que j'aurais voulu faire ? Je n'en sais rien. J'ai passé ma vie à me débattre au lieu de chercher le chemin qui me faisait des signes ! »

Il tient toujours le verre levé devant lui, comme un calice. L'image de Clotilde flotte toujours devant lui. Où est-elle ? Morte après avoir été violentée par un sadique ? Emprisonnée, torturée ? C'est à elle qu'il veut parler, elle qui depuis sa naissance le remet en cause et le pousse un peu plus dans une fausse sérénité. « Ta mère n'a pas eu tort de partir, je n'ai pas fait le moindre effort pour la retenir ! s'exclame-t-il. La bouteille me sort de toutes les mauvaises situations. La tempête peut souffler, je ne l'entends pas. Et alors ? Qu'est-ce que ça me donne de fuir, d'aller de l'avant ? Ça fait longtemps que je le sais, mais je ne veux pas y penser pour ne pas faire d'efforts. Moi qui ai tant envie de vivre, qui redoute la mort plus que tout, je ne cesse de me suicider ! »

Se suicider en ayant l'impression de vivre. Glisser dans le néant sans s'en rendre compte, sans éprouver la dernière peur. Il pose le verre. Le voilà au pied d'une montagne abrupte dressée pour ne pas avoir à se faire de reproches, parce qu'il comprend bien à cet instant que son manque de courage, de sincérité, le livre à des forces contraires qui l'écartèlent. Il est prisonnier d'assaillants qui se disputent ses propres morceaux. Chaque soir, quand la bataille prend de l'intensité, il plonge la tête dans le sable, ferme les yeux avant l'obstacle.

« Ça ne peut pas durer ! » reprend-il, lucide comme il ne l'a jamais été : s'il ne franchit pas la montagne de sa propre inconséquence, il s'y fracassera.

L'omelette est froide, mais il n'a plus faim. Son désir de sincérité le laisse démuni face à lui-même. Pourtant, il a le sentiment que refuser un effort serait sacrifier sa fille, tourner le dos au monde et aux autres. « Je ne suis pas méchant, je suis seulement très faible, ce qui peut se comparer à de la méchanceté. Être bon demande du courage ! »

Et s'il en avait, du courage, une fois dans sa vie, au moment le plus important ? « C'est l'occasion ! » Jean-Paul se lève, vide son verre dans l'évier, puis s'empare de la bouteille. Une force née du fond de son être, mais qui semble venir d'ailleurs guide ses gestes, le pousse à cette extrémité, à chercher un affrontement dont il redoute la victoire. Le vin coule avec un bruit qui avait jusque-là une autre signification. N'est-il pas en train de jouer quand une deuxième bouteille peut être débouchée dans l'instant ? Non, la nécessité de sortir d'une situation sans issue est un acte longuement mûri en lui-même et toujours repoussé pour la même raison : la peur ! Ce soir, le visage de Clotilde l'a décidé, mais en remplissant son verre d'eau, il se demande comment combler le manque qui se fait déjà sentir dans son corps, qui hérisse des paquets d'épines dans chacun de ses muscles. « Quand j'ai la grippe, j'attends que ça passe ! Eh bien, j'ai qu'à faire la même chose ! » Mais ce n'est pas la même douleur. Il ne peut rien contre la grippe alors que là, quelques verres suffiraient à le calmer et surtout à lui donner cette sérénité profonde qui noie ses doutes.

Les heures passent. Sa décision est moins ferme à mesure que la fatigue alourdit ses membres. Le temps lui pèse. Jean-Paul s'ennuie et se demande si ce n'est pas ce manque de buts immédiats ou lointains qui le pousse vers l'alcool, une oisiveté souveraine. Dormir lui ferait du bien, mais comment dormir quand Clotilde n'est pas retrouvée ? Il redoute aussi de se laisser aller, de devenir la proie de tous les démons qui l'assaillent à cette heure de l'abandon quand le vin ne les fait pas taire.

Ce soir, il ne dormira pas.

Le moteur hoquette dans une côte qui n'en finit pas. La nuit n'est pas sombre, les silhouettes des arbres se dessinent dans une clarté diffuse, prolongement des jours qui s'allongent. C'est le printemps, Aurélien le sent aux odeurs nouvelles qui montent du sol. Son sens des saisons passe ainsi par des détails secondaires. Le chant des oiseaux l'agace : « Les gens disent que c'est beau. Les oiseaux font du bruit, sûrement pas de la musique ! » C'est sa manière à lui de s'opposer à l'opinion générale pour exister autrement qu'en handicapé.

— Dis donc, il va falloir s'arrêter ! J'ai les reins en compote !

— On a passé Vendôme, on va éviter Tours qui ne présente pas un grand intérêt pour une localité en aval : Bourgueil me semble mériter la visite. Ensuite, on ira, pour la curiosité, faire un tour à Chinon à l'embouchure de la Vienne. Ce sera le programme de demain, mais à la vitesse où nous allons, il faudra plus d'une semaine pour atteindre Lourdes !

— Qu'est-ce que ça peut faire !

François ne parle pas de ce qui le préoccupe. Le moteur a eu plusieurs ratés au début de la côte, et là, à mi-parcours, il montre des signes de grande fatigue. L'accélérateur au plancher, le fourgon se traîne. Il faudrait pas qu'il les laisse en rade loin de tout !

— Les bougies doivent être encrassées ! On va s'arrêter, fait-il. Je les nettoierai demain matin et le moteur repartira de plus belle.

— Et la gamine ?

François a un hoquet : il l'avait oubliée. Aurélien, la casquette sur le front, baisse la tête. Il est assis dans cette voiture, comme dans son fauteuil chez lui, insensible à ce qui l'entoure. Seuls les cahots lui indiquent qu'il se déplace dans un véhicule. Le reste ne change pas, il emporte avec lui sa prison de rien.

— Tu vois, quand j'aurai retrouvé mes yeux, la première chose que je regarderai, c'est le ciel. Le ciel bleu, juste un bout, je pense que c'est la porte du paradis et ça doit être beau. Surtout quand ce bout de ciel tombe dans la mer !

— Ouais ! Mais il faut que tu aies de la chance. Demande à ton copain d'en haut de te servir un ciel sans nuages, parce que s'il pleut...

— Toi, tu prends un malin plaisir à tout compliquer !

Aurélien pense à l'orage, au bruit du tonnerre qui semble secouer la maison et les choses inertes. La colère à l'état pur. Il voudrait pouvoir gronder avec autant de puissance.

— J'en ai plein les bottes ! poursuit François.

On va passer la nuit ici, dans ce renfoncement fait exprès pour nous !

— Et la gamine ?

— Écoute, j'en sais rien. On va voir. De toute manière, il faut manger et dormir. J'ai plus vingt ans !

La camionnette ralentit, s'enfonce dans un chemin discret sous des arbres aux branches basses, arrive dans une clairière où s'empilent des troncs de bois. Le moteur cale.

— Tu veux parier qu'il nous a filé un alternateur pourri, le garagiste de Châteaudun !

— On va boire un canon ! décide Aurélien, joyeux.

François bloque le frein à main et ils descendent. Aurélien, la main droite posée sur le véhicule, se dirige vers l'arrière.

— J'allume la lampe à pétrole et, ensuite, je fais chauffer ce qu'on a acheté à midi sur le réchaud, dit François. Tu n'as qu'à t'asseoir ici en attendant.

— Ça change de la routine !

François cherche ses allumettes dans une de ses nombreuses poches quand Clotilde passe la tête par la portière arrière. La fillette, tout sourire, saute à terre, s'approche d'Aurélien dont elle prend la main froide.

— J'espère qu'on va manger, parce que j'ai une de ces faims !

François retient sa colère. Clotilde le regarde de ses yeux naïfs et confiants.

— Oui, on va manger ! dit-il en positionnant le réchaud sur les cailloux du chemin.

— C'est demain qu'on arrivera à Lourdes ?

François se tourne vers la fillette, sa casserole à la main.

— Et ta mère ? Tu y as pensé à ta mère qui pleure depuis que tu es partie ? Tu as pensé à ton père, à ta grand-mère et à ton grand-père qui pleurent aussi ?

— C'est bien fait pour eux !

Devant François, Clotilde ne sait exprimer sa pensée que par ce raccourci. Les grandes personnes ne peuvent pas comprendre ce qui l'agite. D'ailleurs, les mots lui manquent pour dire ce qui l'a poussée à partir de chez Marguerite. La fée Marcelline, certes, mais ce monde se brise au contact des adultes. L'envie de fuir vient de tout son être. Une force profonde, irréfléchie, en forme de fleur superbe, un besoin qui ne s'explique pas, lié à sa mère d'une manière qu'elle ressent, mais ne peut pas se formuler. Sa fuite trouve ses causes dans ce qui ne se décide pas, ce qui est sans raison et pourtant essentiel. Ce soir, dans cette nuit douce, loin de la maison de Marguerite, seule avec ces deux hommes si différents des autres, elle oublie sa solitude de petite fille et voudrait que ce voyage ne s'arrête jamais.

— De toute manière, ça ne peut pas durer ! insiste François. Tu te rends compte que toutes les gendarmeries te recherchent, que des centaines d'hommes sont sur les dents pour toi !

— C'est bien fait pour eux ! Et puis si vous m'obligez à me montrer, c'est vous qui irez en prison !

François se tourne vers Aurélien, absent.

— Tu entends ce qu'elle dit ? On est mal, mon copain, très mal !

— Tout ça c'est ta faute ! Moi, je suis aveugle, alors je risquais pas de voir la gamine ! Si tu avais fermé les yeux, pour une fois !

— Mon salaud, tu as des façons de parler, toı !

Clotilde a un sourire radieux. Que François et Aurélien se chamaillent à son sujet la rassure. Ces policiers qui barrent les routes pour elle lui font un bien intense. Savoir qu'on parle d'elle dans les journaux, à la radio, à la télévision, maintenant qu'elle ne risque rien, ne peut que l'inciter à poursuivre sa cavale.

François sort trois assiettes de la caisse, en tend une à Clotilde qui s'est assise sur une pierre.

— Tu as de la chance qu'on ait prévu large, sinon tu serais obligée de manger dans tes mains !

Il regarde autour de lui, redoutant que quelqu'un les épie. Au bout de ce chemin forestier, ils sont prisonniers, comme des poissons au fond d'une nasse.

— Pour les emmerdements, on est servis ! poursuit François en s'asseyant sur un cageot et en servant Clotilde de brandade de morue.

— C'est quoi ? Ça sent drôlement mauvais ! J'en veux pas ! Je veux de la soupe !

— Écoute, tu vas pas faire la difficile. Tu manges ce qu'on a et tu te tais !

La fillette goûte, son visage s'illumine.

— Ça sent mauvais, mais c'est bon ! Et puis, j'ai soif !

— Tu as soif ?

— Eh bien oui, j'ai soif !

— L'emmerdeuse ! Elle a soif, tu entends, Aurélien ?

— Mais pourquoi tu me grondes ? J'ai soif, c'est tout !

— C'est qu'on n'a pas d'eau. On n'a que du vin !

— J'aime pas le vin ! Et puis, je veux pas d'eau, je veux du jus de pomme !

— Et quoi encore ?

François fouille dans les caisses, exhibe une casserole.

— Va falloir que je trouve de l'eau, maintenant ! fait-il à Aurélien qui ouvre une deuxième bouteille de vin.

L'homme s'éloigne avec sa petite lampe électrique.

— Pourquoi qu'il est toujours de mauvaise humeur, ton copain ? demande Clotilde à Aurélien qui s'est versé un verre de vin et, avec l'habitude, n'en a pas renversé une goutte. Et comment que tu fais pour savoir que ton verre est plein ?

— Au poids, répond Aurélien. Avec l'habitude, c'est très facile. Quand tu auras bu autant de verres de vin que moi, tu pourras te verser à boire les yeux fermés !

— Mais j'ai pas envie de boire du vin ! Ma maman reprochait toujours à mon papa de trop boire et après, il ne savait plus ce qu'il disait ! Mais dis-moi, François est toujours aussi méchant ?

— François n'est pas méchant ! C'est mon copain ! Et je t'interdis de parler comme ça de lui !

Clotilde se renfrogne, baisse la tête. Son silence est tout à coup plein de tristesse. Un sanglot s'échappe de la gorge de la petite fille.

— Je voudrais mourir ! J'embête tout le monde ! Je vais partir cette nuit quand vous dormirez et j'irai me jeter dans la première rivière que je trouverai !

— Il n'y a pas de rivière, la nuit. Elles dorment comme les gens et ferment leurs berges sur leurs eaux jusqu'au lendemain, comme toi tu fermes tes paupières !

— Comment tu peux le savoir, puisque tu ne sais pas comment c'est fait, une rivière et ses berges ? Et puis, c'est pas vrai ! La nuit dernière, j'ai vu une rivière ouverte sous la lune, en dessous de la cabane des amoureux !

Le halo de la lampe électrique annonce François.

— Voilà de l'eau ! dit-il. Je suis tombé dans un ravin et j'ai cherché pendant tout ce temps pour rien. Il n'y a pas de source ici. J'ai pris cette eau dans le fossé où il restait une flaque !

Clotilde fait la grimace.

— Dans le fossé ? Mais je veux pas la boire ! Les chiens ont fait pipi dedans !

— Il n'y a rien d'autre ! réplique François en montant dans la voiture. Maintenant, tu me casses les pieds. Si tu as soif, tu bois cette eau. Est-ce que tu crois que mon père, quand il était prisonnier des Allemands, se posait la question de savoir si les chiens avaient pissé dans l'eau du fossé ? Il buvait et cela ne le rendait pas malade !

— Tiens, ton père a été prisonnier des Allemands ? demande Aurélien. C'est bien la première fois que je l'entends dire !

— Non, mais c'est une manière de parler pour amener cette maudite gamine à la raison !

Le regard de la fillette s'éclaire de curiosité dans la lumière jaune de la lampe à pétrole qui fume et sent mauvais.

— Et qu'est-ce qu'il mangeait ?

— Des rats, des épluchures, de l'herbe, des glands...

— Les glands, j'ai déjà goûté, c'est horriblement mauvais !

— Alors, tu bois cette eau et tu ne fais pas de manières !

La fillette boit à la casserole. François se sert un verre de vin qu'il vide d'un trait et constate que la bouteille est vide.

— Mon cochon, tu n'as pas chômé pendant que je risquais ma vie à chercher de l'eau au milieu du désert. Toi, tu as tassé le vin dans la bouteille.

— On va en ouvrir une autre ! fait Aurélien qui cherche le cageot du bout de sa main droite. On ne roule pas ? Alors, les flics ne peuvent rien contre nous !

Repue, Clotilde sent tout à coup la fatigue engourdir son corps. Elle bâille, tournant un regard fatigué vers les deux hommes.

— Comment on va faire ? s'inquiète François. Déjà qu'on a juste la place pour nous deux...

— Je peux aller dormir dehors ! répond Aurélien. Pour moi, c'est pareil !

— Non, j'ai une autre idée ! précise François en se tournant vers la petite fille. Tu vas dormir dans le cercueil.

— Le cercueil ? Quelle horreur !

— Oui, le cercueil ! La cage que j'ai faite en dessous du plancher. C'est là que ma copine se cachait !

— Ta copine se cachait dans un cercueil ? Moi, je veux pas être ta copine !

— Alors tu vas dormir dehors, avec les renards et les putois ! s'écrie François de mauvaise humeur.

— Bon, il est où, ton cercueil ?

François pousse les caisses dans un coin du fourgon, soulève le morceau de moquette sur le plancher, ouvre une trappe.

— C'est très confortable, il y a deux couvertures et tu seras très bien !

— Mais dis, tu vas pas m'enfermer là-dedans ?

— Non, on laissera la trappe ouverte !

La gamine s'allonge dans la niche ouverte sous le plancher, bâille une nouvelle fois, s'enroule en chat et ne tarde pas à s'endormir. François la regarde un long moment à la lueur de la lanterne.

— Écoute, François, je sais que ça te contrarie, insiste Aurélien, mais il faut qu'on l'emmène ! C'est le prix à payer pour mes yeux !

— Mais tu te rends pas compte, Aurélien ! Toutes les polices la recherchent. Ils vont finir par la trouver et nous, on ira en prison, on sera condamnés à perpète pour avoir kidnappé une petite fille ? C'est ça que tu veux ?

— Non, je veux pas ça, pourtant on est obligés !

— On verra demain ! La nuit porte conseil.

Sur ces mots, François vide son verre, range les assiettes, la caisse à provisions, le réchaud et la lampe. Il aménage deux places entre les cageots de chaque côté du cercueil.

Le bruit des oiseaux les réveille. Le jour se lève, superbe. La lumière du soleil rase la cime des arbres et la fraîcheur de l'air incite François à faire quelques pas dans le sous-bois, entre les fougères qui déplient leurs crosses vertes. Aurélien est descendu de la plate-forme et respire profondément.

François revient vers le véhicule, de fort bonne humeur.

— Au premier bistrot, on va s'arrêter pour boire le jus !

Tout à coup, comme un diable sorti de sa boîte, Clotilde se dresse de sa niche, les cheveux en broussaille.

— Mais qu'est-ce que c'est tout ce bruit ? Je peux pas dormir !

— C'est plus l'heure de dormir. Il faut repartir. Le programme de la journée est chargé. Bourgueil est un haut lieu de pèlerinage !

— Je veux du lait chaud. Si j'ai pas du lait chaud, je crie au premier barrage de police !

— Tu cries ? Je croyais que tu ne voulais pas te rendre !

— Je crierai quand même en disant que vous êtes des méchants !

François regarde Aurélien, toujours absent. Il commence à regretter d'avoir quitté sa tranquille petite maison de Morsac.

— Écoute, on trouvera du lait plus tard !

— Non, tout de suite !

Clotilde a sauté de la voiture et se met à marcher vers la route.

— Je vais bien trouver une voiture pour m'emmener à la première gendarmerie !

François la rattrape. Il la prend par l'épaule et la secoue rudement.

— Tu sais que tu es une emmerdeuse ! Tu vas rester ici !

— Faut savoir ce que vous voulez ! hurle la gamine. Au début, il fallait que je me rende et, maintenant, il faut que je me cache !

— Bon, tu vas rester là, bien sagement avec Aurélien. Je vais aller te chercher du lait.

Clotilde fait demi-tour. François conduit Aurélien jusqu'à un arbre renversé et ordonne à la fillette :

— Tu t'assois à côté d'Aurélien et tu ne bouges pas jusqu'à mon retour !

Ce n'est qu'une fois sur la route principale qu'il pense au danger de la situation. Si un promeneur matinal trouve Clotilde et Aurélien, si, par un nouveau caprice, la gamine s'éloigne de l'aveugle ! Ses craintes sont pourtant vaines. Le prochain village est à moins d'un kilomètre et il trouve facilement une bouteille de lait. De retour dans la clairière, Aurélien et Clotilde sont restés sagement à leur place.

— Tu bois ton lait et tu te dépêches, on ne va pas rester ici !

Clotilde s'approche vivement de François et pose un baiser sur sa joue.

— Tu es très gentil, je le dirai aux gendarmes quand ils nous arrêteront !

Le jour se lève. Une douceur lourde annonce une belle matinée de printemps. Danielle et Paule sont restées assises l'une près de l'autre toute la nuit. Marguerite sur le banc, en face, se tourne vers la fenêtre.

— Je vais faire un peu de café.

Elle s'étonne d'une telle préoccupation et du son de sa voix. Lentement, la statue immobile de Gaston sort de l'ombre de la cheminée. Le téléphone est resté désespérément silencieux.

Danielle baisse la tête. Minet et Minette se pressent près de la porte en miaulant. Marguerite leur ouvre sans un mot de protestation. Des pensées contradictoires et insupportables la harcèlent. Elle voudrait s'échapper d'elle-même, se fuir. Les phares d'une voiture troublent la clarté de la fenêtre. Danielle sursaute. Une portière claque, Danielle retient son souffle, un mouvement d'humeur lui fait soulever les mains en geste de défense. Jean-Paul entre et ne voit qu'elle.

— Je peux plus tenir. Ma place est ici !

Personne ne lui répond. Son combat tout au long de ces heures vides pour échapper à l'alcool lui semble tout à coup inutile et déplacé. De qui peut-il espérer le soutien ? A-t-il agi pour lui-même, en fonction d'une partialité nouvelle ou pour l'image qu'il donne aux autres ? N'a-t-il pas résisté pour montrer à Danielle qu'il peut changer et qu'elle a eu tort de ne pas lui faire confiance ?

Danielle le regarde furtivement. Comment a-t-elle pu l'aimer ? Non, elle ne l'a pas aimé ; à cette heure de souffrance, la jeune femme ne peut pas imaginer avoir eu la moindre attirance pour cette silhouette molle et sans détermination, cet homme qui change d'avis chaque fois qu'il bute sur un obstacle, incapable d'affronter sa nullité. Aime-t-elle Alain ? Le bel Alain, sportif, qui sait prévenir ses moindres désirs dans la vie et au lit, qui sait l'envelopper de sa voix douce et apaisante, qui aplanit toutes les difficultés, l'aime-t-elle ? La question reste suspendue dans ses pensées, elle la repousse.

— Il faut que tu ailles à ton travail. Tu n'as aucune excuse, la fugue de Clotilde n'est pas une raison d'absence !

Elle a parlé sans lever les yeux, mais Jean-Paul comprend que sa présence gêne. Sa place n'est pas ici, dans cette atmosphère lourde. Danielle le tient pour responsable de ce qui se passe. S'il avait été un homme, Clotilde aurait redouté son autorité et se serait soumise. Tout vient de lui, de sa faiblesse, de sa maudite manie qui n'était que l'expression de son inconséquence. Danielle le hait, sa présence la révolte. Jean-Paul a-t-il compris les pensées de sa femme ? Il lève les yeux sur elle, des yeux noyés de larmes.

— Je t'en prie, Jean-Paul, proteste Danielle. N'en fais pas trop ! C'est assez dur à supporter comme ça !

Elle baisse encore la tête pour ne pas affronter Jean-Paul qui laisse rouler les larmes sur ses joues creuses. Et comme il lui reste un peu d'amour-propre, il se lève sans un mot, s'en va. Sa voiture manœuvre devant la porte pour faire demi-tour. Danielle pousse un soupir. Paule ne la quitte pas du regard, les lèvres serrées, comme prête à mordre son amie.

— Tu es comme la mante religieuse ! dit-elle d'une voix calme qui porte dans le silence de cette cuisine où l'on étouffe. Tu lacères le père de ta fille, tu l'humilies, tu lui reproches tes erreurs !

Danielle sursaute, se lève de sa chaise.

— Comment tu oses... toi, Paule, me parler ainsi ?

Paule ne relève pas l'attaque. Elle pense à François parti chercher un miracle, François qui boit beaucoup aussi, mais cette manie n'altère pas sa personnalité. Elle comprend que ne pas avoir vécu sa passion jusqu'au bout l'a protégée du quotidien, des rancœurs qu'entassent les jours communs.

— Il faut que j'y aille ! dit-elle. J'ai cours ce matin à neuf heures. Je vais passer chez moi, prendre une douche et aller au collège...

Paule parle de la vie, de sa vie alors que Danielle ne veut entendre que l'appel de sa fillette au fond d'elle. Elle la laisse aller jusqu'à la porte sans un mot. Enfin, Paule se retourne :

— Je t'appellerai à la pause de dix heures et

demie. Ne sois pas surprise. Pour midi, ne vous tracassez pas, je passerai chez le traiteur.

Elle sort, tire la porte vers elle, puis ajoute :

— Je viens de me décider, je vais passer voir mon frère Jacques et lui dire que je suis contre la vente de la maison. Aurélien en partant à Lourdes donne une bonne leçon à tout le monde.

Elle s'éloigne. Marguerite se dresse, sa grosse tête tournée vers le bruit de la voiture qui manœuvre.

— Qu'est-ce qu'elle nous casse les pieds avec sa maison et son frère ?

Encore une fois, Danielle se dit qu'elle déteste sa mère et que son manque de discernement lui vient de cette femme autoritaire et peu portée à comprendre ce qui se cache derrière les situations et les mots.

Gaston se lève lentement, déplie ses jambes en grimaçant. Il avance jusqu'à la lumière de la fenêtre, sort son paquet de tabac et roule une cigarette. Ses doigts gourds ne réussissent pas à emprisonner le tabac dans la feuille trop fine qui se déchire. Il pousse un grognement, lance le tout par terre. Marguerite le regarde dans une attitude pleine de reproches. Gaston, par sa maladresse, s'est replacé dans son rôle ordinaire, celui vers qui se dirigent toutes les animosités, toutes les contradictions, le réceptacle des colères ! Il sort à son tour.

— Tu crois qu'il changerait quelque chose à ses habitudes ? La petite est peut-être morte et il va à son atelier !

La petite est peut-être morte ! L'horreur entre dans la réalité avec cette phrase. Danielle serre les poings et les dents. Une douleur extrême l'habite. Clotilde est morte, Clotilde sa fille dont elle comprend maintenant combien elle l'aime, combien sa vie n'a pas de sens sans elle. Clotilde qu'elle aurait dû garder près d'elle !

Minet et Minette qui ont profité de l'arrivée de Jean-Paul pour entrer se frottent aux mollets de Marguerite en ronronnant. La femme pousse un cri d'exaspération et chasse les animaux quand le téléphone sonne de nouveau. Elle s'immobilise, tournée vers sa fille. Danielle laisse sonner plusieurs fois avant de décrocher, redoutant une nouvelle qui va faire basculer sa vie. Clotilde a peut-être été retrouvée morte ! Ces quelques mots la paralysent devant cette sonnerie qui insiste. Quelle nouvelle l'attend, quelle épreuve, quelle confrontation ? Elle décroche dans un effort considérable qui la broie.

— C'est moi...

Puis le silence. Alain ne trouve pas les mots pour exprimer sa présence solidaire, mais Danielle entend sa respiration près d'elle et la chair de poule hérisse ses avant-bras. Alain. Elle ne veut pas l'entendre, ce matin ! Sa peine ne le concerne pas. Elle s'inscrit dans cette modeste maison où se retrouve la continuité de son être, de la petite fille qu'elle a été, la jeune fille pleine de rêves dorés à la femme désabusée, déboussolée par une insatisfaction permanente et sans cause.

— Pardonne-moi de te déranger, mais je suis si anxieux !

La déranger ! Le terme n'est pas de circonstance. Alain se situe en dehors de son cercle de douleur. Il est anxieux ! C'est la moindre des choses ! Ce mot, au contraire du précédent, est horrible de justesse. Il n'est qu'anxieux, à peine plus qu'il le serait pour sa voiture en panne ou un rendez-vous auquel il va arriver en retard ! Alain est anxieux quand Clotilde est peut-être au bout de la souffrance. Alain est anxieux parce que la femme qu'il a prise à Jean-Paul n'est pas près de lui, à sa disposition ! Danielle ne dit pas un mot avant de poser le combiné. Un gros sanglot éclate enfin, sanglot d'abattement qui ne la libère pas de son énorme tension intérieure.

Quelques instants s'écoulent, peut-être une heure, ou plus. Marguerite comme Danielle n'ont plus la notion du temps, sauf qu'il ne passe pas ou qu'il passe trop vite, mais jamais comme le temps ordinaire, celui dont on n'a conscience que lorsqu'il devient souvenir. Gaston n'est pas revenu de son atelier. Marguerite voit les voisins devant sa fenêtre ralentir le pas, tourner la tête en quête de nouvelles. Les sœurs Robin s'arrêtent et attendent un instant, leurs quatre yeux tournés dans la même direction. Marguerite les maudit.

Une voiture s'arrête. Marguerite avale sa salive de travers, tousse, puis réussit à se contenir. Danielle regarde la porte sans respirer, comme si elle était au fond d'un puits sous plusieurs mètres d'eau boueuse.

Le brigadier Pardaux entre sans frapper, la tête penchée en avant car il est très grand et maigre. Il avance d'un pas vers la table, s'arrête, soulève son képi pour saluer, marque une pause avant de parler.

— On a retrouvé Bruxon, Gaétan Bruxon, le

pédophile condamné plusieurs fois pour agression sexuelle sur des fillettes...

Danielle ne reprend pas sa respiration. Suspendue aux lèvres de Pardaux, elle se sent près de sombrer dans un gouffre encore plus profond. Marguerite serre les poings, prête à exploser.

— On l'a cueilli ce matin dans un bistrot du Mans. Il nie tout en bloc. L'espoir reste donc !

— L'espoir ! Vous en avez de bonnes, vous ! craque Marguerite. Mais qu'est-ce qu'il faisait en liberté, ce malfaisant ? On comprend plus ! On laisse dehors les criminels et on embête les honnêtes gens pour des broutilles !

— Il est dehors parce qu'il avait purgé sa peine de sûreté et qu'il s'est soigné.

— Il s'est soigné ! C'est bon pour les gens derrière leur bureau, mais si leur petite fille avait été enlevée, ils parleraient pas comme ça !

— Il est en garde à vue pour simple vérification de son emploi du temps, mais il y a de fortes chances qu'il ne soit pas impliqué dans cette affaire.

— Si j'ai bien compris, vous n'avez aucune piste, rien !

Le brigadier hausse les épaules et s'en va sans rien ajouter. Le soupir de Danielle le pousse dehors comme un coup de pied. Toutes les polices, les gendarmeries du pays sont mobilisées et elles ne trouvent rien. C'est ce qui le rend pessimiste, le brigadier. Les rapts de petite fille s'élucident dans les deux jours qui suivent, sinon on ne trouve jamais aucune trace ou alors trop tard, beaucoup trop tard.

L'attente recommence dans la maison dont la porte fermée condamne le printemps à rester dehors. Il y fait froid et sombre, un temps de tombeau. Gaston arrive, chasse du pied les chats qui miaulent, mais personne ne les entend. Il reprend sa place près de la cheminée et, le mégot oublié au coin des lèvres, regarde inlassablement la même bûche à moitié consumée, restée là après la dernière flambée dans une autre vie, un passé qu'il croyait banal et qu'il découvre heureux. La pendule reprend son règne d'égreneuse de temps que personne ne compte plus. Danielle est ailleurs, sur une autre planète d'où elle ne reviendra pas de sitôt. Personne ne pense à manger ou boire, la disparition de Clotilde a privé leur corps de ses besoins essentiels.

Vers onze heures, une autre voiture s'arrête. Jean-Paul entre. Encore lui ! Danielle retient un mouvement de protestation. Il regarde tour à tour Marguerite et Gaston.

— Je pouvais pas bosser ! Mon patron a bien compris et m'a dit de partir. Je reprendrai quand tout sera réglé !

Quand tout sera réglé ! Un tocsin sonne dans la tête de Danielle. Clotilde, où sera Clotilde quand tout sera réglé ? Jean-Paul s'assoit puis interroge Danielle du regard.

— On n'a rien de nouveau ! dit-elle, écrasée par la formulation d'une réalité que les mots rendent plus lourde.

La présence de Jean-Paul s'accompagne à cette heure d'une odeur particulière de matin ordinaire, de crème à raser, de blouson de cuir qui irrite Danielle.

Quelques instants plus tard, une nouvelle voiture s'arrête. Danielle reconnaît le ronflement excessif du moteur dans la manœuvre : c'est Paule qui a passé la nuit ici, comme une assistante sociale, comme quelqu'un qui se sentait obligé de compatir. Mais Danielle ne veut plus donner le spectacle de sa souffrance.

Paule entre, pose un sac en plastique sur la table. Danielle découvre son visage, différent de celui de la nuit. Elle y voit comme une horrible étincelle de bonne humeur, de joie de vivre. Sa voix aussi est différente et fait mal à entendre.

— Voilà, je suis passée faire les courses. J'ai acheté de quoi manger. Il y a de la charcuterie, du cabillaud à la crème avec du riz. Tiens, j'ai oublié le pain dans la voiture.

Elle déballe les paquets et sort. Marguerite regarde les parts de cabillaud encore fumantes dans une sauce blanche onctueuse. Jean-Paul découvre qu'il a faim. Une bonne odeur de cuisine se répand dans la pièce, une odeur qui révolte Danielle.

— Tu crois qu'on n'a rien d'autre à faire qu'à manger ? s'insurge Marguerite quand Paule entre en tenant la baguette de pain doré.

— Il faut manger ! précise Paule. Cela ne changera rien et vous avez besoin de forces.

— Des forces, pour quoi faire ?

Danielle ne quitte pas son amie du regard. Quelque chose a changé depuis ce matin. Tout le visage de Paule ne cesse de le répéter, de le crier avec une force souveraine qui fait mal. Quelque chose qui rend la jeune femme heureuse, et Danielle en mesure la profondeur de son désespoir.

— Qu'est-ce qui t'arrive ?

Paule lève furtivement ses yeux marron sur Danielle, puis détourne le visage pour ne pas lui montrer ce qui l'anime. À cet instant, un abîme sans fond les sépare. Doit-elle dire, Paule, qu'un miracle, ou en tout cas, l'inespéré s'est produit ce matin ? Il a fallu que ce qu'elle attendait depuis des années, ce grand bonheur arrive justement quand elle partage la peine de son amie ! Aider quelqu'un qui sombre dans le désespoir demande un abandon total, un don de soi dont Paule n'est plus capable. Elle a envie de s'en aller.

— Il m'arrive...

Elle se retient parce qu'elle a senti un sourire se former sur ses lèvres.

— Cela n'a pas d'importance ! dit-elle. Allez, je vais mettre les assiettes ; tout le monde va manger un peu.

— Manger ! ronchonne encore Marguerite, tu en as de bonnes, toi ! On a l'estomac bouché et pour longtemps !

Paule ne l'entend pas et continue de mettre le couvert. Ce matin, après sa nuit blanche, elle est rentrée chez elle à Châteaudun en pensant à Clotilde. Elle a vérifié machinalement le contenu de sa boîte aux lettres. Une lettre l'attendait, dont elle a reconnu tout de suite l'écriture en pattes de mouche avec seulement des a et des o parfaitement formés, ronds comme des bulles. Son cœur a bondi, elle a déchiré l'enveloppe et s'en est voulu de sentir un bonheur immense supplanter l'angoisse. « Tu ne crois pas qu'on a assez déconné ? Qu'on a bouffé trop de bon temps à se fuir ? Tu vas me prendre pour un fou d'emmener Aurélien à Lourdes, mais c'est toi et notre belle histoire que j'emmène en secret. Nous serons, toi et moi, à la grotte des miracles. »

— Si Dieu pouvait m'entendre…

C'est Marguerite qui a parlé, les mains jointes, le regard levé vers les solives du plafond.

Ils ont roulé sans se presser. Clotilde a été discrète et n'a fait aucun caprice. Ils ont traversé le petit village de Montoire, Chartres, Château-du-Loir, Château-la-Vallière, puis ils ont mis le cap plein sud vers la Loire et Bourgueil, but de l'étape où ils arrivent vers quatre heures de l'après-midi. François Garcin se gare sur une place à l'ombre, en retrait de la grande route.

— On n'a pas été trop emmerdés par les barrages de police, c'est une chance. Demain, on passe la Loire et vive le Sud !

— Ouais. Tu dis qu'on est à Bourgueil. C'est bien, mais on va pas partir de cette belle région sans aller faire un tour à Saint-Nicolas-de-Bourgueil.

— Ce soir ! Maintenant, on va se dégourdir les jambes.

— Au fait, as-tu vu les vignes ?

— Bien sûr, il y en a partout.

— Faudrait que tu m'expliques comment c'est fait ?

— Pas facile. Ce sont des petits arbres noueux, qui te montent à la taille. Ils n'ont pas encore de feuilles, mais on voit les bourgeons verts ! C'est impensable qu'un aussi vilain végétal donne un aussi bon breuvage.

Une petite voix, venue de l'arrière, arrête François dans son évocation lyrique :

— Qu'est-ce qu'on fait ? Pourquoi qu'on s'est arrêtés dans cette ville ?

— On s'est arrêtés parce qu'on a à faire ici ! Toi, tu vas rester bien tranquillement cachée. Si tu es sage, on te rapportera des bonbons.

— Je veux les bonbons tout de suite !

— C'est pas possible !

— Alors, je vais sortir et vous dénoncer !

— Bon, tempère François. Je vais te chercher des bonbons, mais, après, tu promets que tu resteras bien sagement dans le fourgon.

— Juré !

François s'éloigne, le silence retombe sur le véhicule. Aurélien sent la présence silencieuse de Clotilde. Il prend conscience du temps qui le sépare de Lourdes. À la vitesse où ils vont, plusieurs jours seront nécessaires pour atteindre leur but avec tous les risques encourus. Ce soir, il a le sentiment qu'il n'y arrivera jamais. D'ailleurs, n'est-ce pas un sacrilège que de penser que le Créateur, qui l'a fait aveugle, a décidé tout d'un coup de lui rendre ses yeux ? L'Être de toutes les perfections, le Dieu absolu qui ne peut pas se tromper, peut-il changer d'avis, montrant ainsi qu'il n'est pas parfait ? Croire au miracle, n'est-ce pas nier Dieu lui-même ?

— À quoi tu penses ? demande Clotilde.

Il abaisse sa casquette sur son front, comme il

le fait pour cacher son infirmité à ceux qui lui parlent.

— À rien. Je pense que tu devrais retourner chez ta mère.

— Ma mère me veut pas.

— Nous non plus, on te veut pas !

Le silence retombe, ponctué des bruits de la rue. En contrebas, la Loire miroite sous un soleil souverain. Clotilde sanglote quand la portière s'ouvre.

— Voilà tes bonbons ! Maintenant, tu nous attends ici, bien sagement. Nous rapporterons de quoi manger.

Elle prend le paquet que lui tend François, renifle ses larmes et va s'asseoir dans le coin derrière les cageots de bouteilles. François aide Aurélien à descendre du véhicule. Ils s'éloignent lentement. L'aveugle qui a posé sa main sur l'épaule de François balaie l'espace devant lui avec sa canne blanche.

— J'ai repéré une cave où l'on va pouvoir goûter le vin et en acheter un carton. J'ai bavardé avec un employé. Il paraît que le fils de la maison était journaliste au *Monde* et qu'il a laissé tout tomber pour prendre la succession de son père !

— Il a bien fait ! Le vin, c'est plus important que tout ce qu'on peut raconter dans un journal !

Restée seule, Clotilde crache son bonbon au goût de terre. François a choisi exprès les plus mauvais parce qu'il n'aime pas les bonbons et dit que ça gâte les dents ! Il les a apportés pour que la fillette reste bien sage, reléguée au rang des caisses de bouteilles et des cartons pendant qu'il va trinquer avec Aurélien. C'est toujours elle qui doit se cacher et attendre le bon vouloir de ces messieurs. Elle entrouvre la porte arrière du fourgon, regarde la rue pleine de soleil, les maisons le long du fleuve immense, les gens qui se promènent en cette fin de journée très douce. Que fait-elle dans ce véhicule qui sent la vinasse et la vaisselle sale ? Pourquoi n'aurait-elle pas le droit de se dégourdir les jambes, de marcher le long de la Loire ? La fleur aux pétales rouges se trouve sûrement à cet endroit où la lumière éclate, pure, transparente comme elle n'est jamais à Châteaudun ? D'un bond, la fillette saute à terre, heureuse de bouger un peu. Personne ne l'a remarquée ; elle marche sous les arbres, traverse une place en longueur où des enfants jouent à se poursuivre. Un escalier lui permet enfin de rejoindre les berges désertes. Une barque attachée à un vieux saule se balance au clapotis de l'eau. Clotilde court un instant à toutes jambes, pour le plaisir de se sentir libre, d'aller à sa guise. Puis elle s'arrête, essoufflée. Un vent léger lui rafraîchit agréablement le visage. Un gros poisson saute dans un remous, Clotilde s'imagine poisson dans ce courant rapide, parmi les bulles lumineuses…

Un couple de promeneurs vient au-devant d'elle. La fillette fait un détour pour les éviter. Sur le talus, des fleurs bleues en clochettes attirent son attention, puis elle décide de faire demi-tour.

Elle erre un long moment à la recherche de l'escalier pour rejoindre le fourgon. Le fleuve trace son cours majestueux entre les berges vertes. Clotilde marche le long de la haute digue qui cache les toits du village, derrière les touffes de hautes herbes sèches dressées à la cime, comme une crête. Le soleil s'est couché, des lambeaux de brume ocre serpentent sur la surface de l'eau. Enfin, elle croit reconnaître l'endroit par lequel elle est descendue, grimpe des marches et se retrouve au bord d'une ruelle qui monte entre les maisons, mais ne voit pas la place tout en longueur où est garé le fourgon. Elle redescend vers le fleuve, décide de revenir sur ses pas.

Aurélien et François reviennent enfin à leur véhicule. Ils parlent fort, François porte un carton de bouteilles sous un bras et conduit Aurélien de l'autre.

— Le bon Dieu peut oublier de me rendre mes yeux ! déclare Aurélien sur un ton solennel, mais il a fait un superbe miracle avec ce vin de Bourgueil.

— Un vin de garde ! précise François, et ce n'est pas courant en bord de Loire.

— Oui, mais j'ai la tête qui tourne ! Tu vas pas me dire que c'est ce qu'on a bu ? À mon avis, le marchand avait mis quelque chose, une espèce de drogue dans ce qu'il nous a fait boire !

— Sûrement ! Regarde, j'ai du mal à marcher droit et pourtant, je n'ai rien bu ou presque !

— On va s'en déboucher une autre en mangeant. Faut passer acheter du pain ! Et puis j'en ai un peu marre du jambon et du saucisson !

— Faut savoir ce que tu veux ! On va pas se payer le restaurant tous les jours !

Ils arrivent au fourgon. Les lampadaires éclairent la place au-dessus de la Loire qui roule ses flots sombres. François lâche l'épaule d'Aurélien, ouvre la portière arrière.

— Nom de Dieu, la gamine !

— Quoi ? Qu'est-ce qui se passe ?

— Elle n'est plus là !

Aurélien réalise les risques de cette fugue, et rouspète avec une mauvaise foi évidente.

— Si les flics la trouvent, on est bons ! Nous voilà dans de sacrés draps ! Quand je te disais qu'il ne fallait pas l'emmener !

— C'est toi qui as insisté ! Et maintenant, c'est elle qui commande !

— Imagine qu'elle ne veuille plus aller à Lourdes, mais à Brest, hein, qu'est-ce qu'on fera à Brest ?

— On verra et puis elle ne sait pas où se situe Brest ! Bon, reste là, je vais essayer de la retrouver !

François s'éloigne, détourne la tête en croisant deux policiers qui le reluquent d'un air soupçonneux. Il va au hasard des rues de ce village tout en longueur, puis se dit que Clotilde est peut-être au bord de la Loire. Il descend avec précaution un escalier raide, marche sur la berge sombre. La rumeur aérienne du fleuve le met en face de son indécision. Où aller chercher cette maudite gamine ? Est-elle ici, au bord de l'eau, ou en ville ? Si les flics l'ont trouvée, ils ne vont pas tarder à venir perquisitionner le fourgon. Mais François est encore libre. Rien ne l'empêche de courir le plus loin possible, d'abandonner son véhicule avec Aurélien. L'aveugle saura expliquer aux policiers ce qui s'est passé. François se terrera dans une cachette sûre, un trou de loutre en attendant que tout s'arrange.

Non, ce n'est pas possible ! Maudite gamine ! Sans elle, ce voyage aurait été une joyeuse promenade au gré des régions viticoles. Passer les barrages de police avec le salut du brigadier, le sourire complice des gendarmes aurait apporté un agrément supplémentaire à l'escapade !

Que faire ? Les étoiles clignotent, entre des nuages sombres et menaçants. « Voilà qu'elles me font de l'œil, celles-là ! » pense François en rebroussant chemin. Il remonte l'escalier raide aux petites marches sur lesquelles il trébuche. La place est déserte, les lampadaires éclairent une surface de terre battue qui doit servir de terrain de pétanque. Au bout, seul dans tout l'espace, le fourgon Établissements Garcin et Cie garé dans un village loin de sa vocation utilitaire paraît incongru. Après s'être assuré que la place est vraiment déserte, François s'en approche, frappe à la portière d'Aurélien.

— La gamine ?

— Sais pas ! Je n'ai entendu personne !

François repart, marche un long moment sous le fronton des maisons dressées au-dessus du fleuve, puis prend au hasard une ruelle sombre. Il dépasse les enseignes de chais qui proposent des dégustations gratuites, arrive à une place en face d'une église massive, s'enfonce dans un passage sombre, pavé, entre de vieilles maisons.

— François ?

Il se tourne vivement. D'un porche, une petite silhouette se découpe et s'approche de lui. Son cœur bondit : c'est Clotilde, les cheveux défaits, les yeux larmoyants.

— Te voilà ? Ça fait deux heures que je te cherche !

— Je me suis perdue. Je te demande pardon !

— Tu oses demander pardon après la grosse bêtise que tu viens de faire ? Tu mériterais que je te laisse là !

— Tu peux pas, François ! fait la petite voix triste qui n'a pas perdu le sens des réalités. Si on me trouve, je dirai que j'étais avec toi et tu auras des ennuis !

Sale chipie ! François retient sa colère et l'envie de frapper ce visage mouillé d'une bonne gifle.

— Viens ! Qu'est-ce qui t'a pris de foutre le camp ? On avait bien dit que…

— Je te demande pardon, je te dis ! Je te jure que je recommencerai plus.

— De toute façon, fait François, en secouant Clotilde par les épaules, si tu recommences, ça ira mal pour toi !

Il ne précise pas le genre de punition qu'il appliquera. Clotilde, pour se faire pardonner, se blottit contre lui, ce qui ne le laisse pas indifférent.

— Viens, on ne peut pas rester là !

Ils partent vers la place toujours déserte, sans un mot.

— Merde, les flics !

François a vu la voiture déboucher d'une rue adjacente avec ses lumières bleues qui clignotent sur le toit ; il pousse violemment Clotilde dans un renfoncement et s'immobilise, le cœur battant.

— Pourvu qu'ils ne nous aient pas vus !

— Moi, je m'en fous ! crâne Clotilde maintenue immobile par le bras puissant de François.

La voiture passe et s'éloigne. La sueur au front, François sort de sa cachette et court jusqu'au fourgon en tirant la fillette par la main. Il la pousse à l'intérieur d'un geste puissant.

— Tu m'as fait mal !

— J'espère que personne ne nous a vus ! Désormais, il va falloir que tu te tiennes tranquille, sinon je t'administre une de ces raclées que tu n'oublieras pas de toute ta vie !

— Tu ne peux pas ! fait Clotilde en se plantant devant le colosse.

— Ah oui, c'est vrai que je peux pas parce que tu diras que je t'ai maltraitée !

François n'insiste pas. Aurélien manifeste son intention de dormir. Il descend du véhicule et se présente à l'arrière.

— Aide-moi à grimper !

— Tu as raison ! fait François. Il faut dormir quelques heures, histoire de dissiper le taux de vin dans le sang. Nous partirons demain à l'aube. Je ne suis pas tranquille dans ce village. Demain soir, nous nous arrêterons en pleine campagne !

— J'ai faim.

François et Aurélien poussent le même soupir.

— Débrouille-toi ! Il y a là des gâteaux secs, du pain, des sardines d'hier. Prends ce que tu veux et ne fais pas de bruit : nous, on dort !

Quatrième nuit sans Clotilde. Quatre nuits avec de brefs instants de sommeil coupés par un réveil brutal, celui de l'absence, du vide total, du temps qui ne passe pas. Jean-Paul n'a pas demandé à boire, il s'est contenté de la cruche d'eau posée sur la table pendant le repas de midi, rapporté de chez le traiteur par Paule. Sa sobriété soudaine agace Danielle qui perd le motif essentiel de ses querelles. C'est lui qui a abordé le sujet devant Marguerite et Gaston.

— J'ai décidé de ne plus jamais boire une goutte de vin !

Danielle et Marguerite regardent le jeune homme avec incrédulité. Ce n'est pas la première fois qu'il s'arrête de boire et sûrement pas la dernière !

— Il faut que tu ailles dormir un peu, dit Danielle. S'il y a du nouveau, je t'appelle, bien sûr !

Le ton de Danielle est presque doux, Jean-Paul voudrait croire à sa sincérité. Il n'insiste pas, il a bien compris que, la nuit, sa présence est de trop ici ; il le sent aux yeux baissés de Danielle, au regard dur de Marguerite, à l'absence de Gaston. Cette maison ne l'a jamais accueilli, même lorsqu'il venait en courtiser la fille unique. Marguerite ne voulait pas de cet ouvrier d'usine pour sa fille étudiante en lettres à la faculté d'Orléans. Danielle se destinait à être professeur, sa mère souhaitait pour elle un médecin, un avocat, bref un mari de son niveau. Marguerite s'imaginait bavardant négligemment de ses enfants, jouant la personne dépassée par leurs dépenses, leurs voyages, leurs folies de couple aisé. « Ils ont bien de la chance ! s'entendait dire Marguerite. Moi, j'ai tellement fait faute d'argent quand Gaston a acheté la maison et l'atelier. Il fallait compter chaque sou et je n'avais pas toujours de quoi habiller ma gamine. Heureusement, ça s'est arrangé par la suite ! » Quelle revanche auprès des sœurs Robin et d'Aurélien dont les origines bourgeoises lui ont toujours fait de l'ombre !

Danielle a rencontré Jean-Paul à une soirée chez des camarades de faculté. Il avait été invité parce que sa sœur intéressait l'un d'eux. Il se tenait à part dans ce groupe d'étudiants, lui, l'ouvrier. Tout de suite, elle avait remarqué son penchant pour les boissons alcoolisées, mais n'y avait pas accordé une grande attention, mettant ce comportement sur le compte de la timidité. Qu'est-ce qui l'avait séduite dans ce garçon maladroit qui cherchait de l'assurance au fond de son verre ? Elle se l'était beaucoup demandé par la suite. Jean-Paul n'avait rien de particulier, il n'était pas bête, bien au contraire, mais manquait cruellement de personnalité. Il caressait de multiples rêves sans se donner les moyens de les réaliser. Sa pudeur maladive, qui le faisait rougir pour un rien, l'empêchait d'aborder des questions qui préoccupaient Danielle. Ce jeune homme en devenir avait besoin d'une âme sœur pour s'épanouir, Danielle avait cru être cette providence généreuse, inconsciente que l'amour naissant plongeait ses racines dans un terrain mouvant, prêt à l'engloutir. La venue de Clotilde ne changea rien ; le naufrage était inévitable.

Jean-Paul quitte Morsac par la route de Tours. À Châteaudun, les rues sont désertes. Il range sa voiture au garage, entre dans sa maison construite avec Danielle, selon les désirs de la jeune femme, avec une grande cuisine « parce qu'on y passe plus de temps que dans les autres pièces », une salle de bains et ses faïences saumon, une grande cheminée pour « la convivialité du feu de bois »... Ce soir, le silence est écrasant.

Il s'assoit à sa place habituelle, celle de la solitude, d'une séparation mal vécue. La monstruosité de ce qui peut être arrivé à Clotilde le met en face de sa propre misère. Le mal qui le ronge s'amplifie dans cette cuisine consentante, sur cette table où son vice s'est exprimé tant de fois.

Comment a-t-il pu en arriver là ? Il fumait aussi ; c'était comme le vin, une manière d'être. Pour bien fonctionner, sa personne demandait ces additifs. Des maux de gorge répétés lui apprirent qu'il était fragile et qu'un usage prolongé du tabac l'exposait au cancer. Ce fut son premier contact avec l'hydre, l'ennemi sournois, le tueur planqué derrière chacun de ses gestes, de ses habitudes. Ce qu'il croyait impossible la veille se produisit : sans rien dire à personne, sur l'instant sa décision fut prise. Lui qui entendait tant d'hommes s'avouer incapables de se priver de cigarettes, dire que l'effort pour cesser de fumer était insurmontable, posa son mégot et n'y toucha plus ; celui qui changeait d'avis sur tout resta inflexible. Et les ressources de son corps le surprirent. Au début, l'envie était sensible, mais pas insurmontable. Un vide s'était creusé en lui et le maintenait dans l'angoisse de l'instant futur, de ces longues heures sans tabac. Un peu comme s'il venait de se séparer d'un ami prêt à l'accueillir à tout instant. Il cherchait autour de lui, ses mains se posaient sur la table, glissaient sur la nappe comme pour prendre quelque chose. Les heures et les jours passèrent, il trouva au fond de sa détermination un bonheur profond, celui d'une conquête. Pourtant, cette petite victoire préparait le triomphe de l'autre ennemi qui voulait la place nette pour mieux s'affirmer.

Ainsi, il comprit vite que ce que le tabac avait perdu, le vin l'avait récupéré : un ou plusieurs verres en fin de repas compensaient le besoin de la cigarette.

Insidieusement, le monstre prenait ses aises. Le jeune homme devenait cet autre Jean-Paul détaché de l'essentiel, loin des questions sans réponses que se posait le véritable Jean-Paul, décalé de la réalité toujours contraignante. Et qui aurait pu l'arrêter ? Certainement pas Danielle avec qui il avait l'audace des timides, toujours mal placée, irréfléchie et brutale. Sa vérité était bien trop moche pour la dévoiler en dehors de ses accès de colère. Montrer qui il était revenait à se mettre en retrait des autres, s'isoler par sa laideur, par ses pulsions tellement indignes, par sa conscience d'être inférieur. Alors, pour ne pas avoir à s'affronter, il fuyait, pareil à ces chiens poltrons qui montrent les dents de loin et aboient beaucoup. Non, ce soir, face au désir de boire, héritage de tant d'années d'erreurs, Jean-Paul n'est pas fier.

Il se dresse avec l'envie de se secouer, comme un animal sorti de l'eau, il regarde en face de lui le mur et le tableau que Danielle y a accroché, un faux Picasso de la période bleue, qui, paraît-il, a une signification. Jean-Paul n'a pas fait d'études, alors il ne peut pas comprendre ce qui s'adresse aux gens instruits. Il comprend les choses simples, il aime les tableaux qui représentent « quelque chose », un paysage qui suscite des émotions, un personnage qui parle à l'âme. Il aime les sculptures du même genre, le mouvement d'un corps, la force d'un regard de pierre. Quelque temps avant leur séparation, Jean-Paul et Danielle ont visité une exposition d'art moderne. Danielle s'est extasiée, Jean-Paul s'est ennuyé. Et à la question : « Mais qu'est-ce que tu peux comprendre à tout ce fouillis ? » Danielle s'est contentée d'un haussement d'épaules qui montrait la différence, le fossé entre eux. Ce soir, Jean-Paul repense à cette visite et se dit qu'il a eu raison de parler de la sorte. Danielle éprouve le besoin de paraître et pour cela peut admettre n'importe quoi, pourvu que ce soit « tendance ». Jean-Paul n'a jamais rien compris aux discours de ces intellectuels obtus, loin du bon sens le plus simple.

Quelles opportunités peut-il avoir, lui, l'homme ordinaire qui reste attaché à des valeurs traditionnelles, des vérités d'un autre temps face au rouleau compresseur d'une pensée unique diffusée d'une même voix par la télévision et tout ce qui parle et écrit ? Jean-Paul a décidé de ne plus boire, mais quel profit en aura-t-il ? Ce combat de haute lutte lui vaudra-t-il les fruits de la victoire ? Que cherche-t-il ? À être digne d'une chance improbable qui lui rendrait Clotilde saine et sauve ? Il est las, à bout de forces. La tentation de s'endormir dans la béatitude lourde de l'ivresse lui fait tourner les yeux en direction du placard où se trouvent les verres et les bouteilles. Sa main droite se tend, ouverte, prête à saisir. Puis, comme si elle venait de se brûler, la main recule vivement.

— Si la petite a été enlevée, si elle a suivi le premier venu, c'est pas ma faute ! C'est la faute de sa mère qui n'a plus voulu la garder et l'a confiée à Marguerite !

Il s'éloigne de la table, la tentation est toujours là, d'une séduction totale, souriante, les bras tendus : Allez, viens, laisse-toi faire, le monde s'en fout, et toi tu y trouveras ton compte !

Non ce n'est pas sa faute si la petite a été enlevée, pourtant... Mais ce n'est pas le moment de poser une telle question, de chercher des torts alors que Clotilde va passer sa quatrième nuit en dehors de sa famille.

Ce soir, le silence de la maison des souvenirs le met en face de lui-même et de la vanité de sa décision. Il a la force de supporter le poids de l'absence d'alcool qui amplifie en lui la douleur d'être séparé de Danielle. Il passe dans le bureau où l'institutrice préparait son travail. Comme elle lui manque ! Ils ont vécu l'un à côté de l'autre sans se regarder ! Il décroche le téléphone pour un appel au secours, mais sera-t-il entendu ?

— Allô ? Danielle ?

À chaque bout de la ligne, deux respirations qui ne s'accordent pas, mais qui s'entendent, hésitent au bord d'un gouffre de pensées. Enfin, ces quelques mots destructeurs :

— Pourquoi tu m'appelles ? Il ne s'est rien passé depuis tout à l'heure.

Elle n'a pas dit : « Tu me casses les pieds », mais il l'a entendu et cette condamnation suspendue le déchire, le réduit à si peu de chose qu'il a envie de disparaître. Il s'accroche avec toute la maladresse qui l'a toujours détaché des autres :

— Je voulais te demander pardon.

Il a pourtant l'impression de s'être libéré d'un poids infini, celui de l'univers sur ses épaules d'adolescent attardé.

— Tu crois que c'est le moment…

Il pose le téléphone, erre dans sa maison, va d'une pièce à l'autre, tourne distraitement le bouton de la radio, cherche France Info. Ce qu'il entend le vide de sa substance, le voilà épluchure, déchet, plus que jamais écrasé par le mystère qui s'épaissit : « … Et puis la disparition de la petite Clotilde, l'enquête piétine. Les différentes pistes n'ont rien donné, le mystère subsiste dans sa totalité, mais la police ne perd pas espoir de retrouver la fillette vivante. »

Jean-Paul arrête la radio. Il reste longtemps, l'esprit vide qui hésite en équilibre sur sa douleur, entre l'apaisement et la lutte.

— Non, je ne peux pas ! crie-t-il.

Il passe dans sa chambre, s'allonge sur le lit. Il voudrait se ligoter sur place et ne plus avoir la liberté de se lever, d'aller jusqu'à la cuisine, jusqu'aux bouteilles. Pour la première fois, il voudrait dormir pour oublier le temps, mais on ne dort pas quand on est malade.

— Allez, on repart !

François se dresse. Les oiseaux chantent sur les platanes baignés de la lueur blanche du jour naissant. Sans attendre, il sort, fait quelques pas pour se dégourdir les jambes et s'installe au volant. Le moteur se lance à la première sollicitation, le chauffeur enclenche une vitesse, pressé de quitter au plus vite ce gros bourg. À la sortie de Bourgueil, il trouve à gauche le pont sur la Loire, la porte du sud qu'il emprunte.

— Arrête-toi ! dit Aurélien resté à l'arrière. J'ai envie de pisser et de boire un café.

— Je vais m'arrêter dans quelques instants ; j'attends que nous soyons en pleine campagne.

Après le passage du fleuve, à un croisement, François trouve la direction de Chinon et poursuit sa route à travers une campagne que les premiers rayons du soleil font scintiller. Il arrive à un boqueteau, s'arrête à l'entrée d'un chemin de traverse qui lui laisse assez de place pour ne pas encombrer la chaussée.

Aurélien descend, rejoint son compagnon sans perdre, de la main, le contact avec le véhicule.

— J'ai beaucoup réfléchi en dormant. Après ce qui s'est passé hier soir, voilà ce que je te propose ! fait François qui a sorti une carte et la déplie sur le capot. Avec la gamine, c'est risqué de courir les routes sans précaution. Moins on y passera de temps, mieux ça sera. Je crois qu'on devrait garder le tourisme viticole pour le retour puisqu'il faudra bien rentrer un jour. Aujourd'hui, on roule toute la journée. Il est six heures du matin ; si tout va bien, on va passer par Poitiers, on sera à Périgueux vers deux heures de l'après-midi et ce soir à Auch. Il nous restera pour demain matin moins de cent kilomètres. Demain après-midi, tu iras à la grotte !

— Et la gamine ?

— Justement. Hier, j'ai eu très peur, alors forcément, comme elle ne veut rien écouter, on va finir par se faire piquer. Quel est notre but ? Aller à Lourdes ! Autant que ce soit le plus vite possible ! Une fois là-bas, on expliquera ce qui s'est passé, tout le monde nous croira ; c'est pas la ville des miracles pour rien !

— Tu as sûrement raison.

— Et pendant qu'elle dort, il faut en profiter ! Dépêche-toi de pisser, on repart aussitôt !

Aurélien arrose le bord de la route et monte s'asseoir à côté de François. Le fourgon repart. Les deux hommes se laissent prendre par la monotonie du voyage. Une petite main se pose sur l'épaule de François.

— J'ai envie de faire caca !

François se tourne vers Aurélien, interrogateur.

— Qu'est-ce que tu racontes ?

— Je te dis que j'ai envie de faire caca! répète Clotilde. Il faut t'arrêter, sinon je fais dans ma culotte!

— Nom de Dieu! Tu as vraiment décidé de nous casser les pieds jusqu'au bout!

— Et puis j'ai faim!

Ils ont de la chance. La voiture traverse une campagne déserte de prairies et de petits bosquets. François trouve rapidement une place pour s'arrêter. Clotilde saute à terre, François la gronde :

— Je t'ai dit qu'il ne fallait jamais te montrer tant que je ne t'en ai pas donné la permission! Tu te rends compte, s'il y avait eu quelqu'un pour te voir?

— Il n'y a personne, alors pourquoi tu te plains?

— Va vite faire tes besoins, on est pressés. Ce soir, si on maintient la moyenne, on sera presque arrivés.

— J'ai pas de papier pour m'essuyer! fait Clotilde.

— Tu prends des feuilles ou de l'herbe!

— Mais ça pique!

François entre dans la camionnette, trouve du journal qui servait à emballer les provisions, le tend à Clotilde.

— Mais c'est pas du papier toilette!

— On n'en a pas. Maintenant, fais vite, sinon je pars sans toi.

Clotilde s'éloigne dans le bosquet. Aurélien se dégourdit les jambes en marchant autour de la voiture. Deux motos de la police de la route s'arrêtent. François est blême. Les deux hommes le saluent et demandent les papiers du véhicule. François, tremblant, sort son portefeuille pendant qu'un policier explore du regard l'intérieur du fourgon par la porte arrière restée ouverte. Mais le Dieu des aveugles est avec lui : l'homme en uniforme ne remarque rien d'anormal, son collègue rend les papiers à François et lui souhaite bonne route. Les deux motards s'éloignent, Clotilde sort du bois, François a envie de la prendre dans ses bras et de la serrer très fort.

— J'ai vu les policiers ! dit la petite fille. Alors, j'ai attendu qu'ils s'en aillent !

— C'est bien ! Je suis fier de toi. Cherche-toi quelque chose à manger. Il reste du lait, enfin débrouille-toi. On repart tout de suite !

Fatiguée par la route, l'inconfort, la fillette somnole une partie de la journée. Le soir, le fourgon Établissements Garcin et Cie a passé Auch et se trouve à l'entrée de Mirande. Il est huit heures, la nuit est tombée depuis un bon moment. Le chauffeur exténué décide de s'arrêter sur un renfoncement, en bordure de la route entre des tas de gravillons et un bulldozer.

— On dirait le dépôt d'une entreprise de travaux publics ! fait François en inspectant les lieux, mais c'est parfait pour nous. On a bien gagné de casser la croûte et de boire une ou deux bouteilles de bourgueil !

— On est presque arrivés ? demande Clotilde.

— Oui, presque. Mais pourquoi tu as voulu nous suivre à Lourdes ?

Elle fait la moue, lève les yeux au ciel.

— Je sais pas, mais j'ai besoin d'y aller !

— Tu as de drôles de façons de parler, toi !

Tout le monde est fatigué. Clotilde qui pourtant n'a pris aucun exercice de la journée mange un peu de pain et de pâté, mais n'a pas la force de faire un caprice. Elle boit l'eau que lui rapporte François sans la moindre grimace. Ce soir, elle a surtout envie de dormir.

Le lendemain, François se réveille le premier. Il a hâte d'arriver à Lourdes et de rentrer chez lui. Ce voyage, qui aurait pu être agréable, va lui attirer des tas d'ennuis à cause de Clotilde, il a envie de retrouver la paix de sa petite maison, la solitude de sa forêt. Il ne cesse de penser à Paule. Comment a-t-elle réagi en lisant sa lettre ?

— Et voilà qu'on va avoir de l'orage ! fait-il en entendant le roulement lointain du tonnerre. Il manquait plus que ça !

— Qu'est-ce que ça peut faire ? proteste Aurélien. On va quand même pas se noyer dans le premier orage de la saison. Il faut repartir, j'ai hâte d'arriver à Lourdes !

Clotilde saute à terre et sourit à François.

— J'ai fait un rêve tellement beau que j'aurais voulu y rester tout le temps !

— Bon, on part ? demande Aurélien, les bras tendus devant lui, comme pour prévenir un obstacle.

— Une seconde, camarade ! fait François en s'éloignant dans le bosquet, puis il se tourne : Vous devriez en profiter vous aussi pour faire vos besoins. C'est pas à Lourdes, au milieu de la foule, qu'il faudra y penser !

Un bruit de moteur lui fait tourner la tête vers le bout de la ligne droite.

— Les flics ! s'écrie-t-il. Clotilde, cours te cacher dans le bois. S'ils te voient, on est foutus !

La fillette voit la voiture bleue s'approcher. Elle saute dans le fossé, court dans le taillis entre les aubépines et les charmes qui poussent en désordre, se griffe aux ronces. Un coup de tonnerre qui fait trembler le ciel écrase l'horizon. L'éclair la cingle comme un coup de fouet, elle se cabre, puis court de nouveau, en proie à une peur panique.

François est blême quand le véhicule de gendarmerie s'arrête à côté de son fourgon. Debout, une main posée sur la tôle, Aurélien tourne ses yeux vides vers les arrivants qui sautent à terre, esquissent un salut et commencent à inspecter le véhicule.

— Bon, c'est vous, les fameux pèlerins ! Vous n'avez rien remarqué qui pourrait nous guider dans nos recherches ?

— Vos recherches ?

— Oui, la gamine !

— Mais vous ne l'avez pas encore retrouvée ?

— Non et, pour être franc, nous n'avons aucune piste, rien ! Bon, il va faire orage. Je vous conseille d'attendre que la pluie se soit arrêtée avant de repartir. On n'est pas loin des Pyrénées et les orages qui viennent de cette direction sont toujours mauvais.

Il observe avec curiosité Aurélien qui a poussé sa casquette, découvrant son front blanc et ses yeux fermés.

— C'est ce qu'on va faire ! précise François.

Nous avons tout notre temps. Ce soir, nous dormirons à Lourdes !

Les gendarmes se regardent et rient. L'un d'eux va fouiller dans sa voiture.

— On nous a signalé que, pour des pèlerins, vous êtes d'assez bons buveurs. Vous allez souffler dans le ballon, on sait jamais !

— Vous me prenez pour qui ?

— Pour ce que vous êtes. Vous bénéficiez du soutien de la police nationale et de la gendarmerie ! Vos bons sentiments plaisent à une époque où il n'y a que vols et violence, mais vous ne devez pas en abuser. D'ici que la télé et les journaux fassent de vous des vedettes... Parce que les miracles, après tout, ça existe !

L'alcootest est négatif. François pousse un soupir : il n'a certes rien bu depuis la veille, mais il se méfie de ces outils électroniques destinés à tourmenter les honnêtes gens. Les gendarmes remontent dans leur voiture. Le tonnerre éclate, secoue les collines, les arbres s'ébrouent sous un vent brutal. De grosses gouttes tombent, de plus en plus épaisses, puis en trombe. Aurélien suit le bord du fourgon et monte s'asseoir à sa place. François éprouve du plaisir à sentir la pluie sur son visage.

— Et la gamine ?

Un éclair larde la grisaille, suivi d'un roulement puissant. François se lance dans le bois, fait le tour des touffes d'aubépine. Il n'ose pas appeler Clotilde de peur que les gendarmes ne soient cachés un peu plus loin pour les surveiller. Leur gentillesse n'était pas normale !

François longe la route par le bosquet, scrute la

longue ligne droite qui suit un tournant. La pluie tombe, toujours aveuglante et de plus en plus froide. Aucune voiture bleue en vue, les flics sont donc partis ! Il peut reprendre ses recherches, mais où cette maudite gamine peut-elle se cacher ?

François s'enfonce dans le bois et cherche sur le sol, entre les fougères cassées, des traces qui pourraient le guider. Un rideau mouvant de gouttes lui cache la vue, il n'ose toujours pas appeler et marche au hasard. Le tonnerre roule ses tonneaux sans discontinuer.

La pluie s'arrête comme elle est venue, brusquement ; le tonnerre s'éloigne, emporté par un vent qui agite la cime des arbres et déchire en charpie les gros nuages. Un rayon de soleil filtre dans la brume d'une blancheur éclatante. Les feuilles luisent, une puissante odeur de moisissures et de terre chaude monte par vagues humides. Frigorifié, François poursuit sa quête, bouscule les touffes de ronces qui se délestent de leurs gouttes tout à coup glacées.

Un bruit, comme le couinement d'un animal blessé, l'arrête. Il cherche autour de lui. Le bruit se répète, il s'approche d'un arbre cassé dont le tronc penché fait comme un auvent. Entre les grandes herbes, repliée sur elle-même, Clotilde gémit, la tête posée sur ses genoux, ses cheveux raides mouillés font autour de son visage un rideau froid.

— Te voilà enfin ! On t'avait dit de te cacher, pas de partir à perpète !

La fillette bouge, le front se soulève de l'avant-bras qui le protégeait, les yeux s'ouvrent sur François dont le dos fume.

— Je suis foudroyée ! dit-elle d'une petite voix plaintive.

— Qu'est-ce que tu racontes ? Si tu étais foudroyée, tu serais morte, noire comme un morceau de charbon !

— Justement, je suis morte !

François sent la colère monter en lui. Ce n'est pas dans ses manières de jouer le bon bougre. D'ailleurs, il n'est pas bon, au contraire, il a passé sa vie à tourner en dérision une existence que tant d'autres prennent au sérieux. Pour être bon, il faut un but, un Dieu, quelque chose à se raccrocher, il n'a rien, que le néant devant lui. Alors, un aveugle dingue, qui croit parce que ça le sert aux miracles de Lourdes, une gamine paumée ne valent pas de perdre du temps et de prendre autant de risques. C'est dit : il va laisser tout le monde au bord de la route et rentrer chez lui. Seule sa vie sauvage lui convient, se gaver de soleil et de torpeur dans les jours d'été, de feu et d'alcool chaud les jours d'hiver, suivre la piste du renard, traquer les gros brochets, piéger les palombes en automne suffisent à un semblant de bonheur ou du moins l'a-t-il cru jusqu'à une date récente. Mais Paule ?

— Allez, viens, il faut te réchauffer, tu vas attraper froid !

Clotilde se lève, secoue son petit corps trempé. Sa robe colle sur ses cuisses, son torse de fillette maigre. François lui tend la main.

— Viens, je te dis !

— J'ai faim. J'ai pas pris mon déjeuner. Je veux du café au lait et des tartines avec de la confiture !

— Ah, nous casse pas les pieds ! J'ai du café, mais le lait qui restait, tu l'as bu hier au soir. On n'a pas le temps d'aller aux courses. Tu mangeras à Lourdes !

— Non, je veux du lait chaud et un peu de café, du pain frais pour étaler de la confiture sur la mie molle avec la pointe de mon couteau qui appuie dessus et, quand elle a passé, la mie reprend sa place d'avant !

Clotilde marche à côté de François, tremblante. Son corps maigre moulé par la pluie qui colle ses vêtements est minuscule à côté des larges épaules de cet homme dont les grosses mains pendent à la hauteur des hanches, en peine d'elles-mêmes.

— On sera à Lourdes dans moins de deux heures et je te promets que je te donnerai à manger. Tu vois bien que je te demande pas de miracle !

— Te fâche pas ! Juste un bol de lait et des tartines parce que hier on ne s'est pas arrêtés et qu'on n'a mangé que du vieux pain et du saucisson ! Et puis…

— Et puis quoi ?

— Et puis, si j'ai pas du pain frais et de la confiture je dirai aux gendarmes que tu m'as mise nue et que tu m'as caressé les fesses !

— Où t'es allée chercher ça, toi ?

François s'arrête, en face de la fillette qui claque des dents, mais lui fait front avec défi. La monstruosité des propos d'une gamine d'apparence innocente l'ulcère. L'homme de quarante ans pour qui ce petit corps de gamine suscite de la tendresse, mais sûrement pas du désir, reste sans voix en face d'une telle audace et il ne sait qu'avoir des pensées banales : « Bah ! faut-il être tordu pour faire ces choses, ne jamais avoir connu une véritable femme ou en avoir peur au point de ne plus être un homme ! »

— Mais tu dirais ça ? Tu sais bien que c'est pas vrai. Mentir te conduira en enfer !

— Je m'en fous ! L'enfer, c'est pas si grave ! Oui, je dirai ça parce que tu n'es pas gentil avec moi !

Ils arrivent à la voiture. Aurélien est descendu de son siège et attend, en tenant la portière ouverte. Il entend les éclats de voix de François et se dit que, ce soir, il sera dans la ville des miracles. C'est bien ce qui commence à le tracasser : curieusement, il n'est plus pressé d'arriver à Lourdes.

— C'est mon dernier jour ! dit-il en dardant ses yeux morts vers les arrivants. Ce soir, je verrai la lune et les étoiles. Quel cadeau, les étoiles, des pleins paniers d'étoiles, puisque c'est aussi petit qu'un grain de sable ! Et demain, le bleu du ciel !

Il se dit cela pour conjurer la terreur qui grossit en lui, gêne sa respiration. Clotilde éclate de rire.

— Un plein panier d'étoiles ! Mon pauvre Aurélien, on dit que la plus petite de toutes est plus grosse que le soleil !

François pense qu'il ne peut pas laisser Clotilde avec ses habits mouillés, malgré le soleil revenu entre les nuages, fiévreux, annonciateur d'un nouvel orage.

— Toi, file dans le fourgon. Tu vas poser tes vêtements et t'enrouler dans une couverture du cercueil. Je vais mettre tout ça à sécher. Après, on partira.

— Non, je partirai pas ! Je veux un bol de lait chaud avec un peu de café et des tartines de confiture !

— Toi, quand tu as quelque chose dans la tête…

François est soucieux. Les propos de Clotilde le mettent en face d'un dénouement qui se rapproche. Comment va-t-il se sortir de ce bourbier ? La fin du voyage s'annonçant, il faudra bien revenir à la maison, mais que faire de la fillette ? Il sera arrêté pour séquestration, pour rapt et pourquoi pas pour abus sexuel, lui le marginal, le célibataire ! « Tout sauf ça ! » pense-t-il. C'est un déshonneur, une salissure que je ne saurais supporter ! Alors que faire ? D'abord lui passer son caprice, ainsi ne pourra-t-elle pas l'accuser de maltraitance !

— Bon, la gamine, tu vas m'attendre ici avec Aurélien. Je vais chercher du lait, de la confiture et du pain frais !

Clotilde sort de la camionnette, enroulée dans une grosse couverture rouge qui traîne par terre.

— Je suis toute nue ! dit-elle avec un sourire espiègle.

— Aucune importance. Aurélien, tu vas la garder avec toi, vous allez m'attendre en dessous de la route, dans le bois. Je vais étaler ses vêtements sur les branches. Ils seront secs dans quelques minutes.

François prend les vêtements et va les accrocher à des branches mortes. Il pose d'abord la robe, le gilet qui est lourd de pluie, la chemise, les chaussettes et enfin le slip. Il hésite, le morceau de tissu blanc au bout des doigts. Par quelle absurdité en est-il arrivé à toucher ce minuscule sous-vêtement dont le maniement est réservé aux mamans, aux grand-mères, pas à un vieux célibataire ? Il pense tout à coup que ses empreintes vont y rester : les enquêteurs les retrouveront, comment pourra-t-il prouver son innocence ?

— Nom de Dieu de nom de Dieu !

— C'est pas beau de jurer !

— Toi, la gamine, tu nous as assez attiré de soucis. Alors, ferme-la !

François suspend enfin le slip à une branche sèche et s'éloigne en maugréant. Aurélien est là, debout au milieu des arbustes, la tête levée, la bouche entrouverte, comme s'il cherchait quelque chose.

— T'en fais pas, Aurélien ! François va revenir avec du pain frais et de la confiture. On va se régaler ! Tu sais que la confiture, c'est rose ?

— Non, et je m'en fous !

Clotilde remonte la couverture sur ses épaules, baisse un instant les yeux dans une attitude de profonde réflexion. Déjà ses cheveux peu épais sont secs.

— Je vais te le dire quand même. Le rose, c'est la couleur de la rose et de certaines fleurs. Mais à part ça, rien n'est rose.

— Ah bon ?

— Non, le rose, au fond, ça n'existe que parce que les fleurs l'ont inventé. À moins que…

Le bruit d'une voiture alerte Aurélien qui se dresse dans un geste trop brusque. La fillette tend l'oreille.

— Viens ! dit-elle en prenant la main de l'aveugle. On risque de nous voir d'ici.

Ils partent entre les troncs silencieux et les arbustes aux feuilles mouillées.

— Tu sais, au fond du bois, il y a un château avec des tours pointues et de grandes fenêtres. C'est le château de mon amie, la fée Marcelline !

— François va revenir, il faut rester près de la route...

— Mais il est en face de nous, le château. Tu ne le vois pas, toi, mais je vais tout te dire : une grande allée conduit jusqu'à la porte, des statues nous regardent.

— Mais les statues, ça bouge pas ! C'est de la pierre toute froide !

— Oui, mais pas celles-là ! Elles ont des yeux pleins de lumière qui nous regardent et nous disent qu'on peut avancer. Le château est superbe. Je le vois, mais personne ne peut le voir, surtout pas François qui ne comprend rien. C'est comme le château de la Belle au bois dormant. Des fumées bleues sortent de la cheminée et une lumière rouge danse devant la porte d'entrée ! Viens.

— Je crois bien que tu me racontes des histoires ! fait Aurélien.

— Attends, un beau chevalier, tout en blanc, sort sur son cheval. Il se dirige vers nous. Il me regarde et me sourit !

— Tu me dis n'importe quoi parce que je ne peux pas voir !

— Mais c'est vrai ! Et puis, tu es méchant ! Tu te crois plus malin parce que tu ne vois pas ! Tant pis pour toi ! Débrouille-toi !

Clotilde lâche la main de l'aveugle et s'enfuit en courant. Aurélien, les bras tendus devant lui, pousse un cri. Il est perdu. Il fait un pas hésitant, son pied heurte une souche, il titube, tombe sur les genoux. Dans cette attitude suppliante, il reste un moment à tourner la tête dans toutes les directions. Aucun bruit ne lui indique que Clotilde revient le chercher. Il appelle, mais seule la rumeur de la forêt et les oiseaux occupés à leurs nids lui répondent.

Il cède à la peur. Une panique profonde s'empare de lui, il se lève, fait quelques pas, les bras tendus devant lui comme des antennes, heurte un tronc moussu, tombe de nouveau.

— Mais où je suis ? François, viens me chercher !

Clotilde court à perdre haleine devant elle, en évitant les arbres dressés comme des gardiens hors du temps. Cette fois, elle n'en peut plus de supporter Aurélien et son regard vide qui ne croit pas ce qu'elle lui dit, François qui rouspète chaque fois qu'elle lui demande quelque chose. Elle ne dormira plus dans le cercueil sous le plancher comme un chat en cage. Quelle idée a-t-elle eue de suivre ces deux hurluberlus à Lourdes ? Pourtant, elle ne veut pas retourner à Morsac : sa mère et les autres n'ont pas assez attendu !

Elle court, enroulée dans sa couverture dont les pans s'accrochent aux ronces qui tendent leurs griffes au-dessus des fougères. Pour aller où ? Pour l'instant, elle n'en sait rien, elle court même si, dans quelques minutes, perdue, elle le regrettera. Cela suffit à sa révolte qui se concentre dans ses jambes maigres.

Un chien aboie, la fillette s'arrête, le souffle coupé, les yeux ronds qui fouillent autour d'elle. De nouveau un aboiement et une voix de femme qui appelle l'animal. Clotilde se demande ce qu'elle doit faire : tout le monde la recherche, mais il ne faut pas qu'on la trouve. Le chien arrive près d'elle, grogne, montre les crocs. C'est un gros corniaud noir, efflanqué au poil rêche, à la large gueule menaçante. Clotilde pousse un cri, recule jusqu'à un tronc moussu qui l'arrête, comme un gardien de prison.

— Qu'est-ce que c'est ?

Une femme sort des fourrés, une fourche à la main. Petite, ronde, la tête couverte d'un fichu sombre, la peau du visage grise et surtout les yeux d'un noir de nuit, pleins d'une lumière méchante. Elle s'étonne en découvrant Clotilde.

— Qu'est-ce que tu fais là ?

Clotilde resserre la couverture sur son petit corps. Devant elle, la mauvaise fée agite sa fourche pour écarter des ronces qui serpentent vers ses chevilles.

— Saleté ! dit-elle. Voilà qu'elles profitent que j'ai la tête tournée pour pousser ! Je les ai coupées il n'y a pas huit jours et voilà qu'elles occupent tout le chemin ! Mais toi, qui es-tu ?

Clotilde reste appuyée contre la mousse rugueuse de l'arbre. Elle voudrait pouvoir courir loin de ce lieu maudit, de cette fée qui va sûrement la transformer en serpent ou en rat. Comment s'appelle-t-elle ? Carabosse ? Oui, certainement, son nez est crochu, et sous ce nez, la fillette devine une légère moustache. C'est l'ennemie de Marcelline qui attendait son heure pour dénoncer Clotilde. Il faut ruser.

— Tu ne me réponds pas ? Ce n'est pas ordinaire de trouver une petite fille enveloppée dans une couverture. D'où viens-tu ?

Clotilde se décide enfin et se met à genoux, suppliante.

— Ne me faites pas de mal !

L'autre agite les dents acérées de sa fourche sous le visage de la fillette qui n'ose pas faire le moindre geste.

— Qui t'a parlé de te faire du mal ! Sacrebleu !

Clotilde éclate en sanglots. La méchante fée s'approche, Clotilde pousse un cri de terreur.

— Je ne vais pas te manger ! Arrête donc de faire la sainte-nitouche. Dis-moi ce que tu fais là !

— Je vais à Lourdes avec Aurélien qui va chercher ses yeux. Moi je vais chercher...

Elle s'arrête, regarde autour d'elle, puis furtivement la fée, avant de baisser la tête par peur de la provoquer.

— Je vais chercher une fleur rouge qui rend heureux...

— Aurélien, c'est qui celui-là ?

— Un aveugle et mon ami. On parle tous les deux des couleurs, de la forme du soleil, du bleu du ciel et de tas de choses. Il va à Lourdes parce qu'il a rendez-vous avec le bon Dieu qui va lui donner des yeux tout neufs ! C'est François qui nous conduit avec son fourgon !

La fourche s'est plantée dans la mousse, le manche dressé à côté de la fée, comme un sceptre. Clotilde, toujours terrorisée, s'attend à un sortilège terrible.

— Comment tu t'appelles ?

— Clotilde !

Le visage de la fée s'illumine. Sa peau devient

plus claire ; ses yeux se plissent, ses lèvres s'allongent en un beau sourire.

— C'est toi que toutes les polices de France recherchent ? On ne parle que de toi à la télé et partout ! Tu m'as dit qu'un aveugle…

Clotilde tend le bras dans la direction de la forêt. On ne parle que d'elle à la télévision ! Un fleuve de bonheur épais coule en elle.

— Allez, viens, on va chercher l'aveugle ! Moi, je suis la Patou ! Ouais, on m'appelle comme ça, mais mon vrai nom, c'est Patricia.

Patou part devant comme si elle savait où se trouve Aurélien. Sa découverte la laisse circonspecte. Voilà que marche derrière elle celle que tout un pays recherche. N'est-ce pas un coup du destin ? Le monde est à sa botte, elle peut le rassurer d'un mot ou faire durer l'angoisse et la peur par son silence. Quelle va être son attitude ? Franchement, la Patou n'en sait rien ! Depuis tant d'années, elle amasse les blessures, les humiliations de ces bien-pensants, elle la marginale, elle la crasseuse qui vit au milieu de ses poules et de ses chats, elle dont les enfants se méfient et lui jettent des pierres ! Car la Patou est libre ! Du jour où elle a laissé les vanités ordinaires aux autres, pareille à un bateau qui ne manœuvre plus pour se laisser aller au gré des courants, ceux qui la courtisaient autrefois la critiquent. Ses illusions dissipées, elle regarde le monde sans condescendance, avec la tristesse de quelqu'un qui a perdu l'espoir de jours meilleurs. La découverte de cette petite fille perdue peut braquer sur elle les feux de l'actualité, mais elle n'a plus envie de se montrer ni de parler.

— Je ne peux pourtant pas prolonger le supplice de sa mère ! dit-elle, pensive.

Elle a parlé entre ses dents, Clotilde n'a entendu qu'un vague murmure. Elle a envie de s'échapper.

Un cri parvient jusqu'à eux. La Patou agite sa fourche et se dirige dans la direction du cri. Quelques instants plus tard, elle s'arrête en face d'Aurélien, assis au pied d'un arbre, sa figure vide dressée vers la clarté du ciel. Des larmes roulent sur ses joues ; sa bouche tordue en une mauvaise grimace transforme son visage.

— Aurélien, qu'est-ce qui te prend ? Tu pleures ?

Clotilde se précipite vers l'aveugle qu'elle serre dans ses bras maigres. La grosse tête dure comme un rocher pèse sur sa poitrine étroite. La Patou assiste à la scène, visiblement émue. De près, elle ressemble à un petit ours en train de cueillir des baies sauvages. Aurélien perçoit sa présence et se dresse, sur la défensive.

— Ne vous en faites pas, je vais vous aider !

— Où est François ?

Des éclats de voix arrivent jusqu'à eux. Aurélien reconnaît la voix de son ami et d'autres voix feutrées, atténuées par les feuilles nouvelles. Le tonnerre gronde de nouveau.

— Restez là ! dit la Patou. Je vais voir ce que c'est.

Elle s'éloigne, étrangement silencieuse ; ses pieds ne font plus craquer les brindilles, on dirait qu'elle ne touche pas terre. Cette fois, Clotilde a bien la preuve que c'est une fée. Aurélien s'est mis sur ses jambes, hésite, titube comme ivre, redoutant le heurt imprévu; Clotilde prend sa main froide et dure.

Quelques instants plus tard, la Patou revient, toujours aussi étrangement silencieuse, s'approche d'Aurélien et lui murmure :

— Les flics sont là. Ils fouillent le fourgon et votre copain est menotté. À mon avis, si vous voulez continuer jusqu'à Lourdes, il ne faut pas rester là. Suivez-moi !

Elle ne veut pas laisser à ces hommes en uniforme la gloire d'avoir trouvé la fillette.

— Qu'est-ce que vous me dites ? demande Aurélien. Ils ont arrêté mon ami ? Mais pourquoi ? Je veux aller avec lui !

— Ne soyez pas idiot ! Vous voulez aller à Lourdes ? Si vous vous montrez, ils vont vous arrêter aussi, c'est rapport à la petite que tout le monde recherche. Vous devez me suivre et personne ne vous trouvera... Quant à toi...

Elle se tourne vers Clotilde qui remonte sa couverture à chaque roulement du tonnerre. Les nuages sombres cahotent au-dessus des arbres, s'y déchirent en lambeaux gris. Il fait brusquement frais.

— Je vais te donner des vêtements décents. Après, on avisera.

La fillette hésite. Le grondement du tonnerre se rapproche, martèle les collines de ses coups de boutoir.

— Dépêche-toi, on va se mouiller.

Clotilde prend la main d'Aurélien qui la suit d'un pas hésitant. Ils traversent une lande d'ajoncs et de touffes d'aulnes. Un ruisselet avivé par le récent orage glousse entre les grandes herbes, ils l'escaladent sur deux troncs glissants. Aurélien hésite avant de se hasarder, en tâtant du bout de la semelle la résistance des billots. Clotilde l'encourage. Enfin, de l'autre côté, il repart d'un pas plus assuré, butant contre les mottes d'herbes sèches.

Ils rejoignent un sentier qui court sous de grands châtaigniers, puis un chemin creux. Le voyage semble sans fin à Clotilde qui n'est pas rassurée. Que peut-elle attendre d'Aurélien ? Il ne pourra pas prendre sa défense si la mauvaise fée décide de lui faire du mal. Elle regrette de ne pas avoir crié pour avertir les gendarmes.

Ils arrivent à une petite maison en bordure d'un pré où des poules recherchent les insectes. Un énorme dindon fait la roue et pousse son éclat de rire mécanique, puis se dirige le bec en avant vers le chien qui fait face. La Patou pousse un cri et le dindon repart les plumes gonflées d'orgueil, sa tête hideuse aux peaux rouges trop grandes dressée. La femme ouvre la porte. L'intérieur est sombre, une affreuse odeur aigre prend à la gorge. Plusieurs chats viennent se frotter aux mollets de la Patou. Sur la table, un immense désordre de casseroles, d'assiettes sales, de quignons de pain dénonce le laisser-aller de la maîtresse de maison.

— Ce n'est pas très grand ! constate-t-elle. Il va falloir se serrer, mais on y arrivera.

— Où on est ? demande Aurélien mis en alerte par l'odeur.

— Tu es chez moi ! précise la Patou en poussant une chaise branlante près de lui. C'est pas le

Pérou, c'est une petite maison où l'on vit loin des tracas du monde.

— Mais vous parlez drôlement, vous !

— Je parle comme je sais. Et tant pis pour ceux que ça gêne !

Clotilde frissonne. La menace de ces paroles hérisse son corps d'aiguilles brûlantes.

François a dû faire vingt kilomètres pour trouver une boulangerie et une épicerie ouvertes. Il a acheté de la confiture de prunes, tant pis si la gamine réclame de la gelée de groseille ! Maintenant, il a hâte de terminer le voyage. Le couperet se tient au-dessus de sa tête, prêt à trancher. Une fillette disparue tient la France en émoi. Quand on va la retrouver, il faudra bien un coupable à offrir à la vindicte populaire et le marginal qu'il est, toute sa personne fait de lui la proie idéale pour une haine collective.

Il arrive à la clairière, descend de voiture, s'approche du bosquet et appelle Aurélien. Personne ne lui répond. Le silence de la forêt se tasse sous le poids du ciel sombre. Le tonnerre qui gronde n'ôte rien à la paix du lieu qu'aucune brise n'anime.

Le bruit d'un moteur en surrégime lui fait dresser la tête. Une voiture de police pile devant le fourgon, puis une seconde, gyrophares clignotant d'une lumière bleue qui fait mal au regard. Des hommes en sortent vivement, la main sur la crosse de leur arme.

— Garcin ! Rends-toi, tu es pris !

François n'a pas le temps de montrer sa surprise.

Il est maîtrisé par un colosse, un autre lui prend les bras et lui passe les menottes.

— Qu'est-ce vous faites ? Je...

— Nous faisons que tu as enlevé la petite que nous cherchons tous ! Où est-elle ?

— Vous n'êtes pas un peu malades ? Je n'ai enlevé personne !

— On t'a vu avec elle et l'aveugle ! Où sont-ils ?

— Je n'en sais rien. Je n'ai pas enlevé la gamine, c'est elle qui s'est mise sur notre route et qui a voulu nous suivre à Lourdes !

Deux policiers partis explorer les abords de la clairière appellent leur chef. Ils viennent de faire une découverte capitale : les vêtements de Clotilde accrochés aux branches basses.

— Tu l'as déshabillée, gros salopard ! Et après ?

— Mais vous êtes complètement timbrés ! s'écrie François d'une voix où perce un grand désespoir. Elle s'est trempée sous l'orage et j'ai mis ses vêtements à sécher. Elle s'est enroulée dans une couverture en attendant.

— Tu raconteras tout ça au juge chargé de l'enquête ! dit celui qui commande puis se tournant vers ses collègues, il ajoute : Ratissez le bois, vous trouverez peut-être quelques indices !

— Et le fourgon ?

— Les collègues vont venir s'en occuper.

Jean-Paul a passé la nuit allongé sur son lit à voguer d'un cauchemar à l'autre. D'heure en heure, il attendait la sonnerie du téléphone qui n'est pas venue. Les recherches n'ont encore rien donné, une nouvelle journée commence, semblable à la précédente, avec toujours moins d'espoir ; la certitude d'une issue fatale le plombe.

Il passe dans la cuisine. Sa victoire provisoire sur le vin ne lui procure aucune satisfaction. Il sombrera sûrement dans la journée puisque Clotilde est introuvable. L'envie d'entendre Danielle le fait une nouvelle fois s'approcher du téléphone, puis il renonce. Il passe à la cuisine, verse deux cuillerées de café soluble dans une tasse, de l'eau chaude du robinet, et avale ce breuvage amer d'une seule traite. La petite pendule murale indique huit heures trente. Il ouvre la radio et s'assoit. « Du nouveau sur le rapt de la petite Clotilde », annonce le présentateur.

Jean-Paul se dresse, la respiration bloquée. Viennent des informations interminables dont il n'a que faire, puis ces mots qui s'incrustent en lui comme des corps étrangers : « On est enfin sur les traces de la petite Clotilde dont les ravisseurs ont été identifiés : un peintre en bâtiment de Morsac, François Garcin, et un voisin des grands-parents de Clotilde, un certain Aurélien Lecomte. Les vêtements de la fillette ont été retrouvés dans un bois près de Mirande, dans le département du Gers. La police a pu arrêter Garcin, mais reste sans nouvelles de Clotilde et de Lecomte, totalement aveugle, donc incapable de se débrouiller seul… »

Jean-Paul arrête la radio. Ce qu'il vient d'apprendre lui paraît incroyable. Un bon moment d'incertitude lui est nécessaire pour mettre une réalité derrière les mots entendus. François Garcin et Aurélien Lecomte auraient enlevé Clotilde ! Ses vêtements ont été retrouvés, mais pas la fillette qui est nue ! Nue et vivante, elle pourrait appeler au secours, elle est donc morte. Garcin l'a tuée, comme il a tué Aurélien Lecomte, témoin ou complice gênant.

Jean-Paul connaît François pour l'avoir croisé plusieurs fois, pour avoir bu de temps en temps un verre en sa compagnie. Sa désinvolture lui a toujours plu. Son indépendance dénotait une force qui lui manque. François se moque des autres et du monde entier par bravade, par paresse aussi, mais il a la force d'être lui-même. Ivrogne par choix, cet homme des bois impose sa personnalité à Jean-Paul, ivrogne par dépit, par incapacité de choisir un chemin, celui de la dépravation totale pour en finir avec une vie inutile ou celui du combat quotidien, de la grandeur d'un comportement honorable gratuit.

Jean-Paul secoue la tête. Non, ce n'est pas possible ! Il retrouve brusquement un espoir fou et court au téléphone.

— Qu'est-ce qui se passe ? Tu as l'air de savoir quelque chose ?

— Tu as écouté la radio ?

— Qu'est-ce que tu veux qu'ils disent à la radio. S'il s'était passé quelque chose, la police nous aurait avertis !

— Ils viennent d'arrêter François Garcin. Clotilde était avec lui et Aurélien Lecomte !

— Qu'est-ce que tu dis ?

Danielle a crié. Marguerite et Gaston se dressent en même temps. Sans attendre les précisions de Jean-Paul, Danielle raccroche le téléphone et se tourne vers Paule, le regard dur :

— C'est ton frère et François qui ont enlevé Clotilde ! dit-elle d'un ton plein de rancœur.

Paule reste de marbre. Son frère kidnappeur de petite fille, c'est impossible, mais François ? La joie qui l'habitait s'effondre en une poussière nauséabonde. La pensée qui bloque son esprit lui paraît monstrueuse, pourtant elle ne peut s'en défaire. La lettre de François, glissée dans la poche de son chemisier tout contre son cœur, devient lourde et brûlante. Alors, la réflexion se porte à son secours.

— Je ne comprends pas. Elle a disparu trente-six heures avant qu'ils partent.

Danielle se précipite sur la petite radio que Gaston n'écoute plus depuis que la vie s'est arrêtée dans sa maison. La jeune femme tourne nerveusement le bouton pour trouver un bulletin d'informations. Comme elle n'y arrive pas, elle arrête l'appareil d'un geste nerveux.

— Ce que je sais, c'est qu'ils ont retrouvé les habits et pas Clotilde !

Elle s'effondre en sanglots, la tête posée sur la nappe froide. Dans son coin sombre, Gaston baisse la tête, tout entier à sa peine et à sa révolte. Marguerite reste immobile, sa main levée, comme si elle allait parler ou frapper, mais elle ne dit rien. Les larmes roulent sur sa grosse figure rouge. Paule se sent tout à coup rejetée et sort sans un mot.

Elle revient une heure plus tard. Les nouvelles sont moins alarmistes. Les services scientifiques de la police ont procédé aux premières analyses des vêtements de la fillette et n'ont trouvé aucune trace de violence. François Garcin répète inlassablement qu'elle s'était mouillée sous l'orage, qu'il avait mis ses vêtements à sécher et qu'il était parti lui chercher du lait et de la confiture, ce que les policiers ont vérifié.

— Une chose est sûre, Clotilde est avec Aurélien qui ne lui fait aucun mal, on va les retrouver bien vite ! dit Paule en entrant.

Paule a apporté du pain frais et des croissants. Danielle, décomposée, reste suspendue au moindre bruit de voiture. Elle regarde longuement le téléphone muet. Mais que font les policiers ? Ce François Garcin, que ne le torturent-ils pas pour le faire parler ! Avec les heures vides, le doute s'installe de nouveau. Elle n'ose pas lever les yeux sur Paule.

— Il les a tués tous les deux ! Ça ne peut être autrement ! Il a abusé de la petite et, pour que ton frère ne parle pas, il l'a tué aussi. Maintenant il n'y a pas d'alternative.

— Danielle, je t'interdis de parler ainsi !

Paule s'est dressée, blême, les mains ouvertes comme un insecte qui se défend.

— Et qu'est-ce qui m'en empêcherait ?

Le regard de Paule brille d'une confiance totale. Danielle voit dans cette étoile posée sur la pupille de son amie une provocation, le refus de partager sa peine. Et là, au fond du désespoir, deux pensées la traversent tour à tour : le beau visage d'Alain, reposant, tourné vers l'avenir et le visage torturé de Jean-Paul, tout à coup plus fort que d'habitude. Va-t-il définitivement s'arrêter de boire ? Et ses paroles transformées, rendues émouvantes par le téléphone restent présentes à l'esprit de la jeune femme : « Quand je me regarde dans la glace, je ne me trouve pas beau. Je ne suis pas fier de ce que j'ai fait de mon temps qui aurait dû être consacré à vous rendre heureuses, toi et Clotilde ! » Alain ne saurait pas parler de la sorte. Alain ne se soucie pas de Clotilde ; sa disparition le laisse indifférent, mieux : elle l'arrange. Il ne parle que de l'enfant qu'ils auront ensemble. Danielle ne veut pas y songer.

Gaston roule sa cigarette et sort. L'inaction lui pèse et, ce matin, il va se rendre à son atelier, bricoler malgré la fatigue qui alourdit ses membres, penser à autre chose. Marguerite qui trouve à peine la force d'allumer sa cuisinière lui envoie un regard assassin. Elle lui en veut de quitter le centre des douleurs qu'est cette cuisine. Elle en veut aussi à Danielle et l'exprime par un raisonnement simple : si sa fille ne s'était pas séparée de Jean-Paul, Clotilde serait restée sagement chez ses parents. Danielle est donc responsable de ce qui se passe et elle, Marguerite, n'a pas à s'en vouloir de ne pas être allée attendre sa petite-fille à la sortie de l'école.

Paule éprouve le besoin de se rendre utile, comme pour justifier sa présence. Elle débarrasse la table, fait rapidement la vaisselle sans que Marguerite émette la moindre protestation, range les bols, le sucrier, essuie les miettes sur la table, puis regarde sa montre, geste monstrueux pour Danielle.

— Faut que j'y aille ! fait la jeune femme qui ne supporte plus la lourdeur des regards posés sur elle. Je repasserai ce soir. Je m'occuperai de la soupe !

Il n'y a que la soupe et les repas qui intéressent Paule ! Pour elle la bonne action se réduit à l'intendance, au maintien d'un quotidien qui choque. Avant de s'éloigner, elle précise :

— Je suis sûre que mon frère et Clotilde sont vivants ! Tout ce que raconte la police à propos de François ne tient pas debout !

La voiture de Paule s'éloigne, Danielle a envie de crier sa révolte.

Une autre voiture s'arrête devant la porte, Marguerite lève ses gros yeux rouges sur sa fille. La porte s'ouvre, la haute silhouette d'Alain se découpe dans la lumière inattendue de ce matin d'avril. Marguerite se raidit, Danielle ferme les yeux.

— Je pouvais plus tenir… Alors me voilà !

Il entre, trop grand, trop costaud pour cette petite maison où seules les larges épaules de Marguerite ont leur place. Les autres doivent se faire petits, inférieurs. La grand-mère gonfle sa poitrine, prête à protester ; Danielle sait qu'elle doit intervenir, mais ne trouve pas les mots. Elle se place devant Alain en peine de sa personne, étranger à cet intérieur trop petit :

— Je t'en supplie, laisse-nous.

Elle s'étonne de parler ainsi à l'homme à qui elle n'a jamais su dire non. L'absence de Clotilde la met en face de sa faiblesse et ce n'est pas à Alain qu'elle parle, mais à elle-même.

— Laisse-nous ! répète-t-elle en baissant la tête.

— Mais voyons, Danielle…

C'est tout ce qu'il trouve à dire et cela suffit. Il voudrait parler de son amour, de son angoisse, de l'envie de soutenir Danielle dans la terrible épreuve qu'elle traverse. Sa place n'est-elle pas à côté d'elle dans le pire comme dans le meilleur ? Cela lui semble tellement évident qu'il n'arrive pas à le dire. Le beau gosse que toutes les femmes regardent se sent pitoyable, sans armes.

— Je t'en prie, insiste Danielle. Laisse-nous !

— Mais enfin, Danielle, qu'est-ce que ça veut dire ?

— Ça veut dire que je veux être seule. Ce que je ressens ne se partage pas.

— Même avec moi ?

— Surtout avec toi !

Alain reçoit cette dernière parole comme l'éclair d'une lame de rasoir qui le tranche au plus sensible de son être. Il a l'impression d'être écrasé. Il s'éloigne sans rien ajouter. Danielle mesure tout à coup la portée de ses mots, mais ne fait rien pour les atténuer. La porte claque une fois de plus.

— Maman, maman, c'est moi, Pierret !

La voix est aigre, mécanique, une voix d'outre-tombe. Aurélien a levé la tête en direction du claquement sec qui suit cet appel. Clotilde sursaute. Assise au bord de sa chaise, elle s'attarde sur des détails bizarres de cette maison sombre qui ressemble à une grotte. Elle retient un cri en voyant, dans l'ombre de la cheminée, un oiseau noir et blanc perché sur l'accoudoir du banc. Il regarde la fillette de ses yeux ronds pleins de défi. Il bat de ses ailes à plusieurs reprises et crie de nouveau :

— Pierret !

Cette fois, Clotilde ne peut s'empêcher de crier. Patou arrive, portant une brassée de bois. Clotilde voit ses yeux brillants, pleins d'une lumière d'ailleurs, un feu que ne possèdent pas des yeux ordinaires. L'oiseau bat de nouveau de ses ailes blanc et noir, frappe le dossier du banc de son gros bec dur. La Patou est bien une méchante fée, il n'y a pas de doute possible : les fées ont toujours un oiseau comme compagnon, un corbeau tout noir, mais là, ce n'est pas un corbeau.

— Margot, ma pie ! Tu ne dois pas en avoir peur !

Et cette voix ! Ce n'est pas une voix ordinaire. Grand-mère Marguerite est méchante, mais sa voix n'a pas cette intonation, ce bruit de cuiller qui racle un vieux pot de fer, une voix rouillée qui a erré au fil des siècles, que le temps a érodée, mais qui garde toute sa menace.

— Allez, Margot, cesse de terroriser notre petite invitée.

— Pierret ! Reviens !

La voix mécanique sort du gros bec, nette, précise, mais l'œil rond reste sans expression, une perle noire où se reflète la lumière grise de l'orage qui gronde de nouveau.

— Va dans ton coin et cesse de parler ! crie la Patou en ajoutant du bois dans la cuisinière. Puis se tournant vers Aurélien : Je vais vous faire réchauffer du bouillon et un peu de ratatouille qui me restent de midi. C'est pas grand-chose, mais ça vous fera du bien en attendant…

En attendant quoi ? Clotilde n'en peut plus. Tout lui semble bizarre dans cette maison surgie au fond du bois. Elle doit fuir avant qu'il ne soit trop tard !

La Patou tourne la ratatouille dans la casserole, soupire en regardant la pie qui ne la quitte pas des yeux.

— Margot, dit-elle sans lever la tête, était un petit oiseau tombé du nid. Il y a quinze ans de ça ! Margot est une vieille dame, même si ça ne se voit pas. Les oiseaux ne vieillissent pas, ils meurent sans raison, d'un souffle de vent, d'une goutte de pluie. C'est rien un oiseau, tu le soulèves, ça n'a pas plus de poids qu'un chiffon, c'est de la fumée, un oiseau !

Elle va au placard creusé dans le mur épais, ouvre la porte qui grince et sort deux assiettes qu'elle pose sur la table.

— Il y a quinze ans. On se promenait avec Pierret, mon petit Pierret qui avait douze ans. Un amour ! Il était né comme un oiseau, conçu par le vent, il était l'univers pour moi. Alors on a ramassé l'oisillon tombé de son nid. On l'a emmené à la maison, on lui a fait manger de la crème fraîche. Et il a vécu. Mais pas mon Pierret : une voiture lancée à vive allure, sur la grande ligne droite en face du collège. Il s'est retrouvé ailleurs sans savoir qu'il partait. La voiture m'a enlevé tout ce que j'avais, alors, la vie dans la ville m'irritait contre le monde entier. Je suis venue ici, dans cette maison que j'ai achetée les yeux fermés. Cette prison ou une autre... Margot n'a pas oublié. Ce qui pèse dans un oiseau, c'est la mémoire !

Elle se tourne enfin vers la fillette, toujours enroulée dans sa grosse couverture rouge.

— Tu peux pas rester comme ça. Je vais te trouver quelque chose à mettre. J'ai une armoire pleine des vêtements de Pierret. Ils peuvent encore servir, surtout à toi qui es belle comme un cœur. Pierret serait content que je te donne ses vêtements. Suis-moi.

Clotilde hésite, regarde tour à tour la pie qui pousse un rire de gorge moqueur et Aurélien, absent, posé sur sa chaise. Son corps n'est que la partie émergée de sa personne. Son âme ne frôle pas les objets usuels et la réalité, elle s'exprime ailleurs, dans ce monde où Dieu lui a donné rendez-vous. Clotilde secoue la tête, comme pour se débarrasser d'une mouche.

— Alors, tu viens ? Te voilà dans la lune !

Clotilde fait un pas en direction de la mauvaise fée, hésite et la suit dans un escalier de bois. Curieusement, la maison qui semblait minuscule de l'extérieur est très grande. Clotilde y voit encore un sortilège.

Elles passent devant une porte ouverte qui donne sur une petite pièce sombre. Clotilde a eu le temps d'apercevoir que c'est une salle de bains et, sur le bord du lavabo, se trouve un rasoir ouvert. Elle frémit : que fait cette femme avec un tel rasoir ?

— Viens donc, il n'y a rien à voir.

La Patou pousse une autre porte qui donne sur une chambre aux volets fermés. Une odeur de moisi surprend la petite fille, c'est la même odeur qu'elle a ressentie dans la remise d'Aurélien et dans sa chambre, chez grand-mère Marguerite. La lumière électrique lui montre une pièce envahie de petites voitures, un avion, des cartons de livres en tas, des vêtements qui s'amoncellent sur un lit.

— Tu vas choisir là-dedans. C'est tout ce qui me reste de lui ! Des épluchures, rien de plus ! Tu ne trouveras pas de robe, c'est sans importance. De nos jours, les garçons et les filles s'habillent de la même manière. Il avait à peu près ta taille.

En parlant, la Patou fouille dans le linge et sort un pantalon fripé, une chemise, des chaussettes.

— Il doit y avoir des chaussures sous le lit.

Elle s'agenouille, passe le bras sous le lit qu'elle ressort plein de poussière et de toiles d'araignée.

— Voilà des chaussures. Il faudrait les nettoyer un peu. Elles sont à peu près à ta taille. Allez, dépêche-toi de t'habiller.

Clotilde hésite un instant puis se décide, laisse glisser la couverture qui lui emprisonnait les bras et gênait ses mouvements.

— Mais c'est que tu es complètement nue ! s'écrie la Patou. Attends, je vais te trouver un slip et tout ce qu'il faut.

Elle fouille de nouveau dans les vêtements, examine un caleçon.

— On va faire avec ça ! C'est parfait !

En quelques secondes, Clotilde est vêtue, complètement transformée. La femme la regarde longuement, les yeux mouillés.

— Tu lui ressembles, c'est un sortilège ! Allez, viens, on descend !

Le bouillon et la ratatouille sont chauds. La Patou pose les casseroles sur la table, remplit les assiettes. Ensuite, elle aide Aurélien à s'asseoir, puis fait signe à Clotilde.

— Mangez ! dit-elle en attardant son regard sur la petite fille.

La pie quitte son perchoir et d'un coup d'aile vient se poser sur l'épaule de Clotilde qui reste pétrifiée, incapable de faire un mouvement. La Patou a un sourire aigre.

— Elle croit que tu es son Pierret ! Fais-lui bonne figure !

Elle se mouche bruyamment. Le tonnerre éclate au-dessus de la maison, répand son bruit infernal en roulements lourds. Clotilde profite que la vieille femme ait le dos tourné pour se secouer brusquement et faire fuir la pie qui s'accroche à elle, enfonce ses griffes dans le tissu de sa chemise. Le bouillon a un drôle de goût. La Patou y a sûrement ajouté quelque mixture pour l'endormir peut-être pendant cent ans ou plus !

Le tonnerre s'éloigne, le ciel s'éclaircit, l'averse va déverser ailleurs sa pluie froide. La Patou ouvre en grand la porte d'entrée et regarde un moment le ciel.

— C'est fini ! constate-t-elle. Vous allez rester ici, sans bouger. Je vais aller chercher de quoi manger ce soir. Il n'y a pas grand-chose ! Je vais arracher des poireaux, je dois avoir un peu de viande au congélateur. Ce soir, ce sera la fête et, demain matin, je vous emmène à Lourdes !

Elle prend un panier et sort. Aurélien qui a fini de manger avec appétit sa ratatouille, s'essuie les lèvres avec la manche de sa veste.

— Je ne la crois pas ! dit-il d'une voix faible tandis que la pie, d'un coup d'aile, reprend sa place sur l'accoudoir du banc. Elle dit pas ce qu'elle pense. Pourquoi qu'elle nous emmènerait à Lourdes ?

Clotilde regarde bien fixement les yeux morts de son compagnon.

— Il faut qu'on s'en aille et tout de suite, sinon il va nous arriver malheur. Elle est partie chercher les policiers. Au fait, Aurélien, comment tu fais pour te raser ? Tu demandes à quelqu'un de le faire à ta place ?

— Non. Je me rase seul. J'ai besoin de personne

pour ça. Je peux tout faire quand je suis chez moi ; j'ai des yeux à la pointe de mes doigts !

— Alors, on s'en va. Parce que, si on reste là, on n'ira jamais à Lourdes !

— Où tu veux aller ? On est perdus ! Le pauvre François est peut-être en prison et les flics nous cherchent !

— Je te dis : elle a une tête à nous dénoncer !

Clotilde s'étonne de sa détermination. Elle a tout à coup l'impression de ne plus être une petite fille, mais une adulte, quelqu'un qui connaît la route à suivre. Elle court dans l'escalier, entre dans la salle de bains, arrête sa main au-dessus du rasoir aperçu tout à l'heure. Une idée lui est venue, une idée qu'elle n'aurait pas eue quelques heures plus tôt. Elle cache le rasoir dans sa poche, retourne à la cuisine. Un sourire ingénu aux lèvres, elle prend la main d'Aurélien et le tire vers la porte.

— Allez, viens, on s'en va !

— Où tu veux aller ? On va se perdre dans la forêt !

— Non, je te dis !

Aurélien se met debout avec ses hésitations habituelles lorsqu'il se trouve en un lieu inconnu de ses mains. Le soleil est chaud, brûlant entre les nuages qui s'épaississent pour former un nouvel orage. La terre fume, les feuilles nouvelles luisent d'humidité, les grandes herbes se délestent de lourdes gouttes.

— Tu m'emmènes où ?

— Je ne sais pas, mais loin d'ici. Si on veut

échapper aux policiers, il faut se cacher. Après on verra.

Aurélien suit Clotilde qui voudrait courir, mais l'homme la freine. Il marche en titubant, hésite à poser ses pieds, redoutant à chaque instant de se fracasser le crâne contre un arbre.

— Dépêche-toi ! Tu peux me faire confiance.

Aurélien bute sur une racine et tombe. Il se relève lourdement, se frotte le visage où restent accrochés des brins de mousse.

— Mais tu peux pas faire attention où tu marches !

Ils repartent. Aurélien est de plus en plus hésitant.

— Tu sais où on est ?

— Aucune importance. Tiens, regarde...

Elle s'arrête, oblige Aurélien à s'accroupir. La Patou passe dans le sentier avec deux policiers. Finalement, la Patou n'est pas une mauvaise fée, mais une femme ordinaire qui a le sens du devoir. Clotilde attend qu'ils se soient éloignés et entraîne Aurélien dans un chemin en pente où les cailloux roulent sous les pieds de l'aveugle.

Le chemin se termine dans une clairière. Les fugitifs la traversent, s'enfoncent dans le bois en suivant un vague sentier sur la mousse entre les grandes fougères. Les arbres cèdent la place à une longue saignée qui coupe la forêt en ligne droite. La fillette grimpe un raidillon et découvre, sur un lit de gros graviers, des rails.

— On va les suivre ! dit-elle à Aurélien. D'un côté comme de l'autre, ils conduisent à une gare.

Aurélien reste sombre. Avec François, tout avait

trop bien commencé, il a fallu que cette petite chipie se mette en travers de leur chemin. Où est son ami ? En prison ? Alors que fait-il, lui, dans cette forêt inconnue avec celle d'où vient tout le malheur ? Où va s'arrêter sa cavale ?

— Je veux retourner chez moi à Morsac, dans ma grande maison. Je sais que je n'ai rendez-vous avec personne à Lourdes.

Clotilde se dresse devant lui, ses petits poings sur les hanches.

— Écoute, Aurélien, tu vas pas faire ta tête de mule. Nous irons à Lourdes tous les deux, c'est maintenant certain. Tiens, tu vas te rendre utile. Tu m'as bien dit que tu te rasais seul ?

— Oui, pourquoi ?

Elle sort le rasoir à main de sa poche, l'ouvre. La lame brille au soleil fiévreux.

— Alors, tu vas me couper les cheveux. Tu vas me raser, comme ça personne ne me reconnaîtra. Avec mes habits de garçon, je peux passer pour un grand malade, un cancéreux, comme j'en ai vu à l'hôpital.

— Tu as vu des enfants cancéreux à l'hôpital ?

— Oui. Maman avait une visite chez un médecin. Je l'ai accompagnée et j'ai vu des enfants au crâne rasé parce qu'ils sont malades. Allez, prends ce rasoir.

— Mais je vais te couper, je sais pas où sont tes oreilles. Et puis, je veux pas !

— Tu veux rester aveugle toute ta vie, c'est ça que tu veux ? Alors, ça a servi à quoi qu'on vienne jusque-là ? Donne ta main, tu vas la promener sur mon crâne et tu vas bien repérer les oreilles. Puisque tu te rases, tu peux me raser aussi.

— Non, je veux pas !

— Alors, je m'en vais ! Tu te débrouilleras seul dans cette forêt immense. Tu vas errer entre les arbres jusqu'à la fin de ta vie. Moi, je m'en vais.

— Ne me laisse pas !

— Alors, tu me rases le crâne !

Aurélien réfléchit. Qu'est-ce que ça change, sur une tête de fillette de couper les cheveux, cette légère couverture qui fuit sous les doigts, qui se rétrécit à ne plus être que des fils sans épaisseur ? Sont-ils visibles et quel est leur aspect ?

— D'abord tu vas me dire ce que c'est des cheveux ?

Clotilde s'est assise devant Aurélien qui dresse le rasoir devant lui, comme une arme qui ne sait où frapper. Clotilde lui prend le poignet et approche l'outil de son crâne.

— Fais vite, on n'a pas le temps : les flics vont finir par nous repérer !

D'un geste machinal, Aurélien relève sa casquette et pose le fil de la lame sur la peau douce de la fillette. D'une main sûre, il guide le tranchant pour ne pas la couper. Des plumes noires tombent sur les fougères et la mousse. Le crâne de Clotilde se dessine dans sa forme d'œuf gris. Heureusement qu'Aurélien ne le voit pas !

Quand c'est fini, la fillette passe la main sur la peau lisse de sa tête.

— Ça fait drôle ! constate-t-elle. On va marcher dans ce sens. On verra ce soir !

Ils repartent, Aurélien, toujours hésitant,

donnant la main à une fillette rasée, monstrueuse dans la nudité de sa tête qu'elle porte comme un défi au monde entier. Ses yeux noirs, tout à coup globuleux, ont perdu leur expression malicieuse pour prendre un tour grave et profond.

Au bout de quelques pas, Aurélien s'arrête, la tête levée.

— Stop ! fait-il à voix basse. Ils sont devant nous !

— Quoi, qui ?

— Les flics ! Je les entends, je te dis.

Clotilde tend l'oreille à son tour, mais n'entend que la rumeur des taillis, le chant des oiseaux.

— Je n'entends rien, tu crois que...

— Je te dis qu'ils sont devant nous. Mes oreilles fonctionnent mieux que les tiennes, que toutes les oreilles de ceux qui ont de bons yeux.

Ils s'accroupissent derrière un tertre. Clotilde se serre contre Aurélien qui sent son petit corps nerveux et ce frémissement profond de vie le rend heureux.

— Je les vois ! dit Clotilde en pinçant Aurélien à l'épaule. Ils sont passés si près ! S'ils savaient... Maintenant, ils s'éloignent.

— Attendons encore un peu ! précise Aurélien. Ils pourraient revenir sur leurs pas.

Au bout d'un moment, ils reprennent leur marche. Clotilde a mal aux jambes, mais conduit Aurélien entre les taillis, les massifs sauvages d'aubépine en suivant toujours les deux lignes luisantes des rails qui s'enfoncent dans la forêt.

— J'ai faim ! pas toi ?

— Non, j'ai peur, fait Aurélien.

— Tu as peur ? Et de quoi ?

— Je sais pas, mais j'ai peur, c'est tout !

— Dis, tes yeux tout neufs, tu crois que Dieu les aura emballés dans un beau paquet-cadeau avec du ruban doré ? Dis, tu me laisseras ouvrir le paquet ?

— On n'y est pas ! fait Aurélien d'une voix tremblante.

Il est à bout, totalement perdu et se demande où les petites jambes de Clotilde vont le conduire. Que devient François ? Les gendarmes l'ont-ils relâché ?

— Tout ça finira mal !

Le soir tombe. Le ciel s'est entièrement dégagé, le soleil bas répand une lumière rasante. Une première maison près de la voie arrête Clotilde. Elle s'approche prudemment en se dissimulant derrière d'énormes marronniers fleuris et aperçoit d'autres maisons, une rue, tout un village à côté de la gare.

— On peut pas rester là, on va se faire prendre.

— Et alors ? J'en ai marre de marcher pour rien. Si tu n'étais pas venue te fourrer entre nos pattes, François et moi, on serait déjà à Lourdes et sans histoires. Maintenant, c'est nous qui allons trinquer ! Alors puisqu'il y a un village devant nous, tu vas me conduire à la gendarmerie. Je leur dirai la vérité et tu rentreras chez toi où ta grand-mère t'attend.

— Je m'en fous de ma grand-mère ! Je veux pas rentrer chez moi. Et puisque tu veux aller voir les gendarmes, débrouille-toi seul. Moi, je continue !

Clotilde passe la main sur son crâne rasé. Elle

n'a pas fait cette énorme bêtise qui va lui coûter une punition mémorable pour rien. Maintenant, c'est elle qui a rendez-vous à Lourdes.

— Je vais te laisser là au milieu de la forêt avec les loups ! Tu pourras crier, personne ne t'entendra. Le village, je l'ai inventé pour te rassurer, mais il n'existe pas. Personne ne viendra te chercher. Tu vas mourir de faim et de soif !

Aurélien sait que la fillette lui ment. Il entend le bruit d'une rue, les manœuvres de wagons dans la gare voisine, mais sans guide, il redoute de s'aventurer vers l'inconnu.

— Allez, fait Clotilde en s'asseyant, on va réfléchir. Si on était à Lourdes, on pourrait se promener sans risques. Des aveugles et des enfants malades du cancer, il y en a plein les rues, mais pas ici. Attendons la nuit.

L'ombre ne tarde pas. Clotilde cache ses douleurs d'estomac. Elle a mangé, certes, mais pas comme d'habitude et la ratatouille de la Patou lui met le feu aux entrailles.

Les lampadaires s'allument dans les rues au-delà de la ligne des platanes. La petite bourgade sombre dans la nuit avec ses bruits habituels, les volets qui se ferment, les gens qui rentrent chez eux. Aurélien ne bouge pas. Serrée contre lui, Clotilde s'est endormie. Lui, dans sa nuit perpétuelle, profite un instant de la chaleur de ce petit corps abandonné. Des éclairs sur l'horizon annoncent un nouvel orage.

Enfin, la tête bouge, les bras s'écartent, un bâillement avertit Aurélien que sa petite compagne se réveille. Il n'a aucune notion de l'heure.

Lui aussi a faim et soif. L'orage a dû éclater ailleurs, la fraîcheur les surprend tous les deux.

— J'ai froid ! dit Clotilde en ouvrant les yeux.

Elle a fait un rêve superbe, mais elle ne se souvient que du bonheur qui coulait en elle comme un bon sirop de fruits. Elle se dresse, fait quelques pas et revient vers Aurélien qui redoute d'être abandonné.

— La gare est tout à côté. On a eu de la chance de pas se faire repérer ! dit-elle en revenant vers l'aveugle. Maintenant, il n'y a personne, pas un chat !

— Promets-moi que, dès qu'il fera jour, tu vas m'emmener à la gendarmerie.

Clotilde hésite un instant, passe la main sur son crâne lisse et se décide :

— Puisque c'est ça, on y va tout de suite. C'est vrai qu'on ne pourra jamais aller à Lourdes tous les deux et qu'on a faim.

Elle prend la main d'Aurélien et l'emmène vers la lumière des quais vides. Sans prendre aucune précaution, la fillette marche en bordure de la voie vers la gare. En face d'elle, sur le quai, une grosse horloge lui indique qu'il est deux heures du matin.

Les néons éclairent un convoi arrêté. Tout à coup, Clotilde s'immobilise.

— Il va à Lourdes ! murmure-t-elle à l'oreille d'Aurélien. Regarde, c'est écrit sur cette feuille collée ici. Tu vois que le miracle est encore possible !

— Et alors ?

— Alors, c'est pas un train de voyageurs, parce

que je sais comment c'est fait les trains de voyageurs, c'est un train de marchandises qui va à Lourdes puisque c'est écrit.

Elle lâche la main d'Aurélien qui ne bouge plus, perdu sur ce quai.

— Qu'est-ce qui te prend ?

— Je reviens.

Clotilde grimpe sur un marchepied, tourne la lourde poignée de la porte coulissante. Le wagon est grillagé et la lumière des réverbères l'éclaire à l'intérieur. De la paille souillée qui répand une forte odeur d'urine couvre le plancher. La fillette revient vers Aurélien.

— C'est un wagon de bêtes et il est vide !

— Qu'est-ce que t'en sais, toi, que c'est un wagon de bêtes ?

— Mais, Aurélien, j'ai vu tout ça à la télévision. Je te dis que j'ai raison. Viens. Entrons dans le wagon qui va partir à Lourdes. Ça ne sent pas très bon, mais il faut savoir ce qu'on veut !

Elle guide l'aveugle jusqu'au marchepied et l'aide à monter en s'impatientant. Si quelqu'un les voyait ! Mais non, il n'y a personne hormis un chat qui traverse le quai en courant, comme s'il était poursuivi par un renard. Une fois à l'intérieur, Clotilde pèse de tout son poids sur la porte qui se ferme avec un bruit métallique propre à ameuter la terre entière.

Clotilde sursaute, découvre qu'elle s'est endormie contre Aurélien qui bouge, grogne, et enfin demande :

— On est où ?

La fillette émet un petit rire moqueur, se dresse en face d'Aurélien qui frotte ses yeux inutiles.

— C'est quand même malheureux ! Avoir oublié mes lunettes, j'ai l'impression d'être nu, de montrer aux autres ce que je cache tout le temps, comme si j'avais oublié mon pantalon !

Clotilde rit à gorge déployée, puis s'accroche à une barre verticale pour regarder à travers l'ouverture grillagée. Le convoi s'est ébranlé dans un bruit de ferrailles grinçantes. Un roulement lourd monte du plancher métallique couvert de paille et de crottin sec. Ils ne sentent plus l'odeur qui les avait surpris hier au soir en entrant dans le wagon. Clotilde regarde Aurélien d'un air amusé, comme s'il pouvait la voir.

— J'ai faim ! dit-elle, mais tant pis. On est partis !

— Mais où ?

Jamais Aurélien ne s'est senti aussi exposé.

L'appréhension l'oppresse. Où va-t-il ? Sorti de son environnement ordinaire que ses mains ou le bout de sa canne connaissent, confié à la fantaisie d'une gamine effrontée, il se sait suspendu au-dessus du vide, prêt à sombrer dans un enfer rempli de pièges inconnus, de trappes, d'obstacles. Les sons qui lui parviennent le terrorisent, frôlements gigantesques, grincements de montagnes qui s'entrechoquent.

— On est où ?

— J'en sais rien ! répond Clotilde. On doit être en route pour Lourdes !

— Qu'est-ce qui t'a fait dire ça ?

— C'était écrit sur le wagon. Je te dis qu'avant ce soir, tu auras retrouvé tes yeux !

Elle n'achève pas sa pensée, mais elle sourit en levant le regard au plafond de métal.

Ils se taisent. Le soleil monte et chauffe les tôles du wagon. Clotilde ne parle pas des douleurs qui parcourent son corps, elle se sent fébrile, mais cela n'a pas d'importance. Aurélien se tasse dans un coin. Avec François, il allait en confiance vers l'inconnu. Son ami était là pour renverser tous les obstacles, mais que peut-il attendre d'une fillette aussi perdue que lui ?

— Oublions tout ! murmure Clotilde. Dans quelques instants nous serons à Lourdes. Et tout s'arrangera. Je le sais. Aurélien, tu vas voir comme c'est beau de voir !

— Ce qui me tracasse, c'est François. Si les gendarmes l'ont arrêté, j'espère qu'ils ne l'ont pas mis en prison, parce que le coupable, c'est pas lui, c'est moi !

— T'occupe pas de lui ! Mais qu'est-ce que j'ai soif !

Depuis combien de temps le train roule-t-il ? Sans un mot, Aurélien se laisse aller à une somnolence agitée. Il a très soif, lui aussi, mais n'en dit rien. Il voudrait supprimer son corps pour n'être qu'un esprit avec des pensées immatérielles, l'abstraction totale où les contraintes quotidiennes disparaissent.

Et puis la peur grandit à chaque cahot du wagon, une peur irraisonnée qui l'étreint, l'écrase. Pourquoi s'est-il embarqué dans cette aventure sans fin qui n'aboutira pas ? Il a voulu vivre et demander à la Providence plus qu'elle ne pouvait lui donner et cela se retourne contre lui. Il est né aveugle parce que, depuis le commencement du monde, il doit être ainsi. Un chien ne devient pas chat parce qu'il en a envie. Pourvu qu'il reste aveugle ! Dès que tout cela sera fini, il acceptera de partir dans un établissement spécialisé et sa maison sera vendue. François viendra le voir au tout début, puis ses visites s'espaceront. Aurélien vivra oublié parmi les oubliés, plongé dans le vide d'une mort souhaitée qui n'arrive pas. Sa vie aura été inutile, mais c'est la volonté de la Providence. Le monde est ainsi fait : des êtres souffrent, se battent pour survivre, mais n'ont rien à espérer. Ils n'existent qu'en fonction des autres, pour une harmonie de l'ensemble, une félicité réservée à une minorité d'élus.

La chaleur les accable. Clotilde a ouvert sa chemise sur sa poitrine d'enfant. Aurélien sue à grosses gouttes. La fillette se tortille et soupire.

— J'ai envie de faire pipi ! dit-elle enfin.

Aurélien aussi a envie, mais il s'est retenu parce qu'il ne sait pas comment demander à Clotilde de le conduire dans un coin à l'abri des regards. Il profite de l'aubaine :

— Eh bien, fais !

— Là, dans le wagon ? Mais ça va sentir mauvais...

— Bof !

Le besoin est trop impérieux. Clotilde sait bien qu'Aurélien ne peut pas la voir, mais elle n'aime pas se laisser aller devant quelqu'un. Le wagon est trop grand, elle a l'impression de se trouver au milieu de la place de Morsac. Finalement, elle se tasse dans un coin. Ce besoin satisfait, la soif lui semble moins cruelle.

Le train s'arrête enfin dans un bruit aigre, manœuvre. Clotilde lit TARBES sur un panneau, un nom qui ne lui dit rien. Aurélien ne bouge pas. Assis dans son coin, il se laisse aller à un destin qu'il abandonne aux autres. Toute sa vie, il n'a été qu'un galet emporté par l'eau du temps et le bon vouloir de ceux qui voyaient à sa place. Sa dépendance se transforme en regrets. Pourquoi n'a-t-il pas épousé Charlotte ? Parce qu'elle était aveugle comme lui, qu'ils ne pourraient jamais se voir et n'exister que dans le toucher, la parole, la présence. Deux monstres irréels dans le même lit ! Lui, a toujours rêvé d'une compagne avec des yeux, capable de le voir, de lui parler du monde, comme Maria, la servante portugaise qui lui faisait don de son corps quand Mme Lecomte était à la promenade. L'aveugle rêvait de ravir une femme au clan des bien-voyants, de s'implanter dans leur monde, s'y imposer par la séduction. Mais il n'a jamais su parler aux femmes. Il doit être d'une laideur totale, mais qu'est-ce que la laideur ?

Clotilde s'est plaquée contre la paroi surchauffée pour écouter les conversations sur le quai ; elle ne comprend rien et se hisse sur les rebords des traverses pour regarder par l'ouverture entre les barreaux. Le convoi repart, traverse une gare encombrée et poursuit sa route entre les maisons puis dans un dédale de montagnes dont elle ne voit pas les sommets. Le train roule ainsi longtemps et s'arrête de nouveau le long d'un quai désert.

Une pendule lui indique qu'il est six heures du soir. « Déjà ! » pense-t-elle. Comment le temps a-t-il pu passer aussi vite, sans qu'elle en ait eu conscience, et comment a-t-elle pu oublier la faim et la soif ? Elle doute : la pendule est probablement en panne. Pourtant, le soleil descend sur les arbres, les ombres s'allongent, des ombres du soir. En se tortillant, elle réussit à lire ce qui est écrit sur le panneau du quai : OSSUN. La fillette n'a jamais entendu parler de cette ville. Elle descend de son perchoir, s'approche d'Aurélien qui ne bouge pas, en proie au feu qui le dévore. Sont-ils dans la direction de Lourdes ?

— Aurélien, tu connais Ossun ? C'est écrit sur le panneau.

— Ossun ? Non, je ne connais pas. Et puis, qu'est-ce que ça change ? Toutes les villes se ressemblent ! Il faut que nous sortions de là. Conduis-moi dehors. Je n'en peux plus !

Elle non plus ne se supporte pas. Son corps est parcouru de picotements désagréables, son estomac brûle. La bouche pâteuse, elle est épuisée, mais se fait une raison :

— Écoute, Aurélien, on est presque arrivés, il faut patienter. Nous allons sortir dès qu'il fera nuit !

Elle se pelotonne contre lui et ne bouge plus. Aurélien s'est habitué à ce contact qui accélère son cœur ; il y trouve la patience d'attendre encore. D'ailleurs que n'a-t-il fait tout au long de sa vie ? Attendre d'un endroit à l'autre, toujours le même, comme si toutes les années depuis sa naissance n'avaient été que l'antichambre d'une vie à venir ? Ce soir, il sent le petit front moite contre la peau de son cou. Il voudrait s'arrêter de respirer pour profiter de l'instant, pour lui donner une dimension d'éternité. Alors il cesse de penser, entier à ce bonheur qui ne durera pas, celui de toute une humanité enfin réconciliée avec elle-même.

— Aurélien, tu dors ?

Il secoue la tête.

— Moi non plus, je ne peux pas. J'ai trop mal partout. Maintenant, il fait nuit, je vais regarder dehors. Ce sera le moment de sortir.

Elle se dresse de nouveau sur son promontoire. Le quai est désert. Plusieurs rues partent d'une place et, au milieu, une fontaine. Boire ! Enfin de l'eau, même avec le mauvais goût de moisi. Elle ne l'avait pas vue tout à l'heure et s'en étonne.

— Aurélien, tu sais quoi ?

— Je sais que tu fais ta petite intéressante, mais ça me plaît bien.

— Je t'ai pas dit la vérité : on joue dans un film ! Il y a autour de nous des caméras. On m'a interdit de te le dire pour que tu sois plus vrai. On me fait signe, tu vas rester là. Pendant que je vais chercher à boire, surtout ne fais pas de grimaces, sinon il faudrait recommencer.

— Et si le train s'en va ?

— C'est un faux train. La fontaine a été placée là pour que j'aille chercher à boire, parce que c'est moi qui ai le rôle principal.

Elle pousse la lourde porte, saute sur le quai. Le silence de la nuit est ponctué de bruits lointains, accélérations de moteurs, aboiements de chiens… Clotilde, toujours prudente, plaquée contre le wagon, regarde le long quai vide. Puis, elle court vivement jusqu'à la fontaine, plonge ses mains dans l'eau fraîche, porte le précieux liquide jusqu'à sa bouche. Elle se penche sur le jet et boit à pleine bouche. C'est froid, glacial, c'est bon. Elle voudrait se remplir d'eau. Enfin, elle dresse la tête, regarde de nouveau autour d'elle. La place est toujours vide. Bien dans son rôle, la fillette court jusqu'aux marches qui conduisent au bâtiment central de la gare. Au bord du trottoir, une grosse poubelle attend les éboueurs. Clotilde s'en approche à la recherche d'une bouteille vide pour apporter à boire à Aurélien. Elle aperçoit des demi-baguettes de pain. Elle prend l'une d'elles, constate que c'est un sandwich, probablement du surplus jeté par un marchand. Elle y mord, c'est bon, revigorant. Pas un instant elle ne pense qu'on peut la voir. Elle plonge ses bras parmi les immondices, épluchures d'oranges, mégots, croissants grignotés, trouve enfin une bouteille de bière. Elle prend deux morceaux de pain et court remplir la bouteille à la fontaine. Elle revient au wagon, pousse la porte, tout à coup transportée d'avoir réussi un acte d'audace dont elle se croyait incapable. Au fond, elle n'a pas beaucoup de mérite, puisque c'est pour le cinéma.

— Aurélien, je t'ai trouvé de l'eau. Et aussi à manger !

— Mais comment tu as fait ? Tu vas pas me dire que tu as volé…

— Non, il y a une fontaine sur la place et des sandwichs que le marchand a jetés.

Aurélien prend la bouteille qu'il porte à ses lèvres et boit longuement. Puis il tend la main sur laquelle Clotilde pose le sandwich.

— C'est bien ! dit-il, mais nous devons sortir d'ici. J'ai encore soif !

— Bon, je vais encore te chercher de l'eau, ne bouge pas !

Elle s'est prise au jeu du cinéma. Elle pousse de nouveau la porte et court jusqu'à la fontaine en imaginant sa silhouette sur un grand écran. Ce n'est qu'à son retour qu'elle se dit que quelqu'un l'a peut-être repérée. Elle reste un long moment à la porte entrebâillée puis, ne voyant personne, se rassure.

— C'est encore de l'eau ? fait Aurélien avec un air dégoûté. Tu veux me noyer ! Tu peux pas leur dire à tes gens du cinéma que je n'aime que le vin !

— Ah, toi, il faut toujours que tu compliques tout !

Rassasiés, Aurélien et Clotilde s'endorment de nouveau l'un près de l'autre. Tout à coup, ils se réveillent en sursaut. Le train roule lentement avec ses bruits réguliers de roues frottées contre les rails. La nuit est encore très sombre.

— Qu'est-ce qui se passe ? demande Aurélien.

— Le train est parti ! Je ne sais pas où il va, mais il roule !

— Je te dis qu'il faut se montrer ! Nous n'irons jamais à Lourdes !

— On va bien voir !

Le temps passe, ponctué par des bruits métalliques qui fusent, perçants. Aurélien qui a perdu toute notion du temps laisse aller sa lourde tête aux cahots. Le pain qu'il a mangé plombe son estomac. Il pense à sa grande maison dont il apprécie le silence, aux pièces sans surprise où il peut se mouvoir, vivre comme tout le monde, s'asseoir à son piano. Clotilde ferme les yeux ; jouer dans un film ne l'amuse plus. Tout à coup, l'envie de voir sa mère, de se serrer contre sa poitrine lui noue la gorge.

Elle a de nouveau soif et faim. Elle rêve d'un grand bol de lait avec du pain bien frais, de la confiture, elle s'imagine sur sa chaise, en chemise de nuit, devant son bol fumant. Sa mère est là ; elles vont partir toutes les deux à l'école. Son père est au travail ; depuis longtemps, le matin n'était agréable que sans son père. Le samedi et le dimanche, quand il était avec elles, rien ne se passait comme les jours de semaine. Tendue, maman n'employait pas les mêmes mots, n'avait pas les mêmes regards. Pourtant, c'était bien : Clotilde allait s'habiller et, s'il faisait bon, allait jouer dans le jardin. Les fées et les papillons lui faisaient une escorte jusqu'à la balançoire.

Le train s'arrête. Une fois de plus Clotilde et Aurélien sont brusquement tirés de leur torpeur. Clotilde court à la porte, grimpe sur les barres métalliques, regarde par la petite ouverture. Le train s'est arrêté en gare, un peu en retrait du quai où se trouve une multitude de voyageurs. Elle regarde au loin, aperçoit la flèche d'une grande église, puis, sur le petit panneau, lit le mot magique tant attendu : LOURDES. Son visage s'éclaire.

— Aurélien, ça y est !

— Quoi ? Tu vas pas me dire que…

— Si, on est à Lourdes. Tu vois que j'avais raison. Tu vas bientôt voir de tous tes yeux !

Le visage d'Aurélien grimace un sourire forcé.

— Tu dis qu'on est arrivés ?

— Oui !

Il se tait. Ses lèvres se plissent, il tend les mains devant lui, puis les ramène sur sa figure comme pour se protéger. La peur qui l'habite depuis quelque temps se précise, devient panique.

— J'ai peur !

Clotilde se plante devant lui, les bras croisés, les yeux durs.

— Tu as peur ? Mais de quoi ? Tu vas voir comme tout le monde, tu vas enfin pouvoir marcher en regardant autour de toi…

— Justement, j'ai peur de voir. Finalement, je suis bien comme ça, entouré de rien. Toutes ces choses qui vont me sauter à la figure ! Je vais être pire qu'un étranger. Il va falloir que j'apprenne à mettre un nom sur chaque chose. Non, c'était pas une bonne idée de venir à Lourdes. C'est pas avec Dieu que j'ai rendez-vous, c'est avec le diable !

— Aurélien, tu deviens fou ?

Il se tait un long moment, s'absorbe dans des pensées qui plissent son front. Clotilde pose la main sur sa joue froide.

— Aurélien, qu'est-ce qui te prend ? Tu sais que tu m'agaces sérieusement !

— Peut-être, mais c'est comme ça !

Il se dresse à son tour, tend les bras dans un réflexe de défense. Clotilde qui est retournée à son observatoire revient vers lui :

— Un train de voyageurs vient d'arriver et il y a beaucoup de gens qui descendent. Il faut qu'on réussisse à se mêler à eux, mais on doit faire un peu de chemin à découvert. Tant pis, on tente !

Elle prend la main d'Aurélien, ouvre la porte. La fillette découvre qu'elle ne peut rejoindre la foule qu'en traversant les voies. Elle s'engage dans ce chemin dangereux.

— Lève les pieds, Aurélien, il faudrait pas que tu tombes !

Il s'exécute, dans une démarche grotesque.

— Mais pas aussi haut, idiot ! On n'arrivera jamais !

Clotilde est de nouveau dans son film et tout devient facile. Des centaines de personnes la regardent, admirent son talent d'actrice. Elle s'arrête un instant derrière le dernier wagon qui se vide d'une foule bigarrée. On descend des invalides sur leur fauteuil roulant, des malades sur des civières. Clotilde inspire profondément et dit en tirant sur la main d'Aurélien :

— On y va !

Une marche sur le bord du quai permet de sortir de la voie encaissée. Elle doit s'arrêter pour aider Aurélien à franchir l'obstacle. Personne ne les a remarqués. Ils se mêlent à la foule. Des regards se posent sur ce curieux couple, un jeune garçon sans cheveux, donc cancéreux, donnant la main à un aveugle. À la sortie, une femme les accoste :

— Faut-il vous aider ? Où est votre accompagnateur, car vous n'êtes pas venus seuls ?

Clotilde réfléchit, bredouille, puis dit clairement :

— C'est maman qui nous accompagne. Elle est partie chercher à boire. Elle va revenir bien vite.

— Parfait. Si vous avez besoin de quelque chose... Je suppose que vous allez à la grotte ?

— Oui, c'est ça ! dit la fillette.

La femme aborde un autre groupe. Aurélien et Clotilde poursuivent leur chemin, emportés par la multitude.

— On y va ! dit Clotilde sans lâcher la main d'Aurélien. Un panneau indique la direction à suivre. Et puis, on va faire comme les autres !

Ils marchent au milieu des centaines de visiteurs qui se dirigent vers la grotte. Ils longent d'abord l'avenue de la Gare, arrivent à un grand carrefour que traversent les groupes de piétons, puis le boulevard de la Grotte. Aurélien renâcle, terrorisé, il voudrait faire demi-tour.

— Dépêche-toi. Avec tout ce monde, on sera aux dernières places !

— Ça n'a pas d'importance. J'ai plus envie d'y aller !

— Tu vas pas me casser les pieds ! fait Clotilde en tirant sur le bras d'Aurélien.

Ils passent un grand pont sur une rivière aux eaux claires, puis arrivent à une immense esplanade remplie d'une foule dense. Une haute statue de la Vierge leur adresse son sourire rassurant. Le soleil est chaud entre les murs de la montagne. Clotilde joue des coudes et tire Aurélien. Ils arrivent à l'entrée de la grotte. Un haut-parleur diffuse ses recommandations :

— Les groupes avec handicapés sont invités à attendre sur la droite de l'escalier. Les gens seuls, les pèlerins d'un jour, doivent se présenter au forum. Tous les renseignements utiles leur seront donnés. Des accompagnateurs sont à leur disposition…

— Qu'est-ce qu'on fait ? demande Clotilde. Regarde, les gens y vont sans rien demander à personne. On va faire pareil, viens !

Elle entraîne Aurélien vers l'entrée de la grotte, le cœur battant, certaine que quelque chose d'important va se passer. Des malades prennent de l'eau à une rangée de robinets. Un peu plus loin, en dessous d'une autre statue de la Vierge, l'eau miraculeuse coule entre ses lèvres de rocher.

— On y est ! souffle-t-elle à Aurélien. Ne bouge pas, la statue te regarde et je vois son sourire. Elle est avec toi, Aurélien, ouvre les yeux !

— Non, je ne veux pas ! murmure-t-il, le visage

contracté, comme s'il avait très mal. Je ne veux pas voir ! J'ai peur, je te dis !

— Aurélien, tu me casses les pieds !

Il tremble, claque des dents. Il a dû faire tout ce chemin pour comprendre qu'il ne voulait pas être comme tout le monde. C'est trop tard pour s'habituer, pour renaître !

Une poigne lourde s'abat sur son épaule. Clotilde se tourne vivement. Des policiers les encadrent.

— Lecomte, tu es pris !

— Qu'est-ce qui se passe ? Qu'est-ce qu'on me veut ?

Aurélien tourne autour de lui sa tête d'aveugle tandis que le policier le tient fermement par le bras. Un autre s'empare de Clotilde.

— Il t'a rasé les cheveux pour pas qu'on te reconnaisse, n'est-ce pas ?

La foule s'est écartée. À l'entrée de la grotte, au milieu des pèlerins, trois voitures de police sont arrêtées, gyrophares clignotant. Une dizaine d'hommes en uniforme tiennent les curieux à distance.

— C'est la gamine kidnappée et l'aveugle qu'ils viennent de retrouver ! Vous croyez qu'ils avaient besoin de tant de monde ?

Danielle observe Jean-Paul. Son visage a changé, sa peau est plus claire, sans cette couleur rougeâtre qui déplaisait à la jeune femme ; ses joues ont perdu leur rondeur molle, son regard s'est aiguisé. A-t-il réellement cessé de boire ? Est-ce sa peine qui l'embellit ? L'inconnu qu'il est devenu depuis leur séparation l'intrigue. Qu'ont-ils fait ensemble sinon de découvrir leurs différences ? Ne l'avait-elle pas choisi pour s'opposer à sa mère ? Danielle repense, dans cet instant de grande fatigue, à la petite fille qu'elle a été. Seule, sans cette sœur qu'elle avait tant demandée. Seule dans cette maison qui respirait l'ennui, contrainte par une Marguerite si sûre d'elle, oubliée par un Gaston qui ne pensait qu'à son garage, à ses moteurs malades. Elle rêvait, la petite Danielle, en errant des berges du Loir à la rue, elle s'était construit tout un monde à sa taille. Ce matin, en face de Jean-Paul, elle a conscience de tout ce temps perdu, ces années qui ne reviendront pas. Elle est au fond de son inutilité.

Les heures se succèdent sans consistance, infinies et en même temps si courtes. Cela fait combien de jours que cette maison est plongée dans l'attente ? Il y a eu l'espoir au moment de l'arrestation de François Garcin, et l'horreur quand les policiers ont retrouvé les vêtements de la fillette accrochés aux branches basses. Puis plus rien ; les enquêteurs n'ont relevé aucun signe de sévices, pas plus dans le fourgon du ravisseur que dans la forêt voisine. Pourtant, l'attente ne peut être que celle qui précède l'annonce d'un drame.

Garcin clame son innocence, mais à Morsac tout le monde le sait coupable : il a abusé de Clotilde avant de la tuer et de tuer Aurélien. C'est tellement simple, tellement évident malgré l'absence totale de preuves que, malgré la pression de la presse qui veut offrir un coupable idéal à la vindicte populaire, le juge Purrec, chargé de l'enquête, en doute et poursuit les recherches qui restent vaines depuis deux jours.

Le village de Morsac est écrasé de douleur et de révolte. Les habitants se sentent tous responsables d'avoir laissé en liberté un monstre parmi eux. Ils se rassemblent spontanément sur la place devant l'église, dans la grande rue principale, silencieux, accablés et prompts à s'en prendre aux journalistes qui ne cessent de les questionner et de filmer ce lieu jusque-là oublié du monde.

Paule n'est pas revenue, comme elle l'avait promis, ne voulant pas imposer sa présence à Danielle et Marguerite. Elle redoute d'être prise à partie par ses anciens voisins qui n'ont pas oublié sa liaison avec le pervers. Elle reste persuadée de l'innocence de François, mais comment le dire sans risquer de se faire lyncher ? Elle s'est enfermée dans son petit appartement à Châteaudun, refusant de répondre au téléphone. Elle se sent tout à coup complice, elle-même coupable de l'acte le plus atroce.

Danielle et Marguerite ressentent son absence comme une trahison, la preuve de la culpabilité de Garcin. Marguerite serre les poings, son pas lourd fait trembler le plancher et les meubles. Danielle n'a plus de forme, toute sa personne est un fruit pourri.

Gaston est sorti. Contrairement à Marguerite et Danielle, l'homme ne peut rester dans cette cuisine où il n'est pas à sa place. Il a besoin de la solitude de son atelier où les voisins et les clients, respectueux de sa douleur, ne viennent pas le déranger. Là, il ne fait rien, il tourne en rond autour de ses pièces mécaniques, ses véhicules éventrés, ses tondeuses à gazon qui attendent une révision avant les premières coupes. Il ne pense pas. Tout son esprit est muré dans la torpeur douloureuse de l'indécision. Les moindres bruits le font sursauter, il voudrait tant savoir, pourtant il n'écoute pas sa petite radio. L'ignorance de ce qui se passe laisse ouvertes toutes les issues et l'espoir. De temps en temps, il revient à la maison, espérant apprendre quelque chose, mais personne ne le regarde. Ses allées et venues agacent, il le comprend, mais ne peut faire autrement. Le mouvement l'apaise, la vue de ses outils, des machines à réparer, le remettent à sa place. Le silence des murs en parpaing le calme.

Danielle se lève, fait deux pas vers la fenêtre pour échapper à la présence de sa mère, énorme, occupant tout l'espace, et de Jean-Paul dont le mutisme crie ses reproches… Elle tourne le bouton de la radio branchée sur France Info. Et ce qu'elle entend la laisse de marbre, le bras levé, la main entrouverte, le souffle coupé, les yeux posés sur cette boîte de plastique qui capte les voix du monde.

— La police vient enfin de retrouver la petite Clotilde à Lourdes. La fillette, saine et sauve, a été hospitalisée pour un examen complet. Lecomte a été écroué pour les mêmes motifs que son complice.

Une bombe vient d'éclater. Danielle reste pétrifiée, figée, comme au premier instant quand elle a appris la disparition de sa fillette. Marguerite pousse un cri qui libère sa grosse poitrine de la dalle qui la comprimait depuis tant de jours. Jean-Paul ne bronche pas. Il s'en veut de penser que l'entracte est terminé, que Danielle va repartir chez Alain. Il va la perdre une deuxième fois et ce qui devrait être une grande joie lui fait très mal !

Danielle se tourne enfin, regarde sa mère en premier et se jette dans ses bras. Elle est tout à coup vide de toute force, de sa chair, de son corps. Les larmes roulent sur ses joues et se mêlent à celles de la vieille femme, des pleurs retenus jusque-là dans l'attente. Rien n'a changé : elle ne hait plus Marguerite, ce sentiment est réservé aux situations difficiles.

— Enfin ! triomphe-t-elle. Quand je vous le disais…

Le téléphone sonne. Ce sont les Martin qui

appellent pour participer au bonheur général, puis les sœurs Robin. Danielle répond et bredouille quelques mots, raccroche quand la sonnerie retentit de nouveau. Cette fois, elle débranche le téléphone. Gaston revient de son atelier. Il comprend, son visage s'éclaire. Il n'y croyait plus ! Il ne dit rien, ne se répand pas en sanglots comme Marguerite, il sourit et sort de nouveau : tout est rentré dans l'ordre, ce qui se passe dans cette maison ne le concerne plus. Tout à coup, il se dit que tant de machines attendent ses soins ; enfin, la vie continue…

Danielle se sépare de sa mère. La fatigue l'écrase, elle voudrait dormir une éternité, suspendue à son bonheur qu'elle sait passager, ne plus penser à toutes les questions sans réponses qui reprennent le chemin de l'oubli. Jean-Paul, à côté d'elle, veut affirmer sa présence car il a le sentiment d'être tenu à l'écart :

— Viens. Nous allons au commissariat. Ils vont nous donner plus de détails. C'est quand même un comble qu'on soit informés par la radio !

Danielle a envie de bouger, de sortir de cette maison qui sent tout à coup le vieux meuble et l'air confiné. Elle va à la porte, puis se tourne vers Jean-Paul, quand son portable sonne. Quelques notes de Beethoven qui semblent ridicules dans leur insistance, dans un rôle qui n'est pas le leur. Danielle sursaute. Très peu de gens ont son numéro de portable. Elle regarde qui l'appelle et reconnaît le numéro d'Alain. Jean-Paul a compris le sens du regard furtif de son ancienne femme et ne bronche pas, même si un picotement lui parcourt la peau des mains. Danielle hésite un court instant, puis porte l'appareil à son oreille droite.

— On ne sait rien de plus. On a appris la nouvelle à la radio. On se rappelle plus tard.

Elle range le petit téléphone, prend sa veste posée sur le rebord d'une chaise. Jean-Paul lui tient la porte, elle sort, découvre tout à coup le printemps, le chant des oiseaux qui ne l'atteignaient pas dans sa torpeur douloureuse, la rue, les collines voisines. Elle comprend combien il y a de bonheur à respirer, à se savoir vivante, à regarder autour de soi. Regarder ! Aurélien, lui, est privé de regard depuis toujours, puni à vie, condamné avant d'avoir commis la moindre faute, mais a-t-il conscience de ce qu'il perd ? Jean-Paul devine ses pensées. Lui aussi pense à Aurélien avec qui, en d'autres temps, il a aussi vidé quelques flacons. Il ne comprend pas ce qui s'est passé et se dit que l'aveugle est inoffensif. Clotilde aurait pu lui fausser compagnie si elle l'avait désiré. Non, Aurélien n'est pas coupable, il ne peut pas l'être !

— Je suis certain qu'Aurélien n'a commis aucun acte grave envers Clotilde. Pas plus que Garcin qui n'est pas un mauvais homme !

Cette phrase met Danielle en face d'un aspect volontairement occulté du caractère de sa fille : sa perversité, un comportement qui n'est pas de son âge ; Clotilde n'est contente que lorsqu'elle se frotte à un homme…

Elle monte en voiture, claque la porte, se trouve tout à coup isolée du monde dans ce petit habitacle avec Jean-Paul, et tout ce qu'ils ne se sont pas dit afflue à son esprit. Un barrage se rompt ; l'eau boueuse la submerge.

— Je te le répète, fait-il. Depuis la disparition de Clotilde, c'est-à-dire sept jours, je n'ai pas bu un seul verre de vin. Et je n'en boirai plus jamais !

Danielle hausse les épaules, secoue la tête comme si elle n'avait que faire de cette déclaration d'amour qui vient trop tard. Jean-Paul peut se noyer dans le vin s'il veut, cela n'a plus d'importance, elle ne changera pas de cap. Alain l'attend, Alain avec son corps musclé, tellement plus agréable à caresser que le corps anguleux de Jean-Paul, Alain qui sait la faire jouir et fait de la vie quotidienne une suite légère de petits événements agréables !

— Tu fais comme tu veux ! précise-t-elle pour bien lui signifier que leurs vies sont définitivement séparées, puis elle ajoute : C'est vrai que c'est mieux pour ta santé !

— J'ai réfléchi pendant tout ce temps, poursuit Jean-Paul. Non pas à nous, mais à Clotilde. Nos bêtises sont la cause de sa fugue parce que ce n'est qu'une fugue, pas un enlèvement !

— Qu'est-ce que t'en sais ? demande Danielle en se tournant vivement vers Jean-Paul, blessée par cette constatation qui la remet en cause.

— J'en suis certain. J'ai compris et j'en tire les conséquences. Tu pourrais croire que j'ai arrêté de boire pour que Clotilde penche de mon côté dans ce qui nous sépare. Mais non, c'est pour moi seul, pour mieux vivre, parce qu'il n'est pas possible d'aller vers les autres sans se regarder en face et sans en tirer les conclusions, aussi accablantes soient-elles !

Danielle regarde la route, mais ne perd rien de ce que lui dit Jean-Paul. C'est bien la première fois qu'il lui parle de la sorte, avec autant de vérité et de force.

— Quand on ne recule pas devant soi-même, tout devient facile ! ajoute-t-il en se garant devant le commissariat de police.

Danielle sort sans un mot. La présence de Jean-Paul dont elle détestait l'insignifiance devient tout à coup écrasante. Lui qu'elle chargeait de tous les torts se pare de l'accent profond de la sagesse, de la force, de la raison. Le voilà devenu un homme et en même temps un étranger qu'elle redoute de connaître.

Ils entrent dans le commissariat. On les attendait. Pardaux a téléphoné chez Marguerite. Tout le monde a le sourire, l'accueil est chaleureux.

— Cette fois, dit le commissaire, le cauchemar est bien fini. Clotilde va bien. À part un tout petit détail, vous la retrouverez comme vous l'avez vue pour la dernière fois !

— Un petit détail ? demande Danielle, anxieuse.

— Oui, Lecomte l'a rasée. Elle n'a plus un cheveu sur la tête.

— Mais c'est horrible !

— Les cheveux repousseront ! tranche Jean-Paul. Qu'est-ce que Lecomte a dit dans sa déposition ?

— Rien pour l'instant. Nous sommes en train de l'interroger. N'ayez aucune crainte, on lui fera cracher le morceau.

— Et..., demande Danielle en baissant la tête. Sait-on si elle a subi des sévices d'une autre nature ?

— Elle va être examinée par un médecin, puis interrogée par un psychologue et un juge spécialisé dans ce genre d'affaire. Ce que l'on peut dire pour l'instant, c'est qu'elle ne semble pas traumatisée. Rassurez-vous, elle vous sera rendue au plus tard demain soir !

Aurélien passe la main devant ses yeux comme si la lumière intense le gênait. Il tapote du plat de la paume ses cheveux en broussaille. On a pris sa casquette et il se sent nu, offert aux regards moqueurs des autres. La casquette, quand il n'a pas de lunettes, c'est le rideau de l'aveugle, derrière lequel il cache ses orbites creuses, ses yeux sans expression, le manque de vie de son visage d'un gris sale. Il entend les pas des policiers qui marchent dans la pièce sonore, il sent leurs regards soupçonneux posés sur lui et les questions fusent comme autant de coups de lance.

— Avec ton copain, vous aviez envie de chair fraîche. Après avoir vidé vos bouteilles, il fallait bien se distraire, n'est-ce pas ? La petite, vous ne l'avez pas enlevée, vous l'avez attirée dans un guet-apens !

Il est pitoyable sur son siège de bois usé par tant de prévenus, sans ceinture, sans lacets à ses chaussures qui bâillent. La tête basse, il se tait.

— Tu vas parler ou quoi ? Alors, qu'est-ce qu'elle faisait la gamine avec toi ? Tu la tripotais ?

Aurélien ne bronche toujours pas. Son esprit

est ailleurs, loin de ce corps de pierre, ramassé sur lui-même, une souche de vieux bois.

— Dis donc, toi, tu ne vas pas te moquer de nous ? s'exclame le policier. Avoue que tu as touché la gamine, elle l'a dit !

Aurélien a un imperceptible mouvement de la tête, juste assez pour que les policiers estiment qu'il est sur le point de craquer.

— Donc, tu as promené tes sales mains sur son petit corps et tu y as trouvé beaucoup de plaisir ! Avoue !

Mais Aurélien ne parle pas. D'ailleurs, il n'entend pas l'homme dressé devant lui. Il pense au bleu du ciel ouvert comme une porte sur un paradis à venir.

— Puisque monsieur fait le délicat, précise le policier, monsieur peut-il nous expliquer pourquoi il a faussé compagnie à son ami en emmenant la fillette ?

L'homme prend Aurélien toujours muet par les épaules et le secoue violemment, puis il recule, tout à coup impressionné par les yeux vides qui viennent de s'ouvrir et semblent le fixer avec leur immobilité de mort.

— Laissez-le tranquille ! fait une voix pleine d'autorité et moins agressive. Vous voyez bien qu'il ne peut rien dire !

Le commissaire de police s'approche d'Aurélien et lui dit :

— On reprendra cette conversation plus tard, tous les deux !

Un policier lui touche l'épaule et lui demande de se lever. Il le conduit dans un lieu où chaque bruit éclate, s'amplifie et fait mal aux oreilles d'Aurélien qui traîne ses chaussures sur les dalles et avance de son pas hésitant.

— Compte tenu de ton état, on ne va pas te mettre en cellule avec des méchants. Ici, il n'y a pas de place pour les handicapés. Tu seras avec Pinpin. Un homme tout ce qu'il y a de plus normal, il a simplement un peu trop corrigé sa femme qui dépensait tout ce qu'il gagnait. Elle en est morte !

La main sûre du policier arrête Aurélien au bout d'un interminable couloir qui n'en finit pas d'amplifier les bruits. Un grincement de grosse clef qui tourne, une porte s'ouvre.

— Pinpin, je t'amène un copain. Tu seras gentil avec lui. C'est pas un mauvais gars, mais il a un petit handicap.

— Je veux personne ! s'écrie une voix grave et éraillée. C'est quoi, ce pékin ?

— Un toucheur de petite fille !

L'autre éructe, dégoûté.

— Mets ça ailleurs. Les raclures de pot de chambre me donnent des vapeurs.

— Fais pas ta tête, on n'a pas de place ailleurs !

La main toujours énergique pousse Aurélien dans une pièce qu'il ressent étroite. De nouveau le grincement de ferraille, des pas s'éloignent et une présence lourde près de lui. Aurélien n'ose pas bouger, tellement cette présence a une force brutale prête à l'écraser. Il l'entend bouger, s'approcher, le regarder avec intensité et cela le brûle.

— Mais, ma parole, tu es miro !

De nouveau le silence et l'homme qui marche

dans la pièce sans cesser de l'observer. Aurélien a mal partout, mais à cette heure, après les mortifications endurées, il ne sait plus se défendre. Il se donne au courant qui l'emporte vers la fosse à purin.

— Alors, comme ça, même miro, tu sais te servir de tes mains pour déshabiller les petites filles et comme tu ne vois rien, tu touches avec ce que je pense !

Aurélien baisse la tête. Il est loin d'ici, dans sa maison, il marche vers son piano pour lui raconter le fond de sa solitude qui ne peut s'exprimer avec les mots.

— Tu n'as pas fini d'en baver, mon vieux. Même aveugle, tu n'y échapperas pas ! Ici, il y a un code d'honneur. Si tu as tué ou volé, c'est plutôt bien vu, mais les violeurs de petites filles, on leur casse la gueule !

Aurélien sent l'haleine pourrie de Pinpin sur son visage, mais ne bronche pas. Un violent coup au bas-ventre lui arrache un cri. Il tombe au sol, son front heurte le pied de la table en bois blanc. Une terrible douleur part de son sexe et irradie tout son corps. Un rire gras l'enveloppe, comme un linceul.

— Là, tu fais pas le malin ! s'exclame Pinpin. C'est plus facile avec les petites filles terrorisées. Mon salopard, tu vas comprendre ta douleur !

Un deuxième coup de pied lui fracasse les reins, puis un autre, puis une bourrade de coups de poing sur la figure. Aurélien se débat, tente de se protéger, gesticule comme un gros insecte tombé sur le dos ; ses bras battent dans le vide. Ses cris percent le rire puissant de Pinpin qui s'acharne sur sa victime au sol.

Des pas s'approchent, la porte s'ouvre brusquement. Les coups cessent.

— Pinpin, qu'est-ce qui te prend ? Tu vas laisser ton camarade tranquille !

— Cette ordure, tu veux dire ? Ce pou qui pue ? La vermine, il faut l'écraser !

— Il est aveugle, il peut pas se défendre !

— Et la gamine qu'il a violée, elle pouvait se défendre, peut-être ?

— Voilà que tu deviens moral ! C'est un comble !

La porte se ferme de nouveau, les pas s'éloignent ; le poids de la respiration bruyante de Pinpin devient souverain.

— T'en fais pas, mon salaud ! On se retrouvera ! Et on te fera la peau, tu peux en être sûr !

À Morsac, les gens se sont rassemblés spontanément dans la rue principale. Bras dessus, bras dessous, les sœurs Robin se sont mêlées aux badauds. Un cordon de gendarmerie se tient en face de la foule, prêt à contenir tout débordement. D'autres interdisent aux curieux l'accès du chemin qui conduit de la rue principale à la maison isolée de François Garcin.

— Ils l'ont relâché ! s'exclame la coiffeuse à ses apprenties. C'est quand même un comble !

— Et il va arriver ! Et sans honte, comme si c'était un héros !

— Mais enfin, que se passe-t-il ? demande le gros M. Cinquant, sorti de son étude notariale où il passe sa vie au milieu de dossiers qui relatent toute l'histoire des propriétés de Morsac.

— Voyons, maître, cela se voit que vous ne sortez jamais ! Enfin, il paraît qu'ils ont relâché Garcin. Après ce qu'il a fait ! Si la justice ne veut pas faire son travail…

— S'ils l'ont relâché, c'est qu'il est innocent, un point c'est tout. On ne peut sûrement pas dire la même chose de Lecomte ! Celui-là, ils ne le relâchent pas. Mais a-t-on des nouvelles de la petite ?

— Clotilde ? Bien sûr ! Le monstre l'a rasée ! Elle va arriver dans la soirée chez sa grand-mère. Quel soulagement pour ses parents et tous les siens ! Enfin, cela se finit moins mal qu'on le craignait !

Un homme visiblement aviné s'écrie :

— Les flics sont là pour protéger le salopard ! Mais on attendra qu'ils soient partis pour lui faire sa fête !

Tout à coup, un remous parcourt la foule. Des motards demandent aux gens de s'écarter, ce qu'ils font de mauvaise grâce. Le fourgon Établissements Garcin et Cie arrive, salué par des cris de protestation. Au volant, François tente de se frayer un chemin dans la multitude.

— Salaud ! En prison !

Les gendarmes s'opposent à la vague déferlante. Des pierres volent, tombent sur les tôles du véhicule. L'une d'elles touche le pare-brise. François qui ne peut aller plus loin s'extirpe de son fourgon, protégé par les hommes casqués, armés de boucliers et de matraques. Il court chez lui, se barricade. La porte n'était pas fermée à clef.

— On aura ta peau ! T'en fais pas, tu ne perds rien pour attendre !

On veut tout lui faire payer à la fois : sa paresse, son ivrognerie, son franc-parler et sa belle allure. L'escapade avec la petite Clotilde en est l'occasion. Ah, s'ils avaient été à sa place, ceux qui crient et lancent des pierres, ils auraient su faire proliférer l'entreprise familiale au lieu de vivre comme un bohémien !

Quelqu'un se dégage de l'attroupement dont les cris perdent de leur intensité et qui recule sous la pression des gendarmes qui ont repris la situation en main. Et cette personne, ils la connaissent tous. Les parents ont toujours salué son dévouement de professeur, mais ils n'ont pas oublié qu'elle faisait « la vie » avec ce vaurien. C'est une femme de petite taille, très brune, qui marche d'un pas résolu jusqu'à la porte que gardent deux gendarmes. Elle n'a pas pris de foulard sur ses cheveux rebelles qui s'agitent en désordre au vent. Arrivée à la porte, elle se tourne, regarde un moment les gens assemblés, tous des voisins qu'elle connaît, des parents d'élèves, de bons pères, des mères dévouées outrées par l'acte ignoble qui consiste à enlever une fillette aux siens. Ils savent qu'elle a passé plusieurs nuits en compagnie de Danielle et Marguerite, qu'elle a vécu le drame au plus près, avec sa générosité habituelle. Elle ne sourit pas ; la peau mate de son visage est plus sombre que d'habitude. Ses yeux vont des uns aux autres, sans précipitation. Enfin, elle se tourne, ouvre la porte et entre. Les gendarmes profitent de la stupeur générale pour faire reculer les manifestants qui finissent par se disperser en commentant l'événement.

— Ça change rien ! dit un homme en brandissant le poing.

À l'intérieur de la maison, Paule mesure tout à coup l'extravagance de son acte. Qu'est-ce qui l'a poussée à prendre le contre-pied de tout un village, à se mettre définitivement du côté de celui que la justice n'arrivera jamais à blanchir complètement ? La fatigue amassée pendant ces jours de veille ? L'envie de soutenir deux innocents dont son frère encore en prison ou bien l'espoir que l'avenir peut ressembler à ce que le passé a eu de meilleur ? La lettre de François, dans la poche de son chemisier, sur son sein gauche, la pousse vers cette libération, sa renaissance, car la véritable raison du voyage à Lourdes de l'homme qu'elle n'a jamais réussi à oublier se trouve là.

François, debout, face à l'escalier qui conduit à l'étage, meurtri par les cris de haine, se tourne lentement. La tête basse entre ses larges épaules, il est vaincu, écrasé. Le jeu s'est ouvert sur le drame. Il regarde longuement Paule qui a fermé la porte derrière elle.

— Toi !

Elle acquiesce. Ses yeux ne bronchent pas. Ses cheveux en désordre n'ont pas le moindre frémissement.

— Oui. Tu vas avoir besoin de quelqu'un.

Il sourit, conscient que ce qu'il a fait avec Aurélien, c'était pour vivre cet instant inespéré. Et voilà que le miracle se produit, son miracle à lui, le reste n'a pas d'importance.

— J'ai reçu ta lettre. C'est vrai qu'on a assez déconné !

Il s'assoit, pose ses cent kilos sur une chaise de bois blanc qui craque. On dirait un adolescent qui a grandi trop vite. À côté, Paule, minuscule, a la présence et la fermeté du bras décidé qui retient le désespéré au bord du gouffre.

— Le temps perdu ne se rattrape pas ! poursuit-elle.

François soupire lourdement, lève ses yeux de chien battu sur Paule, sourit.

— Merci.

— Idiot ! Ce mot n'existe pas entre nous !

Elle s'approche de lui, pose sa main sur l'épaule offerte, puis sa tête. Le visage de François s'éclaire ; une lumière fugitive passe dans son regard. Sa grosse main prend la petite main de Paule.

— Je ne supporterai pas d'être accusé de cette horreur !

Paule se serre contre lui, l'oblige à se lever.

— Personne ne t'accusera.

Jacques Lecomte arrête sa grosse Mercedes devant le magasin de Gérard Panet. La camionnette du réparateur en électroménager n'est pas garée dans le renfoncement à côté de la vitrine, c'est l'occasion pour le courtier en assurances d'avoir une conversation seul à seule avec sa sœur. Jacques ne décolère pas depuis plusieurs jours. La presse n'a cessé de parler d'Aurélien Lecomte, l'aveugle présumé pédophile et cela lui cause un grand tort. Le président de la section locale du Rotary n'affichait plus sa superbe arrogance au bras de sa jeune épouse, la veille, à la réunion du gratin local. Il baissait la tête, biaisait lorsque la conversation s'orientait sur les événements et cachait mal sa honte. La perversité de son frère l'éclabousse, le scandale local de sa jeune sœur rejoignant dès sa sortie de prison François Garcin l'anéantit. Il parle de vendre son cabinet d'assurances, de quitter la région. Ses amis ont bien tenté de le réconforter, mais il reste sourd à leurs paroles apaisantes, à leur condescendance qui cache leur rejet. Personne ne voudrait être à sa place, et il comprend aux regards fuyants de Florence qu'il se trouve seul à assumer ce qu'il n'a pas choisi : sa famille.

Il sort de voiture, ajuste le col de sa veste et sa cravate. Sur la place, des passants le saluent. Il croit discerner dans leur attitude comme de l'ironie, de la moquerie. Il répond quand même avec grâce car ce sont des clients, et entre dans le magasin désert.

Marie, sa sœur, assise au petit bureau où elle lit *Paris Match*, lève la tête, pousse sa mèche de cheveux blancs, ferme son magazine. À quarante-cinq ans, elle pourrait encore plaire si elle soignait un peu son apparence. Mais, sur son visage sans couleur et sans expression qui pourrait être beau, rien n'attire l'attention, pas la moindre expression qui laisse espérer un ressort intérieur prêt à se détendre. Son regard résigné ne va pas au-delà de l'instant et des choses. Il reste banal, un regard de peinture ratée. Sa vie s'est écoulée au rythme de jours semblables, de saisons qui se répètent, d'années confondues aux précédentes sitôt passées. Son esprit a vieilli plus vite que son corps au contact d'un quotidien répétitif, d'une réalité sans consistance. Elle a accepté la vente de la maison de famille avec le sentiment de brader des souvenirs et son identité pour aider ses enfants, mais surtout par faiblesse. Elle pense certes à Aurélien, perdu en dehors de cette maison, mais la vie ne s'arrête pas aux besoins d'un aveugle. Qu'il soit chez lui ou ailleurs ne change rien, au contraire, dans une maison spécialisée, Aurélien fera des rencontres, trouvera des amis, peut-être une compagne, il sortira de sa solitude. C'est lui rendre service !

Que s'est-il passé avec la gamine ? Aurélien n'est pas ce monstre qu'on a voulu dépeindre, c'est un doux malgré son caractère irascible, incapable de faire du mal à une mouche ! C'est donc Garcin le fautif, et Paule, qui a toujours préféré la rébellion au chemin le plus droit, l'a rejoint...

Marie esquisse un léger sourire à l'intention de son frère qui ne lui rend visite que lorsque quelque chose ne va pas. Jacques se place largement au-dessus de son mari, petit réparateur de machines à laver, artisan sans ambition. Gérard Panet est un homme sans intérêt, Jacques ne supporte pas la pauvreté de sa conversation ; il choisit ses amis pour leur position et surtout ceux qui peuvent le servir.

Il pose un regard circulaire sur les machines exposées, puis marche d'un pas sûr, conquérant vers Marie debout à côté de la caisse. Il l'embrasse rapidement, l'air grave.

— Cette fois, on n'hésite plus. Les acquéreurs ont fait une proposition. En tant que représentant des propriétaires, j'ai signé. Tu peux passer à la banque pour encaisser ta part du premier versement. Le reste viendra dans deux mois.

— Et Aurélien ?

— Il ne peut pas s'opposer à la vente. Les examens de la petite Clotilde tendent à l'innocenter. Il n'y a pas eu de... de viol. C'est déjà ça !

— Il va sortir de prison ?

— Il est en préventive. Il faut attendre le jugement. On le soupçonne d'attouchements dans le wagon. Il nie, bien sûr; Clotilde ne cesse de le réclamer, de crier que c'est son ami, mais il faut bien que la justice se fasse ! À sa sortie, Aurélien ne pourra pas revenir ici.

— Et Paule ?

— Je ne veux plus en entendre parler ! Elle aura sa part de la maison qu'elle pourra bouffer avec son gigolo !

— Tu sais bien qu'elle et François... Rappelle-toi, quand ils étaient jeunes... Notre mère a une grosse responsabilité dans leur malheur...

Marie a parlé, les yeux levés au plafond, pleins d'une lumière qui ne leur est pas habituelle. Son visage aussi s'est éclairé. Cet amour raté réveille en elle des désirs depuis longtemps refoulés, mais toujours sensibles.

— François a toujours été un moins que rien. Tu crois qu'elle aurait été heureuse avec quelqu'un qui rentre saoul tous les soirs ? Bon, je te propose qu'on se retrouve à la maison, samedi prochain, l'après-midi. On fera le partage des meubles et des souvenirs !

— Mais Paule ? Et Aurélien ?

— Ils auront leur part. On fera quatre tas et chacun prendra le sien.

Marie n'insiste pas, mais elle a bien compris ce que veut son frère : accaparer les meubles de valeur et lui faire cautionner cette spoliation. Elle se dit qu'elle aura la force de faire en sorte que le partage soit équitable, mais elle sait très bien ce que va lui conseiller son époux : « Tu prends ta part, tu t'occupes de tes intérêts et tu n'as rien à faire des autres qui n'ont qu'à être présents ! »

— Donc, à samedi ! fait Jacques en se dirigeant vers la porte.

Au même instant, Danielle et Jean-Paul arrivent à la gare de Châteaudun. Danielle contient mal son angoisse. Jean-Paul sort grandi de l'épreuve ; son regard, qui a pris de la profondeur, exprime une âme nouvelle et forte. Au contraire, Danielle est laminée, nettoyée de ce qu'elle croyait irréfutable et comprend qu'elle doit faire le point, déterminer les priorités de sa vie. L'a-t-elle su jusque-là ?

— On va garer la voiture ici ! dit Jean-Paul en consultant sa montre. Le train ne va pas tarder et on n'a pas le temps d'aller au parking.

Il manœuvre. Danielle se recroqueville sur sa douleur. Elle a attendu avec tant d'anxiété cet instant depuis une semaine et voilà qu'elle le redoute ! Clotilde va descendre du train en donnant la main à son accompagnatrice. Comment va-t-elle la retrouver avec ses cheveux rasés ? Elle redoute la réaction de la fillette. Sa fugue n'a pas été un caprice d'enfant gâté, elle a un sens que Danielle va devoir affronter.

— Ça va lui faire drôle de nous revoir tous les deux.

Jean-Paul a parlé de cette voix nouvelle, sans lourdeur, sans arrière-pensée, une voix conquérante de quelqu'un qui a changé de chemin. La voiture s'arrête, il se tourne vers Danielle.

— Voilà, nous sommes arrivés. Nous allons retrouver Clotilde. Plusieurs chemins s'ouvrent devant nous.

Danielle n'a pas envie de saisir la main tendue. En sauvant Jean-Paul, c'est elle qui se condamne. Il le comprend, alors pourquoi lutter contre la tentation de tout son corps, cette envie qui le pousse à minimiser l'importance de sa décision, à lui montrer que le diable, quand il l'habitait, n'avait pas que des défauts ?

Danielle s'essuie les yeux avec son mouchoir blanc. Pour se donner une contenance, elle regarde sa montre. L'effort de Jean-Paul la plonge dans sa propre lâcheté.

— Il faut y aller. Le train doit entrer en gare. On va l'attendre sur le quai.

Un long frisson la parcourt, elle pousse la portière anormalement lourde, sort, regarde les voies qui se perdent au loin. Elle a le sentiment que sa vie va basculer une nouvelle fois. Le calme de Jean-Paul l'agace, elle voudrait crier une exaspération qu'elle sait coupable, manifestation d'un égoïsme destructeur. Elle avance d'un pas hésitant, un tremblement agite ses membres. Voilà la vaste entrée de la gare envahie de voyageurs pressés. En la franchissant, Danielle ressent une forte brûlure à la poitrine : elle va vers la guillotine. Elle voudrait s'accrocher au bras de Jean-Paul, le temps de l'épreuve, mais n'ose pas. Ils empruntent le couloir souterrain qui conduit au quai. Autour d'eux, les gens marchent très vite, consultent leur montre. Dans l'escalier, Danielle trébuche, se rattrape à l'épaule de Jean-Paul qui comprend à cet instant combien sa détermination lui a donné de force sur lui et sur les autres.

— T'en fais pas ! lui souffle-t-il. Tout se passera bien, je suis là.

Sur le quai, des gens attendent l'arrivée du train d'Orléans. Danielle doit faire un effort qui bloque ses pensées pour ne pas chanceler. Enfin, le long convoi de wagons prend la courbe et s'approche inexorablement. Danielle ne peut détacher ses yeux de la locomotive qui grossit, passe devant elle dans un bruit de ferraille et d'air comprimé tout à coup libéré.

Le train s'immobilise, les gens courent aux portes, saluent de loin un voyageur. Danielle ne bouge pas. Bousculée, elle n'ose pas lever les yeux. Jean-Paul lui murmure :

— La voilà !

En effet, Clotilde descend du wagon en donnant la main à une jeune femme. Un foulard a été noué sur son crâne chauve. Elle aperçoit d'abord sa mère puis son père à côté. Son hésitation n'échappe pas à l'accompagnatrice qui libère sa main. Enfin, Clotilde court vers ses parents, Danielle lui sourit. La fillette se jette dans les bras de son père. Son foulard glisse et montre son crâne gris. Jean-Paul la pousse vers Danielle.

— Tu nous as fait bien peur ! dit-il, puis il se tourne vers la jeune accompagnatrice : Je vous remercie de nous l'avoir ramenée.

La jeune femme sourit et précise :

— Je vais vous demander de signer deux ou trois papiers administratifs. Ensuite, vous pourrez l'emmener.

Plusieurs photographes de presse sont là et fixent ce moment d'émotion. Beaucoup de voyageurs se sont rassemblés autour d'eux et applaudissent. Les larmes de Danielle sont pour eux des larmes de bonheur alors que ce sont celles de sa défaite. Comme Jean-Paul, mais avec un peu de retard, elle se trouve en face de ses erreurs, de sa laideur.

Jean-Paul s'éloigne avec l'accompagnatrice jusqu'à un banc pour signer les papiers de la police. Il faut faire vite, la jeune femme doit prendre un autre train qui part dans quelques instants vers Orléans. Danielle reste seule avec Clotilde qui ne sourit plus :

— Je veux qu'ils relâchent Aurélien. Ils ont voulu me faire dire qu'il avait été méchant avec moi, mais c'est pas vrai !

Ces paroles notées par les journalistes seront reproduites le lendemain dans tous les journaux.

Quand les formalités sont terminées, la famille s'éloigne sous les flashs qui cherchent à fixer le bonheur d'une histoire qui finit bien. Danielle s'efforce de sourire, pourtant elle a l'impression de patauger dans un marais gelé. Clotilde pense à Aurélien qui n'a pas retrouvé ses yeux...

Ils reviennent à leur voiture, accompagnés par l'œil d'une caméra qui leur fait mal, qui leur vole des images qui n'appartiennent qu'à eux. Jean-Paul se retient pour ne pas crier sa protestation. Il ouvre la portière arrière à Clotilde. Danielle s'assoit à côté d'elle, il s'installe au volant. La voiture démarre, s'éloigne dans la rue étroite.

— Voilà ce que j'ai décidé ! dit Jean-Paul. Danielle, tu vas pouvoir aller habiter dans notre maison, ça sera plus gai pour Clotilde qui visiblement ne supporte pas de rester chez sa grand-mère. Je vais trouver un petit appartement pour moi. En attendant, j'irai dormir chez ma mère.

Danielle lève sur Jean-Paul ses yeux gris que les larmes noient toujours, pousse ses cheveux d'un geste rapide, comme si elle se défendait d'un insecte. La silhouette légère et insouciante d'Alain se profile entre eux.

— Tu pourras y habiter avec qui tu veux. C'est assez grand pour tout le monde. Je renonce à ma part. La maison est désormais entièrement à toi.

— Mais tu ne veux pas…

— Je ne veux rien.

— Dis, maman, tu acceptes ?

Danielle reçoit cette manifestation de joie comme une gifle. Elle soupire et se tourne vers la vitre où défilent les arbres et les maisons.

La voiture arrive à Morsac, se gare près de la maison ; Marguerite attend devant la porte. Quand elle voit Clotilde rasée, ce qui la transforme complètement, son visage se durcit.

— Te voilà enfin ! dit-elle. Comme tu nous as fait passer peine !

Gaston, souriant, dépose un rapide baiser sur le front de la fillette, l'observe un instant.

— Ça te fait une drôle de tête ! dit-il en s'éloignant.

Le téléphone sonne, Danielle se tourne vers Marguerite.

— C'est l'autre ! fait-elle, bougon. Il a déjà appelé deux fois, je l'ai envoyé promener. Réponds, sinon je risque de l'engueuler !

Danielle décroche le téléphone et porte

lentement l'écouteur à son oreille. Alain s'en prend à Danielle de ne pas l'avoir appelé plus tôt.

— Enfin, tout se finit bien ! ajoute-t-il. J'ai hâte de te revoir. Tu rentres ce soir, n'est-ce pas ?

Danielle jette un rapide regard à Jean-Paul que Clotilde ne quitte pas. La fillette aurait-elle découvert la nouvelle assurance de son père, sa manière de bouger sans hésiter ?

— Je ne pense pas. On a besoin de se reposer et de se retrouver, Clotilde et moi. On va aller dans notre maison.

— Dans votre maison ? Tu veux dire que...

— Je ne veux rien dire. Jean-Paul sera chez ses parents. Il nous laisse la maison.

— Mais enfin, Danielle, tu te rends compte de ce que tu fais. Et moi, alors ?

— Je te dis : on a besoin de se retrouver, Clotilde et moi !

Elle raccroche pour abréger une conversation qui l'agace et l'enfonce un peu plus dans ses hésitations, puis se laisse tomber sur une chaise, tout à coup vide de force.

— C'est les nerfs qui lâchent ! constate Marguerite en portant une marmite sur la cuisinière qu'elle vient d'allumer. Je vais faire un peu de cuisine, ça nous fera du bien à tous !

— Aurélien, viens ! Il faut rentrer, nous allons attraper froid !

Aurélien a bien senti l'air frais sur son visage, mais il n'y prête plus attention. Depuis son procès qui l'a totalement innocenté, et malgré le vaste élan de solidarité en sa faveur, la vie lui pèse. Autour de lui, les gens sont trop gentils, trop attentionnés et son naturel râleur ne trouve pas assez d'occasions de s'exprimer.

— Viens !

Henriette prend son bras et l'oblige à se lever. Un coup de vent fait tournoyer les feuilles mortes dont Aurélien entend le bruit sec d'insectes. Les arbres se déplument dans le vaste parc des Papillons bleus, cet établissement moderne pour handicapés. Les jours pluvieux se succèdent et chaque fois qu'une éclaircie fait miroiter les flaques sur le parking, Henriette, elle aussi aveugle, oblige Aurélien à sortir.

Au début cela n'a pas été facile. Le grincheux éprouvait le besoin de faire passer sa mauvaise humeur sur tous ceux qui s'approchaient de lui.

— Laisse-moi tranquille ! disait-il à Henriette. Tu me rappelles Charlotte et c'était une autruche.

Mais la femme a insisté, consciente que, sous son aspect revêche, Aurélien cachait un grand cœur malade de solitude. Elle le rejoignait quand il allait s'asseoir sur un banc sous les tilleuls, s'asseyait en face de lui, attendait, parfois des heures sans un mot. Aurélien sentait sa présence et souvent ne pouvait s'empêcher d'être désagréable :

— C'est pas la place qui manque ! Alors qu'est-ce que tu fais là ?

Henriette ne répondait pas. Les coups de la vie lui ont forgé une résistance à tous les sarcasmes, tous les refus. Un jour de grand soleil, elle lui a dit :

— Viens, on va se promener !

Il s'attendait si peu à cette proposition qu'il n'a pas su quoi répondre. Aurélien ne se promenait pas : il suivait des itinéraires routiniers, de sa chambre au réfectoire, de sa chambre aux bancs sous les tilleuls, mais il ne sortait jamais des chemins que connaissait le bout de sa canne. Alors, il s'est moqué, comme d'habitude :

— Et où tu veux qu'on aille ? On fait une belle paire ! Et puis, je veux pas me promener avec toi !

Mais Henriette a su trouver la bonne parade, celle qui laisse ce mal embouché sans réplique dès qu'on fait plus de bruit que lui :

— Ah, et puis tu me casses les pieds ! Tu n'es qu'un malotru ! Tu fais ton désagréable et après tu te plains que personne ne s'occupe de toi !

Elle lui a pris le bras d'autorité et Aurélien s'est laissé faire sans un mot. Ils sont partis, bras dessus, bras dessous, d'un pas hésitant le long d'une allée inconnue, explorée par deux cannes blanches qui, par instinct, ont découvert qu'elles se complétaient. Et ce qu'ils ne pouvaient faire séparés, ils l'ont réussi ensemble.

— À nous deux, on ne fait pas deux aveugles, mais un couple qui, avec le temps, pourra se diriger aussi bien que s'il avait des yeux ! a constaté Henriette.

— Où tu veux qu'on aille ?

— C'est quand que tu arrêteras de faire ta tête de mule !

Il n'espère plus rien. Il a passé une partie de sa vie à attendre un miracle, à rêver de lumière. Et puis, à Lourdes, il a compris que ce serait la pire des choses, que son âme était définitivement celle d'un aveugle.

— C'est un peu comme si mon frère qui se croit invincible décidait de se fabriquer des ailes pour voler comme une hirondelle !

La pensée d'un Jacques ridicule le fait sourire, ce qui est, pour Henriette, un premier pas vers la victoire. Chaque jour, elle l'emmène à la promenade et, chaque jour, ils repoussent les limites de leur prison. Elle reçoit ses rebuffades, supporte son caractère avec la certitude que l'avenir lui donnera raison. Elle a décidé que sa vie serait désormais associée à la sienne et ne lui demande rien en retour. Le chemin sera long qui rendra à ce solitaire sa dignité. La gangue de boue mettra longtemps à s'effriter et quand Henriette, dans un moment d'abandon, se presse contre lui pour un peu de tendresse, il se raidit et la repousse.

Celui qu'on a accusé d'avoir tripoté une petite fille ne supporte plus le contact d'un corps féminin. Henriette ne s'en offusque pas : comme lui, elle a attendu toute sa vie et n'est plus à quelques années près.

— Parfois, je me dis que c'est nous qui avons raison. Ce que voient les autres n'est qu'illusion, image fugitive d'une réalité qui échappe !

— Il faut bien se consoler d'une manière ou d'une autre et faire bonne figure ! grommelle-t-il.

L'automne est arrivé, l'automne que les gens disent plein de belles couleurs, d'après-midi où le soleil écarte à grands coups de pelle sa lumière épaisse au milieu des feuilles mortes. L'automne avec ses fruits qui tombent, ses champignons et cet ennui profond qui monte du cœur de la matière. Tout devient vieux en automne, même l'âme d'Aurélien qui ne sait de cette saison que la fraîcheur du matin, que la caresse du soleil différente des coups de massue de l'été.

— À nous deux, dit Henriette qui a perçu ses pensées, on peut faire de cet automne la plus belle saison de notre vie.

— Surtout cette année, avec toute la pluie qui tombe !

Il ne le montre pas, mais de telles paroles le touchent, le ramènent longtemps en arrière, au temps de Mme Lecomte et de Charlotte.

Le notaire lui a écrit. Martine, la jeune femme qui vient faire le ménage dans sa chambre, a lu la lettre. La maison de Morsac a donc été vendue à des Hollandais qui ont entrepris aussitôt des travaux de rénovation pour en faire une des plus belles résidences de la région. En écoutant la voix de Martine, il a compris que ses souvenirs se sont effacés pour toujours, que là où ont vécu les Lecomte, ses mains ne seront plus jamais chez elles, son pas ne réveillera plus les bruits de son enfance. La rupture est désormais irréversible.

Son frère est venu le voir une seule fois entre deux clients. Il est entré dans la chambre, écrasant Aurélien de sa lourde présence. L'aveugle a fait la grimace en sentant son odeur tenace, toujours aussi entêtante.

— J'ai peu de temps, mais je voulais m'assurer que tu es bien ! a dit le visiteur, toujours debout dans la pièce.

— Je suis bien, surtout quand tu n'es pas là !

— Tu as toujours gardé ton sale caractère ! Sache que, sans mes relations, ta petite escapade ne se serait pas aussi bien terminée !

— Fous le camp ! Je veux plus jamais te voir !

Jacques n'a pas insisté. Il est sorti sans rien ajouter. Aurélien a entendu la portière de sa voiture claquer et le véhicule s'éloigner. Il a ouvert la fenêtre en grand pour assainir l'air.

La deuxième visite qu'Aurélien espérait et redoutait en même temps se produit quand il ne s'y attend pas. Il n'a pas entendu le bruit caractéristique du fourgon Établissements Garcin et Cie, pourtant un pas puissant dans le couloir le fait courir à la porte de sa chambre qu'il n'a pas le temps de fermer à clef.

— Salut, Aurélien !

François le prend dans ses bras, mais ni le geste ni le ton de la voix ne sont justes. Le poids de leur mésaventure pèse sur eux au point de les écraser, d'en faire oublier l'amitié. Paule, à son tour, embrasse Aurélien avec une effusion nouvelle.

— Allez, fait François en posant une bouteille sur la table, on va boire un canon pour fêter quelque chose de très important !

Sans un mot, Aurélien s'assoit à sa place habituelle et dit :

— Je bois plus. Le vin me fait mal !

— Ta sœur et moi, on est venus t'annoncer notre intention de nous marier. Mais on va pas rester ici où les gens nous regardent de travers.

— Ah bon ? Et vous allez partir où ?

— Dans les Îles ! fait Paule d'une voix pleine de soleil. On va s'installer là-bas et quand on aura de la place, tu pourras venir avec nous si tu veux !

— Je veux pas aller dans les Îles ! dit Aurélien sans faire préciser de quelles îles Paule veut parler.

Il se sent penaud, honteux en face de son ami. Sa présence dans cet établissement pour handicapés montre l'ampleur de sa déchéance.

— Je veux rester dans mon coin, me cacher, j'ai assez perdu de temps à croire à l'impossible !

Voilà qu'il cherche encore à se faire plaindre ! François et Paule échangent un regard amusé.

— Il te reste Dieu, Aurélien ! dit François en souriant.

— Celui-là, il peut aller se rhabiller. Après ce qu'il m'a fait !

Ils se taisent un long moment, suspendus à la même pensée. Enfin, Aurélien ose :

— Et la petite ?

C'est Paule qui répond :

— Je n'ai plus aucune raison de porter les pieds dans notre ancien quartier. Alors, je ne sais pas. Je l'ai vue l'autre jour, à Châteaudun, avec sa mère, chez le marchand de chaussures…

Aurélien baisse la tête. François supporte un instant la lourdeur du silence, puis consulte sa montre :

— Bon, il faut qu'on y aille ! dit-il avec l'impression d'être terriblement lâche, mais de ne pas pouvoir faire autrement.

Paule et François repartent en emportant la bouteille de vin qu'Aurélien ne veut pas. Ils bavardent avec une employée qui leur parle d'Henriette, aveugle elle aussi, et tellement dévouée.

— C'est la compagne idéale pour Aurélien ! précise Paule, tout à coup légère de ne plus se sentir coupable d'abandonner son frère.

Le temps a passé, uniforme, avec sa promenade quotidienne, les bavardages d'Henriette. Ce matin, Aurélien est triste. C'est probablement l'effet de l'automne. Il a demandé qu'on lui apporte un piano. La musique lui manque tellement qu'il se sent, en plus, muet, incapable de traduire ce qui l'anime, ses élans profonds, ses refus, son envie de colère. Ah, crier, hurler, faire des moulinets avec son bâton en espérant frapper quelqu'un ! L'aumônier, qui vient lui rendre visite une fois par semaine, ne calmera jamais son ardeur vindicative. Henriette l'accepte en sachant que la révolte reste la meilleure manière de ne pas baisser les bras.

Il pleut encore. Aurélien et Henriette écoutent de la musique à une petite radio. Aurélien grimace tant la qualité du son est mauvaise. Pourtant, les mélodies l'emportent dans ce monde des sons qui a remplacé tous les autres où il croit, parfois, découvrir le sens du mot lumière.

Des pas se rapprochent, des pas qui le rassurent. Martine, la femme de ménage en qui il a confiance, entre dans la chambre.

— Aurélien, vous avez une lettre ! Et l'écriture me dit que c'est une jeune personne qui vous écrit.

— Ah bon ! Eh bien, lisez cette lettre.

Une chaise racle ses pieds sur le plancher. Aurélien entend Martine s'asseoir à côté d'Henriette et le bruit de l'enveloppe qu'elle déchire.

Mon cher Aurélien,

Cela fait longtemps que je voulais t'écrire, mais il m'a fallu trouver le moyen de le faire en cachette. J'ai profité de ce dimanche chez ma mère pour voler un timbre dans son sac et poster cette lettre qui te parviendra peut-être parce que je ne suis pas sûre de l'adresse que j'ai retrouvée en cherchant Papillons bleus sur l'annuaire du téléphone.

J'espère qu'ils ne t'ont pas trop fait de mal, mais je te promets que je n'ai rien dit sur toi. Je suis triste : mon père voulait que j'aille habiter dans notre maison avec maman, mais maman après deux semaines est repartie chez Alain qui refusait de venir chez nous. Comme je n'ai pas voulu retourner chez la grand-mère Marguerite, je suis en pension à Vendôme. Mon père et ma mère me prennent chacun à leur tour le samedi et le dimanche. Je croyais qu'ils allaient pouvoir habiter ensemble, comme avant, mais je me trompais, ils sont restés chacun dans leur coin. Papa me dit que c'est de la faute à maman et maman me dit que papa s'est remis à boire. C'est sûrement vrai : l'autre jour, il sentait le vin.

Notre voyage à Lourdes n'a servi à rien sinon à nous faire souffrir tous les deux, mais t'en fais pas pour moi, je suis encore jeune et je sais que j'aurai ma revanche.

Maman m'a dit que François et ta sœur Paule sont partis habiter très loin d'ici. Nous, on reste, mon Aurélien, mais ce n'est pas grave. J'aime bien te donner la main et me moquer de toi quand tu me fais pas confiance. À bientôt.

Aurélien baisse la tête, ému, une larme roule sur sa joue droite. Martine range la lettre et sort sans rien ajouter. Henriette attend que la porte soit refermée pour attirer Aurélien contre elle. Même s'il ne lui en a jamais parlé, elle sait combien le silence de Clotilde lui pesait.

— Les miracles, murmure-t-elle, se produisent tous les jours et pour tout le monde, mais nous passons à côté par manque de discernement.

La fenêtre donne sur un parc noyé dans une brume blanche sur laquelle se dessinent des arbres déjà nus. Aurélien sent la joue d'Henriette contre la sienne, sa main de femme posée sur sa grosse main, une douce chaleur remplit sa poitrine, son cœur s'accélère, un sentiment curieux, comme il n'en a jamais ressenti, lui donne envie d'écraser sa compagne contre lui. La lettre de Clotilde vient enfin de le libérer, de le laver de toutes les salissures de la prison préventive et des horreurs dont on l'a accusé.

— Tu demandais un miracle et il a bien eu lieu puisque sans ce voyage à Lourdes, sans tout ce bruit qu'on a fait autour de toi, je serais restée dans mon coin et on ne se serait jamais rencontrés.

Une bourrasque de vent secoue les volets. La pluie gifle les vitres avec un crépitement soutenu.

— À nous deux, on est forts ! continue Henriette. On a un peu d'argent, on va acheter un appartement ou une petite maison et on vivra comme tout le monde. Ensemble, on n'est plus aveugles !

— Une maison ? D'accord ! précise Aurélien. Mais pas trop loin de chez Marguerite et de ses horribles chats : On a encore quelques belles méchancetés à se dire !

Cet ouvrage a été imprimé par

FIRMIN DIDOT

GROUPE CPI

Mesnil-sur-l'Estrée

pour le compte des Éditions Robert Laffont
24, avenue Marceau, 75008 Paris
en mai 2006

Composition par Interligne

Imprimé en France

Dépôt légal : mai 2006
N° d'édition : 47103/01 – N° d'impression : 79610